마은의 가게

이서수 장편소설
마은의 가게

펴낸날 2024년 4월 4일

지은이 이서수
펴낸이 이광호
주간 이근혜
편집 윤소진 김필균 이주이 허단 방원경 유하은
마케팅 이가은 최지애 허황 남미리 맹정현
제작 강병석
펴낸곳 ㈜문학과지성사
등록번호 제1993-000098호
주소 04034 서울 마포구 잔다리로7길 18 (서교동 377-20)
전화 02)338-7224
팩스 02)323-4180(편집) 02)338-7221(영업)
대표메일 moonji@moonji.com
저작권 문의 copyright@moonji.com
홈페이지 www.moonji.com

ⓒ 이서수, 2024. Printed in Seoul, Korea

ISBN 978-89-320-4267-1 03810

이서수 장편소설

마은의 가게

문학과지성사

차례

먹고살 게 없는 서른일곱이 되어

해가 지고 어둠이 내린 거리를 걸으며 지화 씨의 목소리를 들었다. 서로 사소한 안부를 묻고 나서, 지화 씨가 새로 팔기 시작한 연근샐러드에 대해 길게 말했다. 아무래도 가게에 손님이 없는 듯했다. 나는 근처 공원을 걷다가 하늘에 커다란 달이 떠 있는 것을 발견했다. 그것은 교회 첨탑 옆에 다붙어 있었다. 첨탑 위에 올라 손을 뻗으면 닿을 것도 같았다. 나는 달을 바라보며 지화 씨에게 그 얘기를 다시 꺼냈다. 아무래도 장사를 해야 할 것 같다고. 지화 씨는 지난번과 비슷한 반응을 보였다.

"도대체 장사를 왜 하려고 그래?"

"엄마도 하잖아."

"먹고살 게 없으니까 하는 거야."

"나도 그래. 나도 먹고살 게 없어."

지화 씨는 말문이 막힌 듯 아무런 대꾸가 없었다. 내 딸은 어쩌다 먹고살 게 없는 사람이 되었을까. 아마도 그런 생각을 하는 것 같았다.

먹고살 게 없어서 장사를 해보려는 공마은. 그게 바로 나였다. 숫자에 연연하지 않겠다고 다짐했지만 요즘 들어 수시로 내 나이가 떠올랐다. 3년만 지나면 마흔이라는 사실이 무겁게 다가왔다. 어느 정도 내세울 만한 이력이 필요한 나이 같았지만 나에게는 그런 게 없었다. 모아놓은 돈도 많지 않았다.

지화 씨는 긴 침묵을 깨뜨리며 어떤 장사를 할 생각이냐고 물었다. 서울은 경쟁이 치열하니 계획을 잘 세워야 한다고도 했다. 한발 물러난 목소리였다. 나는 지난주에 바리스타 자격증을 취득했다고 말했다.

"카페를 한다는 거지? 술도 팔 거니?"

"맥주만."

지화 씨가 기다렸다는 듯 말했다.

"여자 혼자 술장사하면 옛날 사람들은 물장사하는 여자라고 얕잡아 봤어."

"엄마는 또 그 소리야."

반세기도 더 전에 태어난 지화 씨의 선입견. 그 시대의 스탠스. 무엇보다 자신의 경험에서 비롯된 말. 나는 그걸 알면서도 화를 냈고, 요즘엔 그렇게 생각하는 사람은 아무도 없다고 못을 박았다.

오래전 지화 씨는 노포가 즐비한 거리에서 작은 호프집을 한 적이 있었다. 노가리와 부추전이 인기 메뉴였고, 밤마다 가게 앞에 야장을 깔아야 할 정도로 손님이 북적였다. 그러나 지화 씨는 오픈한 지 2년 만에 가게를 접을 수밖에 없었다. 취한 손님들이 지화 씨를 함부로 만졌기 때문이다. 한 달에 서너 번은 그런 일이 일어났다. 장난이라는 듯 아랫배를 쿡 찌르거나 엉덩이에 손을 슬쩍 가져다 대는 건 이골이 날 정도였고, 작정하고 끌어안거나 입술을 내미는 작자도 있었다. 단골이라고 다르지 않았다. 지화 씨는 그들과 친분이 제법 쌓인 상태였기에 그런 일이 일어날 때마다 큰 충격을 받았다. 물론 처음 온 손님이라고 얌전히 술만 마시다 가진 않았다. 부동산에 가게 열쇠를 넘기던 날 지화 씨는 내게 말했다.

"남편이 있었으면 계속했을 거다."

사실 지화 씨에겐 남편이 있었지만 나는 아무 말도 하지 않았고, 지화 씨도 이 화상은 도대체 어디에 있는 거냐고 말하지 않았다. 우리는 공가철 씨의 부재가 익숙했다. 그가 없더라도 우리에겐 서로가 있었고, 지화 씨에겐 자매가 내겐 이모가 있었다. 택시 기사인 경화 이모는 우리의 든든한 버팀목이었다.

통화를 마치기 전에 나는 지화 씨에게 한 가지 다짐을 받아냈다. 더 이상 물장사 운운하는 말은 꺼내지 말아달라고. 엄마도 술을 판 적이 있으면서 그렇게 말하면 누군가 상처입지 않겠느냐고. 내가 하려는 카페는 전혀 다른 분위기니 걱정하지 않아도 된다고 재차 말하면서. 가만히 듣기만 하던 지화 씨는 한숨을 내쉬었다.

"겉으로 봐선 모르지. 사장 속이 새까매져도 손님들은 잘 몰라. 그래도 앞으론 그런 말 안 할게. 너 알아서 해."

나는 개운하지 않은 마음으로 통화를 마쳤고, 지화 씨 역시 못 미더운 기색을 슬쩍 드러내면서 전화를 끊었다.

지화 씨는 울산에서 작은 반찬 가게를 운영하고 있었다. 스무 살 이후부터 서울에 터를 잡고 살았던 지화 씨가 울산에서 반찬 가게를 연 것은 공가철 씨 때문일 가능성이 크다. 공가철 씨가 누구에게 얼마의 돈을 빌렸는지 우리는 자세한 내막은 알지 못했다. 공가철이 빌려간 돈을 갚으라고 윽박지르는 사람들이 나타났을 때나 알 수 있었다. 한번은 칼을 들고 찾아온 아저씨도 있었다. 신문지로 둘둘 감싼 칼을 옆에 내려놓고 툇마루에 앉아 있던 그는 교복을 입고 대문으로 들어서는 나를 보더니 등 뒤로 칼을 감추었다. 지화 씨는 나를 보며 어색한 표정으로 웃었다.

"배고프지?"

지화 씨는 자리에서 일어나 부엌으로 가더니 밥을 안치고 김치를 꺼내고 두부를 잘랐다. 그사이 불청객은 칼을 품고 슬그머니 사라졌고, 지화 씨는 나와 마주 앉아 저녁밥을 먹다가 담담한 어투로 말했다.

"칼을 들고 왔어."

나는 안다고 답했다. 찌르지도 못할 텐데 겁이나 주려고 들고 왔을 거라고 하자 지화 씨가 말했다.

"그 사람도 벼랑 끝에 있대. 그래서 그걸 들고 온 거야."

공가철 씨와 이혼하기 전까지 지화 씨를 찾아온 빚쟁이는 모두 여섯 명이었으며 죄다 서울에 살았다. 지화 씨가 서울을 떠난 이유는 그 때문인지도 모른다. 지긋지긋한 얼굴들과 우연히라도 마주칠까 봐. 그러나 울산까지 가게 된 것은 우연이라고 해야 할지 운명이라고 해야 할지……

식당에서 찬모로 일하던 지화 씨는 반찬 가게를 열기 위해 부동산 몇 군데에 전화를 걸었다. 마침 버스로 열 정거장 떨어진 동네에 적절한 자리가 있었다. 분위기도 살필 겸 인근 공원을 걷던 지화 씨는 주민들이 한가롭게 산책하는 모습이 무척 여유 있어 보이고, 반찬도 자주 사 먹을 것 같아 여기서 해야겠다는 결심을 세우던 중 김미단 아줌마와 마주쳤다.

두 사람은 오래전 보험회사에 함께 다녔을 때 옥상 친구가 된 사이였다. 속상할 때마다 옥상에서 만나 담배를 피웠다는 의미다. 업무 중에 술을 마실 수는 없어서 찾아낸 것이 담배였고 둘 다 그때 처음으로 흡연을 시작했다. 지화 씨보다 일곱 살 아래인 미단 아줌마는 울산이 고향이고, 오빠들이 모두 현대중공업에 재직하고 있었다. 그들은 서울에서 혼자 살던 미단 아줌마를 고향으로 불러들였고, 때마침 울산을 그리워하고 있던 아줌마는 순순히 그 말을 따랐다. 지화 씨와 우연히 마주치던 날 아줌마는 친구를 병문안하기 위해 서울에 온 참이었다.

두 사람은 공원 벤치에 앉아 그동안 어떻게 지냈는지, 앞으로 무얼 할 생각인지 긴 대화를 나눴다. 보험회사에 다닐 때부터 미단 아줌마와 지화 씨는 쿵짝이 잘 맞았다. 아줌마가 쿵! 하면 지화 씨가 짝! 하고, 지화 씨가 쿵쿵! 하면 아줌마가 짝짝! 하는 그런 사이. 미단 아줌마는 지화 씨에게 아직도 바깥양반이 밖으로만 나도는지, 여전히 빚쟁이가 찾아오는지에 대해 물었다. 지화 씨는 날 잡은 사람처럼 실컷 자신의 처지를 한탄했다. 이혼과 동시에 빚쟁이는 떨쳐냈으나 오랜 시달림 끝에 얻은 깨달음이 자기를 힘들게 한다고 말했다. 그것은 미련하게도 왜 이혼을 좀더 빨리하지 않았을까,라는 후회라고. 이혼을 하고 싶어도 남편이 어디에 있는지 모르니 실종 신고부터 해야 할 판국이긴 했지만 말이다.

미단 아줌마는 지화 씨의 말에 몹시 잘 호응해주었고 잘 한 결정이었다고 몇 번이나 손뼉을 쳤다. 이혼하지 않겠다는 언니의 마음이 바뀐 것은 너무나 기쁜 일이라고 말하면서. 지화 씨는 친정 부모에게 불효를 저지르는 것 같고, 개차반 같은 남편일지라도 없는 것보단 있는 편이 더 낫다는 생각으로 오랫동안 이혼을 망설였다.

"잘했어. 언니가 언니를 살렸네."

그 말에 지화 씨는 눈시울이 뜨거워졌다. 그들의 대화는 인근 횟집으로 이동해서도 계속되었다. 두 사람은 소주 한 병을 천천히 나눠 마셨고, 그 정도 취기로는 당장 출근도 할 수 있을 정도였기에 다시 열렬히 수다를 떨고 미래에 대한 계획을 세웠다. 그러던 중 미단 아줌마가 지화 씨에게 말했다. 차라리 서울을 떠나 새로운 곳에서 새 삶을 시작하라고. 내가 마음에 걸렸던 지화 씨는 곧바로 거절했다. 그러나 곰곰이 생각해보니 나는 연극판을 빠져나와 학원 강사로 새 출발을 하던 차였고, 제 앞가림은 어느 정도 할 만큼 나이가 들기도 한 상태였다. 그러니 마은이를 혼자 서울에 두고 가도 괜찮겠지, 그런 생각이 들었다고 한다.

우연한 만남이 있고 나서 한 달 후 지화 씨는 울산행 열차에 올랐다. 그리고 나흘 동안 울산에 머물며 미단 아줌마의 안내로 곳곳을 둘러보았다. 결론적으로 울산은 지화 씨의 마음에 쏙 드는 도시였다. 바다와 공원, 공단과 아파트가 적

재적소에 배치되어 있었고, 백사장에 서서 뒤를 돌아보면 커다란 홈플러스 간판이 보였다. 그것은 지화 씨를 놀라게 하는 동시에 안심하게 만들었다. 무엇보다 지화 씨의 마음을 흔들었던 건 공단에서 퇴근하는 남자들이었다.

"퇴근하는 남자들?"

지화 씨는 고개를 끄덕였다.

"너도 알다시피 내가 성실하지 못한 남편을 만나 출근하고 퇴근하는 모습을 한 번도 못 봤잖니."

"그랬지. 나도 못 봤어."

"그래. 너도 그런 아버지를 못 봤지."

우리는 잠시 침묵했다. 지화 씨가 다시 입을 열었다.

"울산에 도착했을 때 미단이 올케가 차를 몰고 우리를 데리러 나왔어. 내가 그 차를 얻어 타고 울산 시내를 달리다가 본 거야."

"뭘 봤는데?"

"오토바이를 타고 떼 지어 퇴근하는 남자들을."

그 광경을 설명하는 지화 씨의 눈빛에 열기가 스쳐 지나갔다.

"공단 문이 양쪽으로 스르르 열리더니 똑같은 회색 점퍼를 입은 남자들이 오토바이를 타고 우르르 몰려나왔어. 마침 우리 차가 그 앞을 지나던 중이었거든. 미단이 올케가 퇴근 시간이라서 오토바이가 많다고 설명해줬는데, 나는 그게 참 부러운 거야. 미단이도 미단이 올케도 부러웠어. 나는 그런 근면 성실한 남자하고는 살아본 적이 없잖아."

"미단 아줌마는 결혼 안 했다며."

"그래도 가족들은 다 성실하잖아."

"그래서 울산에서 살아야겠다고 생각한 거야?"

나는 뜻밖의 이유라는 생각에 그렇게 물었다. 지화 씨는 오랜 기간 가장으로 살았지만 아직도 성실한 남편에 대한 환상을 품고 있는 듯했다. 그것이 한국전쟁이 끝나고 4년 뒤에 태어난 지화 씨가 배운 시대적 가르침인지는 몰라도 나는 지화 씨의 생각이 후지게 느껴졌다. 이해는 하지만 그렇게 느껴지는 것은 어쩔 수 없었달까. 나는 실망한 목소리로 다시 물었다.

"고작 그런 이유로 울산에 가려고?"

"다른 것도 좋았어. 대왕암공원이 특히 좋았고."

"거긴 뭐가 있는데?"

"왕비가 있는 곳이잖아. 문무대왕의 비. 문무대왕이 죽어서도 나라를 지키는 용이 되겠다고 경주 바다에 묻혔는데, 나중에 왕비도 나라를 지키는 용이 되겠다고 바다에 묻혔어. 거기가 울산 대왕암이야."

"진짜 있었던 일이야?"

"그건 모르지. 근데 유명한 전설이래. 정말 대단한 여자야. 용이 되어 나라를 지키겠다니."

나는 그 이야기를 어떻게 안 거냐고 물었고, 지화 씨는 미단 아줌마가 알려주었다고 말했다. 그 후로도 지화 씨는 용에 대한 이야기를 자주 했고, 나는 지화 씨가 용이 되어 뭔가를 지키고 싶은가 보다고 생각했다. 은연중에 그게 나 일 것이라는 착각을 했기에 지화 씨가 울산으로 훌쩍 떠나 버릴 줄은 꿈에도 몰랐다.

*

적당한 점포를 찾기 위해 온종일 부동산 사이트를 들여 다보았다. 가진 돈이 많지 않으니 선택의 폭이 좁아 후보군 에 오른 곳은 몇 군데 되지 않았다. 내가 계획한 예산은 가 게 보증금과 공사비를 포함해 2천만 원 정도였고, 추가로 7백만 원의 여유 자금이 있었다. 창업을 해본 사람이라면 기함할 만한 예산이지만, 나는 빚을 내지 않고 가게를 열고 싶었기에 어떻게든 가진 돈으로 해볼 생각이었다. 공가철 씨의 빚쟁이를 상대해야 했던 과거 때문에 빚이라는 괴물 이 내 인생에 들어오는 일만은 필사적으로 막고 싶었다.

몇몇 부동산에 전화를 걸어 약속을 잡고 점포를 둘러보 았지만 마음에 드는 곳이 없었다. 그러다 한강변에서 멀지 않은 점포를 발견했다. 그곳만이 유일하게 가게 내부에 화 장실이 있었고, 권리금이 없었으며, 한강공원이 가까웠다.

약속 시간보다 일찍 도착해 건물 외관과 주변 거리를 둘러보았다. 점포는 전면 창에 시트지를 붙여놓아 내부가 전혀 보이지 않는 상태였다. 멋을 부린 보라색 글씨로 '펜지 에스테틱'이라고 적힌 커다란 간판이 걸려 있었다. 피부와 체형을 관리해주는 곳 같았는데 간판이 너무 오래되어 글자가 흐릿해진 상태였다. 옆 가게는 꽃집이었고 맞은편엔 편의점과 열쇠 가게가 있었다. 한 블록 아래에 있는 카페는 정기 휴일인지 문이 닫힌 상태였다. 나는 한산한 거리를 걸으며 그 동네에서의 미래를 그려보았다. 잘 모르는 곳이라 그런지 낙관적인 미래가 떠오르진 않았다. 그렇다고 아는 동네로 가자니 자금에 맞는 물건이 없었다. 중개인과 통화했을 땐 한강변이라는 점이 마음에 들었는데 막상 와서 보니 한강이 전혀 보이지 않았다. 다시 점포 앞으로 돌아오자마자 옆구리에 커다란 다이어리를 끼고 나타난 중개인과 마주쳤다.

중개인은 앞장서 점포 안으로 들어갔다. 뒤따라 들어가자 접착제 냄새가 코를 찔렀다.

"가게 좀 보러 왔어요."

중개인의 말에 분주히 손을 놀리던 여자들이 일시에 동작을 멈추고 고개를 들었다. 탁자 위에 펼쳐진 상태의 쇼핑백이 수북이 쌓여 있었다. 바닥엔 새끼손톱만 한 크기로 동그랗게 오려낸 종이가 떨어져 있었다. 끈을 끼우기 위해 구멍을 낸 흔적 같았다. 여자들은 접착제가 도포되어 있는 면을 따라 쇼핑백을 접다가 우리를 보고 손을 멈추었다. 점포 안으로 들어오고 나서야 알았다. 이곳은 이제 에스테틱이 아니라, 부업거리를 나눠 주고, 다 같이 모여 앉아 부업을 하는 장소였다. 나는 아직도 이런 곳이 있다는 사실에 놀랐다. 어릴 때 살았던 동네에서나 보았고 그 뒤론 한 번도 보지 못했지만, 어쩌면 내 눈에 띄지 않았던 것일 수도 있다. 뒤늦게 출입문에 붙여놓은 작은 종이가 떠올랐다. '부업 하실 분 연락 주세요. 010-××××-××××' 그 종이가 이 점포의 진짜 간판이었다.

나는 점포 내부를 천천히 둘러보다 화장실로 짐작되는 곳으로 걸어가 문을 열었다. 곧바로 담배 냄새가 훅 끼쳤다. 스위치를 눌렀지만 전등이 나갔는지 불이 들어오지 않았다. 실내는 길쭉한 직사각형 구조였고, 출입문 옆 전면 창을 비롯해 측면에 커다란 창이 두 개, 뒤쪽에 그리 작지 않은 창이 한 개 있었다. 한 면을 제외하곤 모조리 창이었다. 벽은 누리끼리했고 못 자국이 많았다. 중개인이 내 눈치를 살피며 어떠냐고 물었다. 나는 선뜻 대답하지 못했다. 상상했던 이미지와 많이 달랐지만 어찌 보면 당연했다. 지금은 낡은 사무실이지만 인테리어 공사를 마친 후 카페로 변신하면 완전히 달라 보일 것이다. 그러나 공사에 들일 수 있는 자금이 미천한 지금 그런 희망에 기대기가 불안했다. 공간

본연의 느낌을 그대로 살려 공사비를 조금이라도 아끼고 싶었는데 그러자면 이곳은 불합격이었다. 내가 대답을 망설이자 쇼핑백을 접고 있던 여자가 어떤 업종인지 물었다.

"카페예요."

여자가 나를 흘낏거리며 말했다.

"여긴 공사비가 많이 들 텐데요. 바닥도 새로 해야 하지 않겠어요?"

나는 그제야 바닥을 내려다보았다. 담뱃불 자국과 시커멓게 눌어붙은 접착제 때문에 몹시 지저분했다.

"이 자리에서 카페가 될까?"

나와 등지고 앉아 있던 여자가 동료에게 묻더니 고개를 갸웃거리며 다시 쇼핑백을 접기 시작했다. 나는 어쩐지 부끄러워져서 어정쩡한 태도로 인사한 뒤 밖으로 나갔다.

문을 열자마자 신선한 공기가 폐 속에 가득 차올랐다. 머리가 아플 정도로 접착제 냄새가 독했다는 걸 뒤늦게 깨달았다. 중개인이 나를 뒤따라 나오며 이 자리로 하시라고, 싸게 나온 거라고 재차 말했다.

"다른 물건은 없죠?"

"권리금이 없는 건 이거뿐이에요."

선택의 여지가 없었다. 적은 돈으로 가게를 열려면 많은 것을 양보해야 했다. 그중 내부 화장실은 양보하기 싫은 것이었고, 한강공원 인근이지만 권리금이 없다는 것도 큰 장점이었다. 단지 그 두 가지 조건만으로 그곳을 계약할 근거가 충분했다. 상권과 유동 인구를 분석하는 건 자금이 넉넉할 때나 가능한 것이었다. 권리금 없는 가게 중에선 그런 분석이 가능한 장소는 없었다. 거의 다 외진 곳에 있는 점포였기 때문이다. 그런 점을 감안하면 인근에 소규모 아파트 단지가 분포해 있고, 초등학교가 두 군데 있고, 걸어서 한강공원을 갈 수 있는 이곳이 그나마 나았다. 결정을 마치고 나서 지화 씨에게 전화를 걸었다. 지화 씨는 예상대로 미적지근한 반응을 보였다.

"마은아, 권리금 없는 가게는 그만한 이유가 있는 거야."

"나도 알아. 목이 안 좋은 거잖아."

"근데 거기서 장사를 하려고?"

"돈이 없어, 엄마. 여기서 해야 돼."

지화 씨는 잠시 말이 없다가 이모와 얘기해보라고 말했다. 나는 알겠다고 했지만 결국 이틀 뒤에 혼자 가게를 계약했다. 지화 씨는 이번에도 두 손 놓고 나를 지켜보는 수밖에 없었다. 연극을 하겠다고 지화 씨의 반대를 물리치고 집을 나갔던 그때처럼. 다른 점이 있다면 이제 우리는 얼굴을 보며 말하는 대신 전화로만 대화한다는 것이다. 그러므로 저항하기가 좀더 쉬웠다.

임대 계약을 마치고 부동산 밖으로 나오니 세상이 다른 빛깔로 보였다. 플라타너스와 바닥의 맨홀 뚜껑, 온갖 종류의 가게에서 내건 간판까지 풍경의 형태와 색이 평소보다 또렷해 보였다. 세상에 끼어 있던 희미한 안개가 일시에 걷힌 기분이었다. 앞으론 내가 상상하는 바람직한 나의 모습에 가장 근접한 삶을 살게 될지도 모른다는 기대감이 한껏 밀려왔다.

설레는 마음으로 가게에 도착하자마자 건물 측면 주차장에서 고양이 울음소리가 들렸다. 주차장으로 가보니 이제 막 어미에게서 독립한 것처럼 보이는 삼색 고양이가 나를 경계하는 눈빛으로 바라보고 서 있었다. 나는 손을 내밀어 삼색아, 하고 아무 이름이나 지어 불렀지만 고양이는 차체 밑으로 재빨리 모습을 감추었다.

가성비 높은 삶

회식을 마치고 고깃집 밖으로 나와 작별 인사를 하던 중이었다. 집이 같은 방향인 두 사람이 먼저 횡단보도를 건너려는데, 한 차장이 그들의 등 뒤에 대고 말했다.

"선희 씨 집에서 라면 먹고 가면 안 돼."

선희 씨와 상훈 씨는 인상을 찡그리며 한 차장을 돌아보았다. 그 말이 웃겨 죽겠다는 듯 크게 웃은 사람은 한 차장뿐이었다. 영화 「봄날은 간다」에 나오는 유명한 대사를 한 차장은 그런 식으로 오용했다. 그는 또 잘못을 저질렀다.

첫번째 잘못은 엘리베이터에서 만난 여직원에게 힙이 작아졌네,라고 말한 일이었다. 여직원은 즉시 직속상관에게 알렸고, 한 차장은 다이어트에 성공한 것을 칭찬하는 말이었다고 항변했지만 결국 얼굴을 붉히며 사과했다. 두번째 잘못은 식당에서 마주친 여직원들에게 합석을 거절당한 뒤 왜 그렇게 비싸게 구느냐고 말한 일이었다. 다들 똘똘 뭉쳐 항의했고 한 차장은 곧바로 대표에게 불려갔다. 한 차장은 너무나 당황하고 부끄러워하는 얼굴로 길게 사과했고 그 후론 자중하며 사는 것처럼 보였는데 결국 회식 자리에서 또다시 성희롱을 저지르고 먼저 떠나버린 것이다.

나는 한 차장의 언행에 화가 났지만 심신이 너무나 피로했기에 빨리 집에 가서 쉬고 싶은 마음이 밀려왔다. 그러나 다들 헤어질 기미를 보이지 않아서 나 역시 팔짱을 끼고 한숨을 내쉬며 길가에 서 있었다. 뒤늦게 은희 씨가 머뭇거리며 입을 열더니 한 차장의 말이 무슨 뜻인지 모른다고 말했다. 그러자 몇 사람이 놀란 소리를 냈다.

"어떻게 그걸 몰라요?"

"외국에서 살다 왔어요?"

나는 유튜브를 검색해 문제의 영화 속 한 장면을 은희 씨에게 보여주었다. 그리고 어쩌다 그 대사가 비밀스러운 암시이자 은밀한 클리셰적 농담이 되었는지 자세히 이해시켜주었다.

다음 날 선희 씨와 상훈 씨는 한 차장을 찾아가 거세게 항의한 뒤 대표에게 면담을 요청했다. 상황이 그렇게 되자 한 차장은 눈물을 내비쳤다고 하는데, 한 차장의 가까운 친척이 대표의 친구였으므로 그가 해고될 거라고 생각하는 직원은 없었다. 다들 그가 입을 바늘로 꿰맨 듯 살아가길 바랄 뿐이었다. 한 차장은 다음 날 연차를 냈고, 이틀 연속으로 회사에 나오지 않더니 사흘째 되는 날 침울한 얼굴로 나타나 자기 자리에서 종일 꼼짝 않고 있었다. 그게 우리가 할 수 있는 최선이라는 사실이 답답했지만, 사과를 주고받고 서로 없었던 일로 만들어버리자는 게 대표의 의지였다.

아마도 이 회사에서 대표의 의중을 가장 빠르게 파악하는 팀이 내가 소속된 재경팀일 것이다. 전년도에 비해 매출이 얼마나 올랐는지 혹은 떨어졌는지, 금액이 잘 송금되었는지 등을 확인하고 원천세 신고, 부가세 신고, 4대 보험과 급여 정산 작업에 매달리는 게 주요 업무였다. 인수한 회사의 회계 시스템을 다시 세우고, 모회사에서 요구하는 회계 자료를 넘겨주다 보면 야근도 심심치 않게 했다. 물론 나는 악착같이 야근을 피했지만 말이다. 다른 팀에 비해 업무 강도가 높다고 주장할 수는 없어도 업무의 성격이 다르다는 건 모두가 알았다. 그래서인지 회식 자리에서도 재경팀은 약간 겉도는 분위기였는데 류 팀장이 워낙 아웃사이더 기질이 있는 사람이라서 더욱 그랬다. 류 팀장은 엉뚱한 말을 내뱉어 분위기를 가라앉게 만드는 재주가 있었다.

"어제 아내와 동네를 산책하다가 나무를 봤어요. 중국단풍나무였는데, 생육 상태 관찰 중이라는 표지판이 걸려 있더라고요."

"관찰 중이라고요?"

"네, 나무를 관찰하는 거죠. 재미있을 거 같지 않아요?"

회식 자리나 점심 식사 자리에서 류 팀장은 이런 식의 말을 곧잘 했고 아무에게서도 호응을 얻지 못했다. 인기 있는 드라마나 유명한 맛집 방문기 같은 걸 말해야 돌아오는 반응을 기대할 수 있을 텐데 류 팀장은 그런 건 전혀 신경 쓰지 않는 사람이었다. 또 다른 특징은 그의 말엔 늘 아내가 등장한다는 것이었다. 그는 야근은 물론이고 주말 근무도 자청했는데, 주말엔 아내를 회사에 데려왔다. 아내는 회의실에서 책을 읽거나 영화를 보고, 류 팀장은 자기 자리에 앉아 밀린 일을 처리한다고 했다. 물론 나는 주말에 출근하지 않아서 그 기이한 광경을 본 적은 없다. 류 팀장은 적어도 한 달에 다섯 번은 주말 출근을 했다. 나는 그를 이해할 수 없었지만 그래도 한 차장에 비하면 류 팀장은 괜찮은 상사였다.

"팀장님, 한 차장님이랑 친하시죠?"

한번은 점심 식사 자리에서 다른 팀 직원이 류 팀장에게 그렇게 물은 적이 있었다. 어쩐지 뾰족하게 들리는 말이었다. 관리직끼리는 서로 친한 것 아니냐, 그런 식의 속뜻이 느껴졌다. 류 팀장은 고심하는 표정을 짓다가 한 차장이 자신을 별로 좋아하지 않는다고 답했다. 이유를 물었더니 이런 대답이 돌아왔다.

"제가 한 차장님이 얼마짜리 밥을 먹었는지 기억해두었다가 대표님께 보고하거든요."

우리는 벙찐 표정으로 류 팀장을 쳐다보았다. 밥값을 기억해두었다가 대표에게 고자질한다니 뜻밖이었다. 너무 쪼잔하지 않나, 하는 생각도 들었다.

"한 차장님은 비싼 것만 먹습니다. 법카를 함부로 막 쓴다고요."

류 팀장은 그 자리에 없는 한 차장이 보이기라도 하는 것처럼 허공에 눈을 흘기며 말했다. 그 말을 들은 직원들은 저마다 자기가 주문한 메뉴를 내려다보았다. 나 역시 그랬다. 9천 원 정도면 적당하다고 생각했는데, 류 팀장의 기준이 얼만지 알 수 없었다. 그러고 보니 류 팀장은 어딜 가나 가장 저렴한 메뉴를 주문하곤 했다.

우리에겐 공공의 적 한 차장이 있었기에 그에게 대항할 땐 제법 단결이 잘되었다. 한 차장과의 마찰이 아니라면 서로의 감정을 상하게 할 일은 거의 없었다. 팀 내에서 벌어지는 사소한 다툼은 있었지만 표면으로 드러나는 갈등은 한 차장의 부적절한 언행뿐이었다. 앞으로도 특별한 사건이나 변화는 오로지 한 차장에게서 비롯될 것이라고 생각하던 어느 날, 예상을 빗나가는 일이 벌어졌다. 류 팀장이 출근길에 과로로 쓰러진 것이다. 그는 응급실에서 반나절을 보내고 초췌한 얼굴로 회사에 왔다. 그제야 대표는 인력 부족을 절감하고 류 팀장에게 업무를 나눠 처리할 인재를 당장 뽑으라고 지시했다.

류 팀장은 채용 사이트에 구인 공고를 올렸다. 그러나 과로로 인한 후유증으로 컴퓨터 모니터만 보면 두 눈이 시큰거리는 증상에 시달렸던 그는 이러면 안 되는데,라고 말하면서 내게 이력서를 대신 봐줄 수 있느냐고 물었다. 1차 서류 전형 선발을 나에게 맡긴 것이다.

"아무래도 보영 씨가 해야 할 거 같아요."

"제가 해도 되는 일이에요? 인사팀에 넘겨야 하지 않을까요?"

"한 차장에게 맡기긴 싫습니다."

"팀장님의 기준이 뭔지 제가 모르는데……"

"일단 야근할 체력이 있어야 하니 남자를 뽑으시고 그다음엔 학점을 보세요. 그리고 경력을 보면 됩니다."

그런 연유로 나는 내 후배를 뽑는 업무를 맡게 되었다. 류 팀장은 내게 남자만 뽑으라고 지시를 내렸으면서 구인 공고엔 성별 무관이라고 떡하니 써놓았다. 그리하여 180통이 넘는 이력서를 하나하나 들여다보는 동안 과반 이상의 여성 지원자를 떨어뜨릴 수밖에 없었다. 명백한 차별임을 알았지만, 내 업무도 수북이 쌓여 있는 상태에서 잘잘못을 따지고 드는 체력 낭비를 하고 싶진 않았다. 저항하더라도 소용없을 것임을 잘 알기도 했다.

마침내 추려낸 아홉 명의 지원자를 류 팀장에게 알려주었다. 류 팀장은 곧바로 면접 날짜를 잡았고, 두 차례의 면접을 거쳐 지방 소재 4년제 대학을 우수한 학점으로 졸업한 조현수가 재경팀에 합류하게 되었다.

조현수는 마른 체형에 평범한 인상을 가진 남자였다. 대학을 졸업하고 세무회계 사무소에서 아르바이트생으로 반년간 일한 뒤, 문구 회사 회계팀에서 1년 동안 근무한 이력을 갖고 있었다. 류 팀장의 지시도 있었지만 나보다 어린 사람을 뽑아야 내가 편할 것 같았다. 조현수는 나보다 두 살 아래였고, 경력이 짧기에 내 자리를 넘볼 거라는 생각은 들지 않았다. 그러나 환영 회식 자리에서 그는 난데없이 류 팀장에게 앞으로 자기를 잘 키워달라고 말했다. 류 팀장의 뒤를 이어 회사의 중요한 인재가 되고 싶다며 자신의 포부를 드러낸 것이다. 나는 조현수가 맥주 한 잔을 마시고 취한 줄 알았다. 얼굴이 화끈거리는 말을 잘만 하는 게 신기했다. 나는 한 번도 나를 키워달라거나, 팀장님의 뒤를 이어 요직을 맡고 싶다는 말을 한 적이 없었다. 지난 3년 동안 이곳에서 근무하며 내가 어디까지 오를 수 있는지 모두 파악해놓은 상태였다.

조현수의 말을 들은 류 팀장은 뜻밖에도 기쁜 표정을 지었다. 좀처럼 볼 수 없었던 표정에 위기감이 확 몰려왔다.

한 차장 역시 조현수를 마음에 들어 하는 눈치였다. 한 차장이 나를 보며 말했다.

"면접 자리에서 현수 씨한테 야근할 수 있는지 물었더니 뭐랬는지 알아요?"

나는 고개를 저었다. 알 것도 같았지만 대꾸하고 싶지 않았다. 억지로 웃는 것에도 지쳐가고 있었다.

"이렇게 말하더라고요. 회계는 야근이 필수인 걸로 알고 있습니다. 일을 끝마치지 않고 집에 간 적은 이제껏 한 번도 없습니다."

한 차장과 류 팀장, 조현수가 동시에 와하하 웃더니 술잔을 부딪혔다. 나는 잔을 부딪치는 시늉만 하고 내려놓았다. 아무래도 사람을 잘못 뽑은 것 같았다. 상사가 듣고 싶어 하는 말만 골라서 하는 사람치고 성실하게 일하는 사람은 보지 못했다.

우리 팀의 고질적인 야근이야 늘 있는 일이지만 그래도 조현수가 들어오기 전엔 류 팀장이 어떻게든 잔업을 떠맡는 분위기였다. 류 팀장이 자진하기도 했고, 나 역시 일주일에 두세 번씩 야근을 하는 건 도무지 자신이 없었기에 퇴근 시각에도 의자에서 일어나지 않는 류 팀장에게 꾸벅 인사하고 주저 없이 집으로 갔다. 간간이 보너스를 받기도 하는 류 팀장과 달리 나는 야근 수당을 따로 받은 적이 한 번도 없었고—임금에 모두 포함되어 있다고 들었으나 쥐꼬리만

한 월급을 보면 도무지 납득할 수 없는 말이었고—, 류 팀장은 나보다 연봉이 훨씬 많으니 일을 더 해도 된다는 계산적인 마음도 있었고, 무엇보다 류 팀장이 잔업을 하는 이유는 일이 많아서이기도 하지만 사내 회계 시스템이 마음에 들지 않으면 통째로 뒤엎고 다시 정리하는 데 집착하는 편집증적인 인간이라 그렇기도 했다. 그런 일에 동원되고 싶은 마음이 없는 건 당연하지 않은가. 그러나 가장 큰 이유는 내가 어디까지 올라갈 수 있는지 누구보다 잘 안다는 것에 있었다. 사원으로 입사해 대리가 될 수는 있어도 그 이상은 불가능하다는 걸 이미 알고 있었다. 누구도 내게 회사에 충성하면 팀장이 될 수 있을 거라고 말해준 적이 없었다. 나는 류 팀장이 지시하는 일을 처리하는 사람이었고, 만년 경리였고, 과장이나 팀장이라는 직급은 내 것이 될 수 없다는 걸 알았다. 회식 자리에서 대표는 류 팀장의 후임으로 다른 팀에서 근무 중인 남자 직원을 언급하며, 회계 업무도 잘할 사람인데 그 사람을 데려다 한번 키워보지 않겠느냐는 식으로 말했다. 그러나 그 남자 직원은 재경팀에 아무런 관심이 없었기에 결국 류 팀장의 뒤를 이을 남자 직원을 새로 뽑게 된 것이다. 나는 조현수의 입사 지원서를 면접 후보군에 올리며 이 회사에서 3년이나 일한 나를 앞지를 수는 없을 거라고 생각했지만, 회식 분위기는 그가 반드시 나를 앞지르고 말 것이라고 예단하는 방향으로 흘러갔다.

나는 조현수가 싫었다. 스텝업의 열망을 갖고 있는 경리 여직원을 멀리하는 상사와 대표도 싫었다. 그리고 무엇보다 상사의 자리를 탐하지 않는 내가 싫었다. 나는 왜 류 팀장에게 나를 키워달라거나 내가 당신의 뒤를 이을 거라고 말하지 못할까. 도대체 내 머릿속엔 무엇이 들어 있기에. 어떤 미래를 그려가고 있기에. 그러나 나는 나보다 앞서 승진의 길을 걸었던 미혜 선배가 어떤 식으로 내쳐지는지 이미 보았다. 그녀는 이례적으로 과장으로 승진한 뒤 연봉이 인상되는 것과 동시에 야근은 물론이고 좀더 유능한 업무 능력을 갖출 것을 요구받았는데, 임신 사실을 숨기며 야근을 피하다가 결국 우리에게 털어놓고 거의 매일 정시에 퇴근했다. 호르몬의 변화 때문인지 낮에도 자꾸만 졸았고, 회계의 생명인 숫자를 자주 틀리는 일이 발생하자 꾸지람을 듣는 일도 잦았다. 선배는 어느 순간부턴가 될 대로 되라는 심정으로 일했는데 그 피해는 고스란히 류 팀장과 나에게로 돌아왔다. 류 팀장과 야근을 하며 나 역시 그녀를 미워했다. 출산 휴가를 앞두고 주변의 눈치를 심하게 살피던 선배는 결국 퇴사했고, 류 팀장은 대표의 의견대로 과장급 인재를 데려오는 대신 그 자리를 비워두었다. 대표는 과장급을 데려오라고 지시하면서 연봉은 신입 사원 급으로 주겠다는 극도의 모순을 내보였고, 류 팀장은 고민 끝에 그 자리를 공석으로 남겨두었으나 결국 과로로 쓰러지고 나서야 신입

사원을 뽑은 것이다.

회식 자리는 조현수와 한 차장이 거나하게 취한 상태로 끝났다. 류 팀장은 원래 술을 많이 마시는 사람이 아니었고, 나는 그가 취한 것을 한 번도 본 적이 없었다. 조현수와 한 차장은 집이 같은 방향이었기에 택시를 함께 타고 사라졌다. 나는 한 차장에게 현수 씨 집에서 라면 먹고 가는 거 아니냐고 묻고 싶은 걸 꾹 참았다.

횡단보도 앞에 서서 신호를 기다리는 동안 류 팀장은 내게 현수 씨가 어떤 사람인 거 같으냐고 물었다. 나는 좀더 지켜봐야 알 것 같다고 솔직하게 말했다. 마음에 없는 좋은 말은 하고 싶지 않았다.

"보영 씨는 이 회사에 오래 다닐 생각이에요?"

나는 그렇다고, 오래 다닐 생각이라고 대꾸했지만 속으론 그렇게 생각하지 않았다. 만에 하나 조현수가 나보다 먼저 대리가 된다면 나는 이 회사를 박차고 나갈 가능성이 컸다. 하지만 그런 상태로 갈 수 있는 곳은 다른 회사의 재경팀뿐일 것이다. 그곳에서도 스텝업의 야망을 가진 여성 경리는 꺼릴지도 모른다.

"오래 다닐 건데 왜 그렇게 야근을 기피하는 거예요?"

뜻밖의 말에 나는 류 팀장을 돌아보았다. 아마도 쏘아보았을 것이다.

"앞으로도 나랑 현수 씨가 계속 야근을 하고, 보영 씨만

정시에 퇴근하면 우리는 보영 씨가 이 회사를 계속 다니려는 건지 의심하게 돼요."

기가 찼다. 나는 결국 참지 못하고 말했다.

"팀장님, 조현수 씨는 팀장으로 승진이 가능하잖아요."

여자는 팀장이 되는 게 불가능하지 않느냐는 내 말의 속뜻을 류 팀장이 모를 리가 없었다. 다른 부서는 가능했지만 우리 부서는 달랐다. 모회사에 교육 연수를 받으러 가면 다른 자회사의 재무팀장도 모두 남자였다. 재경팀은 과거부터 지금까지 가장 변화가 느리게 진행되는 부서였다.

"미혜 선배도 임신 때문에 결국 그만뒀잖아요."

"보영 씨 결혼해요?"

"언젠가 할 수도 있죠. 하지 말아야 돼요?"

"해도 되죠, 당연히."

류 팀장은 답답하다는 듯이 말을 이었다.

"보영 씨, 나는 결혼한 여성 직원을 안 좋아하는 게 아니라 성공적인 사례를 못 봐서 그런 거예요. 없으니까 예단할 수밖에 없고요. 그리고 만일 보영 씨가 팀장이 되고 싶다면 그만큼 노력을 해야죠. 일단 대리부터 먼저 되어야 하고요."

나는 대답하지 않았다. 그까짓 대리, 조현수가 먼저 달라고 할까. 그러나 그건 자존심이 너무 상하는 일이었다. 신호가 바뀌자 류 팀장이 앞서 걸어갔다. 그는 횡단보도 끝에 다

다라 나를 돌아보며 말했다.

"나는 보영 씨가 욕심이 없는 게 싫습니다. 욕심을 좀 내 보세요."

"팀장님, 요즘 그렇게 사는 90년대생은 없어요."

류 팀장은 두 눈을 크게 떴다. 나는 이 공격이 먹힐 줄 이미 알고 있었다. 90년대생에 대한 류 팀장과 한 차장의 선입견을 알았기에 가능한 유효타였다. 한 차장은 90년대생을 가리켜 '한국어를 하는 외계인'이라고 말하기도 했다. 그런데 어두워지던 류 팀장의 표정에 갑자기 생기가 돌았다.

"보영 씨, 조현수 씨도 90년대생입니다."

아, 세상에! 말문이 막혔다. 그의 말이 맞았다. 심지어 조현수는 나보다 두 살이나 어렸다. 나는 그 사실을 순간적으로 까맣게 잊고 있었다.

"언제 태어났는지를 떠나서 조직에 충성하는 사람이 결국 살아남는 겁니다."

류 팀장은 그렇게 말하더니 쌩하니 먼저 가버렸다. 나는 분노를 내뿜으며 지하철역 방향으로 걸어갔다.

이 모든 건 90년대생답지 않은 조현수 때문이었다. 습관적인 아부, 불필요한 야근, 구닥다리 회식 문화 같은 걸 거부감 없이 받아들이는 그 인간 때문에. 나는 조현수를 미워하기로 결심했다. 누구 덕분에 앞으로도 야근이 횡행하게 될 것이 너무나 빤했기에.

열차에서 내리자마자 편의점으로 향했다. 늘 가던 곳이 아니라, 맥주 종류가 좀더 다양하게 구비되어 있는 편의점으로 가기 위해 지저분한 골목을 빠져나와 코너를 돌았다. 그러자 평소와 다른 풍경이 눈에 들어왔다. 음침한 점포가 있던 자리에 불이 환하게 켜져 있었다.

나는 점포 가까이 걸어갔다. 사람은 보이지 않고 커다란 화분들과 테이블, 책이 가득 꽂혀 있는 책장만 보였다. 밖에 내어놓은 의자 위에 직사각형 나무판자가 비스듬히 세워져 있었다. 아무래도 그게 간판인 것 같았다. 미끄러지지 않게 아래쪽을 벽돌로 받쳐놓은 판자에 흰색 글자가 세로로 씌어져 있었다.

'마은의 가게'

눈길을 들었다가 주방에서 나오는 여자와 눈이 마주쳤다. 여자는 나를 향해 살짝 고개를 숙였다. 얼결에 나도 고개를 숙였다. 그러곤 몹시 어색해져서 뒤돌아 편의점으로 빠르게 걸어갔다.

*

잠든 주호의 얼굴은 무척 고단해 보였다. 수호는 매일 구직 중이다. 서류 전형이 통과되는 일이 거의 없어서 물류센

터와 공연장을 오가며 아르바이트를 하고 있었다.

주호가 서류 전형에서 미끄러지는 이유를 나는 서류 전형 심사를 도맡아 하면서 깨달았다. 심사관의 눈이야 다들 비슷할 것이고, 류 팀장이 조금 독특한 사람이라고 해도 남다른 기준을 적용하지는 않았을 것이다. 먼저 어느 대학인지 확인하고, 학점으로 성실함을 판단하고, 경력 및 활동 사항으로 직무 능력을 판단한다. 자소서는 성심성의껏 작성하기만 하면 내용은 크게 상관없다. 자신이 맡게 될 직무에 대한 이해도를 바탕으로 작성한 것이라면 좋은 인상을 심어줄 수 있지만 그래봤자 가산점에 불과했다. 어차피 입사 후엔 그 회사의 업무 과정에 맞춰 처음부터 다시 배워야 한다. 이렇듯 간명하다. 그리고 바로 이 간명함이 문제가 된다. 주호는 대학도 그럭저럭, 학점은 엉망진창, 경력 역시 전무하니 자꾸 떨어질 수밖에 없는 것이다.

이력서를 심사하는 동안 나는 지원자들의 인생이 종이 한 장으로 정리될 수 있다는 것에 새삼스레 놀랐다. 이력서 양식은 압축된 인생을 가장 효과적으로 보여줄 수 있는 틀이었다. 그 틀 안에선 어떤 인생이든 쉽게 분류되기 마련이고, 회사의 인재 선발 기준에 맞춰 무엇이 부족하고 넘치는지 한눈에 드러났다. 서류 양식부터 인간을 가르는 잣대가 적용되었다. 왼편 상단의 사진(외모), 대학명과 학점(계급), 자격증 및 경력 사항(스펙), 자소서(열의). 이러한 형식으로 한 사람의 인생이 중요도에 따라 하향식으로 전개된다.

내가 뭐라고 타인의 인생을 평가하는 걸까. 지원자들의 요약된 인생을 수일 내에 너무나 많이 접해서인지 처음엔 감상적인 생각이 밀려왔다. 그러나 그것도 잠깐이었다. 점점 더 많은 이력서가 들어오자 나는 기계적으로 그 일을 처리했다. 내 업무도 하면서 이력서 심사까지 해야 하니 명확한 기준을 세우고 그것에 미달되면 가차 없이 버려야 했다. 기준을 많이 상회해도 버려라. 그건 류 팀장이 지시한 사항이었다. 너무 뛰어난 인재는 입사해도 곧바로 다른 데로 가버릴 수 있으므로 적당한 사람을 뽑으라고 했다. 그건 우리 회사의 수준이 어느 정도의 적당함을 갖고 있는지에 따라 달랐다. 그것까지 류 팀장에게 물어볼 수는 없었다. 나는 류 팀장이 뽑은 나의 이력을 바탕으로 '네임드' 대학과 토익 '900점' 이상, 경력이 화려해 희망 연봉이 내 연봉보다 높은 사람을 탈락시켰다. 그들에게 미안함을 느끼진 않았다. 우리 회사보다 더 좋은 회사에 갈 사람들이었으니까.

문제는 그리 수준 높은 인재를 원하지 않는 우리 팀에서도 부족하다고 생각하는 지원자들이었다. 어차피 류 팀장의 지시로 여성은 무조건 탈락이었으나, 만일 그런 제재가 없었다면 그들의 이력 역시 면밀하게 심사되었을 것이다. 나는 그들 중 다수가 카페나 프랜차이즈 요식 업체에서 오래 일한 경력을 갖고 있다는 것에 놀랐다. 그건 우리가 맡기려는 직무와 아무런 관련이 없는 일이었다. 그들 중엔 이십 대 중반에 불안감을 느껴 뒤늦게 회계 공부를 시작한 것처럼 보이는 사람이 많았다. 나도 알고 있었다. 구직 중인 이십대 여성에게 가장 많이 권하는 직종이 회계와 디자인이라는 걸. 나는 그들에게 진심으로 조언해주고 싶었다. 직접 전화를 걸어 말해주고 싶을 정도였다. 카페에서 잠깐 동안 아르바이트를 하는 건 나쁘지 않아요. 그러나 매장에서 손님을 응대하고, 포스기 마감을 철저하게 했다는 것은 가산점이 되지 않습니다. 그런 곳에서 1년 이상 근무하느니 세무사 사무소에서 반년 동안 아르바이트를 하는 게 훨씬 더 눈길이 갑니다. 1인 사무실이어도 상관없어요. 관련 직종에서 일했다는 경력만 쌓으면 돼요.

나는 수많은 이십대 여성의 경력을 잡아먹고 있는 서비스업 장기 아르바이트를 뜯어말리고 싶었다. 커리어를 중요하게 생각한다면 언제나 커리어 언저리에서 일하고 있어야 한다. 그러나 그들이 어떻게 항변할지 충분히 예상할 수 있었다. 주호와 비슷할 것이다. 구직 중에 마냥 놀 수도 없고, 자격증이라도 하나 더 따려면 돈이 한두 푼 드는 것도 아니었다. 그러니 아르바이트는 반드시 해야 하는데 구인이 가장 많은 직종, 가장 쉽게 채용될 수 있는 일이 서비스직 점원일 것이다. 물론 나는 주호가 프랜차이즈 카페에 알바생으로 지원했다가 탈락한 걸 두 번이나 봤기에 그것도 어려운 일이라는 걸 알고 있었다. 알고 있지만, 모두가 경력에 대해 좀더 예민해지길 바랐다. 나는 어느새 권위를 빌린 심사관이라는 것도 잊고 마음속으로 그런 평가와 조언을 해대고 있었다.

"주호야, 씻고 자."

주호는 실눈을 뜨고 나를 보더니 고개를 저은 뒤 다시 눈을 감았다. 나는 주호 옆에 누웠다. 문득 그런 생각이 들었다. 우리의 삶을 영화로 만들면 누가 봐줄까. 볼만한 구석이 어디에 있을까. 이제 우린 이십대와 작별했다. 지금부턴 현실이다. 왜 어째서 벌써부터 현실이냐고 주호가 술에 취해 말한 적이 있었다. 자기는 아직 끌려 들어가기 싫다고 했다. 가만히 내버려두면 환갑이 다 되어서도 낭만이나 찾아다닐 애라는 걸 알았기에 나는 단호하게 잘라냈다. 주호의 낭만과 우리의 낙관을.

주호는 그때부터 꾸준히 아르바이트를 했다. 배달 산업 호황으로 늘 구직 중인 물류 센터에서 가장 자주 일했다. 물건 분류, 롤테이너 정리, 박스 정리, 차량 지도 등등 온갖 허드렛일을 다 했다. 출입구가 항상 개방되어 있는 곳이어서 여름엔 찜통, 겨울엔 혹한이라고 했다. 지금은 여름을 코앞에 둔 늦봄이고, 주호는 종일 땀 흘리며 뛰어다녔을 것이다.

*

정시에 퇴근한 뒤 가산디지털단지역으로 향했다. 약속 장소는 대형 오피스텔 건물의 로비였다. 주호와 나는 늘 같은 날에 휴대폰을 샀고, 엇비슷한 시기에 휴대폰 속도가 느려지거나 고장 났다. 우리는 언제나 중고폰만 샀다. 주호는 인터넷 카페를 통해 알게 된 업자와 건물 로비 같은 곳에서 만나 휴대폰을 구매했다. 새 휴대폰에 비하면 가격이 거의 5분의 1이었다. 알뜰요금제를 쓰면 요금도 거의 5분의 1이었다. 물론 데이터가 무제한이 아니었지만 괜찮았다. 어딜 가나 와이파이가 되는 나라니까.

주호와 약속 장소를 서성이며 10분 정도 기다리니 이십대 초반으로 보이는 남자가 나타났다. 우리는 엘리베이터 근처에 있는 장의자에 나란히 앉았다. 남자가 지퍼 팩에서 휴대폰을 꺼내더니 두 손으로 조심스레 주호에게 건넸다. 주호가 미리 원하는 휴대폰을 요청해놓았고, 남자는 주호가 말한 모델과 추천 모델까지 총 네 대의 휴대폰을 들고 나왔다. 이런 종류의 거래는 점포나 사무실이 아닌 길거리 벤치나 건물 로비에서 이루어졌다. 남자가 주호에게 휴대폰을 건네며 새거나 다름없다고 강조했다.

"액정은 간 거예요?"

"거의 새거라서 안 갈았는데, 여기 보면 점이 있어요."

남자는 주호와 내가 잘 볼 수 있게 검지로 두 대의 휴대폰에 있는 하자를 짚어주었다. 카메라 아래 한 군데, 다른 휴대폰은 그보다 좀더 안쪽에 검은색 점이 있었다. 사실 점이 있다고 말해주지 않으면 모를 정도의 크기였다.

"이거 때문에 가성비 폰이 된 거예요."

남자는 가격이 싸다는 것을 그렇게 표현했다. 가성비 폰.

"얼만데요?"

남자의 대답을 듣고 나서 우리는 놀란 표정을 감추기 위해 노력했다. 예상했던 것보다 훨씬 더 저렴했다. 눈에 잘 보이지도 않는 점이 찍혔다고 이렇게 많이 할인해주다니.

"다른 건요?"

남자는 좀더 사양이 좋은 휴대폰을 꺼내 이번에도 두 손으로 조심스레 건넸다. 남자가 그렇게 행동하는 바람에 우리 역시 중고 휴대폰을 두 손으로 건네받아 조심스럽게 살폈다. 테두리 부분의 칠이 많이 벗겨진 폰이었다.

"그건 액정에 문제없어요."

"테두리가 많이 벗겨졌네요."

"그래서 가성비 폰으로 하시라고 두 대 가지고 나온 거예요."

"당근에 올라온 개인 물건보다 싸게 파시네요?"

"그렇죠. 아시잖아요."

"잘 알죠."

나는 잘 알죠,라는 주호의 대답이 무슨 의미일까 짐작하며 점이 찍힌 휴대폰을 다시 살펴보았다. 자세히 봐도 괜찮았다. 이 정도 크기의 점이면 넷플릭스를 볼 때 방해될 것 같지도 않았다.

"넌 그거 할래?"

나는 고개를 끄덕였다. 주호는 고심했다.

"너도 점 찍힌 걸로 해. 테두리가 까진 것보단 낫잖아."

"그래도 이게 더 사양이 좋은데."

주호는 고심 끝에 결국 사양이 좋은 폰을 골랐다. 우리는 그 자리에서 남자의 계좌로 금액을 송금했다. 나는 알뜰폰도 개통이 되는지 다급히 물었다. 남자가 대답하기 전에 주호가 얼굴을 붉히며 상관없다고, 다 된다고 잘라 말했다. 남자는 남은 휴대폰을 지퍼 팩에 넣고 의자에서 일어났다. 주호가 남자에게 액보는 안 주느냐고 물었다.

"필요하세요? 이틀 뒤에 오시면 드릴게요."

주호는 감사 인사를 하며 꾸벅 고개를 숙였다. 남자는 엘리베이터가 아닌 비상계단으로 바삐 걸어갔다. 우리는 휴대폰을 가방에 넣고 그곳을 빠져나왔다. 나는 주호에게 액보가 뭐냐고 물었다.

"액정 보호 필름."

"아……"

주호는 생각에 잠긴 얼굴이 되었다가 나를 돌아보았다.

"나 혹시 거지처럼 보였어?"

42

"액보 공짜로 달라고 해서?"

"어."

"아니, 그 정도는 괜찮지."

나는 주호에게 가까이 붙으며 작은 목소리로 물었다.

"주호야, 이거 혹시 장물이야?"

주호는 씩 웃기만 했을 뿐 끝까지 대답해주지 않았다.

우리는 만원 열차에 올라탔다. 나와 바짝 붙어 서 있던 주호가 이틀 전 누나와 크게 다투고 집을 나와 고시원에 방을 얻었다고 고백했다. 나는 언젠가 그럴 줄 알았기에 놀라지 않았고, 내 집에 얹혀살겠다는 말을 하지 않아서 내심 안도했다. 그런데 남녀 공용 층에 방을 얻었다는 말을 듣고 나선 왜 그랬는지 물을 수밖에 없었다. 주호는 남녀 공용 층의 방이 훨씬 넓고 욕실이 딸려 있기 때문이라고 답했다. 나는 주호에게 여성 입실자에게 오해를 살 만한 일은 하지 말라고 신신당부했다. 주호는 그럴 일 없다고 잘라 말했지만, 여자가 작정하고 덮어씌우려 하면 별수 없다고 덧붙였다. 그 말을 듣고서 나는 주호의 입을 때려주고 싶은 충동이 치솟았다. 왜 또 저렇게 말하는 걸까.

주호는 아슬아슬한 발언을 할 때가 종종 있었다. 나는 주호가 매일 보는 유튜브 방송이 그의 생각에 영향을 미치고 있는 거라고 짐작했다. 그 방송에서 다루는 주제는 대부분 여성에 대한 의심과 불신 그리고 역차별에 대한 원망과 성토였다. 나는 주호가 그런 말을 꺼내려고 할 때마다 화제를 다른 곳으로 돌렸다. 여혐이나 남혐은 우리의 대화에서 가장 피해야 할 주제였다. 한번은 주호와 그 문제로 크게 다툰 적도 있었는데, 도무지 서로의 생각이 좁혀지지 않아 헤어져야겠다는 결론에 이르렀다. 하지만 내 입에서 그 말이 나오기 직전에 주호가 먼저 사과했다. 이런 일로 싸우고 싶지 않다며 모든 혐오는 본질적으로 잘못된 거라고 결론 내렸다. 그 뒤로 우리는 되도록 그런 화제를 피하며 대화했지만 나는 내 또래의 다른 이성애자 커플은 어떻게 연애를 하고 있을지 궁금했다. 그들은 어떤 대화를 나누고 있을까. 여행 계획과 취업 고민, 가족과 친구에 대한 울분 같은 것들은 함께 나누지만 성별을 갈라서 싸우게 되는 문제엔 아무런 관심도 보이지 않을까. 아니면 첨예하게 대립하고 있을까. 궁금했지만 마땅히 물어볼 데가 없었다. 나는 친구가 두 명뿐이었고, 그마저도 생일이나 연말에 한 번씩 톡을 보내는 관계였다. 대학 동창들과 멀어진 뒤부터 나는 친구 만드는 일에 시큰둥해졌다.

"내 방에 가볼래?"

나는 마음에 드리워지는 그늘을 느끼며 고개를 끄덕였다.

입실자를 비롯해 모든 방문자는 층계참에 있는 신발장

앞에서 슬리퍼로 갈아 신어야 했다. 구두를 신발장에 넣고서 총무실을 힐끗 돌아보니 불이 꺼져 있었다. 총무가 자주 부재하는 곳이라면 자유롭게 드나들 수 있어서 좋을 테지만, 주호의 방에서 노는 건 그리 마음 편한 일은 아닐 것이다. 소음이 새어나갈까 봐 조심스러운 것도 있지만 무엇보다 이곳으로 올 때마다 주호와 나의 미래에 대해 많은 생각이 들 테니까. 주호는 목돈을 모을 생각이 희박했다. 목돈을 모아야 전셋집으로 갈 수 있다는 내 말에 고개를 젓기만 했다. 자기는 다 계획이 있다고 하면서.

"무슨 계획인데?"

"취업만 하면 대출을 받을 수 있잖아. 그 돈으로 전셋집을 구하면 돼."

"그래도 모아놓은 돈이 있어야지. 전세금을 백 퍼센트 대출해주는 은행은 없어."

"모아놓은 돈 있어."

"얼마?"

주호는 의자에 멀뚱히 앉아 입을 다물고만 있었다. 그러더니 갑자기 냉장고를 열고 성에를 제거하기 시작했다. 낮에 코드를 뽑아놓고 나갔더니 성에가 잘 녹았다고 말하면서. 냉장고 크기에 비해 성에가 지나치게 커서 나는 깜짝 놀랐다.

"어떻게 저렇게 두껍게 얼 수가 있지?"

"제거 안 한 지 오래됐나 봐."

"아니, 내 말은 쓸데없는 게 왜 저렇게 두껍게 생기느냐고."

주호는 아무런 대답도 하지 않았다. 나는 주호의 머릿속에도 두꺼운 성에가 끼어 있을지 모른다고 생각했다. 그러지 않고서야 계속 이렇게 살아갈 수는 없으니까. 누나와 싸우고 집을 뛰쳐나와 아무런 대책 없이 고시원으로 들어와버릴 순 없는 거니까. 주호는 가성비 높은 삶에 대해 오해하고 있는 게 아닐까. 이만하면 괜찮다는 기준이 너무 낮은 건 아닐까.

한편으론 주호가 누나와 자주 다투는 이유도 이해할 수 있었다. 주호의 누나는 주호와 나이 차이가 꽤 나서 모를 수도 있지만 지금은 과거와 달랐다. 먹고살 게 너무 없었다. 정확히 말하면 인간다운 삶을 살면서 먹고살 만한 직업이 너무 없었다. 그럼에도 나는 주호가 작은 회사일지라도 어디든 입사하길 바랐지만, 주호는 중소기업 평균 연봉과 복지 혜택을 들먹이며 냉소적인 태도를 취했기 때문에 언제부턴가 어디든 다 똑같으니 아무 데나 입사하라는 말은 속으로 삼켰다.

주호는 욕실에 성에를 버리고 오더니 책상 아래 상자에서 캔 참치를 꺼내 밖으로 나갔다. 나도 침대에서 일어나 주호를 따라갔다. 복잡한 복도를 걸어서 도착한 곳은 공용 주방이었다. 주호가 냉장고에서 김치 통을 꺼내더니 김치볶음밥을 만들기 시작했다. 참치만 있으면 고시원에서 제공하는 밥과 김치로 배부르게 한 끼를 먹을 수 있었다. 나는 문득 그 사실이 두려웠다. 주호가 이곳에서 영원히 나가지 않으려고 할까 봐서.

고시원을 나와 역으로 걸어가는 내내 우리는 손을 잡지 않았다. 주호도 나도 각자 자기 주머니에 손을 넣고 걸었다. 주호에게 언제까지 고시원에 살 생각이냐고 물었더니 주호는 백 살까지,라고 웃으며 답했다. 나는 웃지 않았다.

"주호야, 너는 꿈이 뭐야?"

주호는 짧게 고민하다가 말했다.

"너랑 계속 같이 있는 거."

나는 아무런 대꾸도 하지 않았다. 그거면 충분한가, 충분하지 않은가.

아무래도 충분하지 않았다.

어서 오세요 마은의 가게입니다

시작은 폐허구나.

장사를 하기 전엔 몰랐다. 신축 건물이 아니면 자영업자가 가장 먼저 마주하게 되는 것은 이전 임차인의 집기가 모두 빠진 폐허 같은 공간이라는 걸.

텅 빈 점포의 바닥은 변색된 흔적과 접착제 자국 때문에 지저분했고, 매립형 천장 등의 희끄무레한 빛은 공간을 더욱 남루해 보이게 만들었다. 벽은 못 자국투성이었다. 도대체 왜 이렇게 못을 많이 박은 걸까. 군데군데 금이 가고 구멍까지 난 벽면을 바라보다 화장실로 도망치듯 들어갔다. 그곳엔 옥색 변기가 웅크리고 앉아 있었다. 누렇게 변한 세면대 앞에 서서 거울 속에 비친 내 얼굴을 보았다. 개업이 아니라 폐업을 앞두고 있는 사람처럼 표정이 어두웠다.

화장실 밖으로 나와 13평짜리 황량한 점포를 둘러보았다. 이제부터 이 공간을 새롭게 바꾸고 맞춤한 집기를 들여야 하는 사람이 나라는 게 믿기지 않았다. 그러나 물러설 곳이 없었다. 크게 심호흡을 하고 가방에서 일정표를 꺼냈다. 텍스로 마감되어 있는 낮은 천장부터 바꿔야 했다. 텍스를 뜯어내고 콘크리트가 드러나는 노출형 천장으로 시공한 뒤 천장과 벽면에 페인트를 칠하고, 바닥 공사를 진행할 계획이었다. 가장 먼저 간판과 천장, 화장실부터 철거하기 위해 며칠 전에 업체를 찾아 연락을 해두었다.

털털거리는 엔진 소리와 함께 가게 앞에 커다란 트럭이 정차했다. 밖으로 나가보니 운전석에서 반백의 남자가 내리고 있었다. 철거 업체 사장이었다. 혼자 오셨느냐고 묻자 그는 혼자 해도 충분한 크기라고 답하며 내게 명함을 건넸다. 전진철거 사장 김철규. 출근 시간대라서 차가 막힐까 봐 새벽에 일찍 출발했다는 그는 전화로 상담할 땐 팀원들을 데리고 오겠다며 호기롭게 말했지만 공사 당일이 되자 갑자기 혼자 나타나서는 말을 바꾸었다.

"일을 못하는 인부가 오면 더 오래 걸려요."

확신에 찬 어투로 말하니 그대로 진행할 수밖에 없었지만 아무래도 인부를 구하지 못해 변명을 늘어놓는 눈치였다.

김 사장은 가게 앞에 바짝 붙여 주차한 트럭 위로 기어 올라가더니 까치발을 들고 두 팔을 뻗어 간판부터 떼어냈다. 별다른 안전 장비 없이 아슬아슬하게 작업을 이어나가는 바람에 지나가던 주민들이 걸음을 멈추고 구경할 정도였다. 간판을 다 떼어내고 트럭 위에서 내려온 그는 화장실을 철거하겠다고 말했다. 곧이어 커다란 쇠망치로 세면대와 변기를 쾅쾅 부수었는데, 소음에 귀가 먹먹하고 사방으로 튀는 도기 파편이 상당히 위험해 보였지만 그는 보호 장구 하나 없이 작업을 해나갔다. 화장실 철거를 마친 뒤엔 또다시 보호복 없이 마스크만 쓴 채로 천장 텍스를 제거하기 시작했다. 물끄러미 쳐다보고 있는 내게 그가 말했다.

"멀리 떨어져 계세요. 먼지 많이 나요."

나는 멀리 가진 못하고 가게 밖 전면 창에 붙어 서서 철거 과정을 지켜보았다. 텍스를 뜯어낼 때마다 석고 가루가 바닥으로 우수수 쏟아졌다. 그걸 온몸에 덮어쓴 김 사장은 금세 석고상 같은 몰골이 되었다. 속눈썹까지 하얬다. 그런 일은 예사라는 듯이 그는 가루를 털지도 않고 계속 철거를 진행했다. 나는 뒤돌아 맞은편 편의점으로 걸어갔다. 음료수를 사 와서 야외 테이블 의자에 앉아 공사 일정표를 들여다보았지만 머릿속으론 딴생각만 들었다. 도대체 왜 보호복과 안전모를 착용하지 않는 걸까. 그의 가족이 이 사실을 알고 있을지 궁금했다.

"이것 좀 보셔야 할 것 같은데요!"

석고 가루를 털어내던 그가 가게 밖의 나를 향해 외쳤다. 뜻밖의 문제가 발생한 것 같았다. 나는 가게 안으로 뛰어 들어갔다.

텍스를 제거한 천장에는 콘크리트 대신 두꺼운 스티로폼이 드러나 있었다. 누렇게 변한 스티로폼은 칼날이 들어가지 않을 만큼 밀도가 높고 두꺼웠다. 김 사장은 이건 건들면 안 될 것 같다고 말했다.

"느낌이 싸해요."

그가 트럭에 폐자재를 싣고 떠난 뒤 나는 바닥에 떨어진 석고 가루를 물걸레로 닦아내며 간간이 천장을 올려다보았다. 첫 공사부터 예상 밖의 일이 발생하니 앞길이 막막했다. 결국 걸레질을 멈추고 가게 근처 인테리어 공사 업체를 찾아갔다. 다행히 업체 사장이 자리를 지키고 있었다. 그는 나에게 명함부터 건넸다. 삼성 인테리어 사장 박현익. 그는 동네 토박이로 이 자리에서만 20년 넘게 영업 중이라고 자신을 소개했다. 유리문에 시트지로 붙여놓은 문구가 독특했다. '댁의 집을 확 바꿔드립니다.' 댁이라는 표현이 상당히 인상적이었다. 손님에게 선을 확 긋는 느낌이랄까.

박 사장은 천장에 두꺼운 스티로폼이 매달려 있다는 말에 고심하는 표정을 짓더니 아무래도 직접 봐야 할 것 같다며 자전거를 타고 먼저 가게로 갔다. 나는 뛰다시피 해서 그를 뒤따라갔다. 가게 앞에 먼저 도착한 박 사장은 고개를 한

쪽으로 기울인 채로 멀뚱히 서 있다가 나를 보자마자 설마 여기냐고 물었다.

"왜 이런 곳에 가게를 얻었어요?"

"권리금이 없고 월세가 저렴해서요."

"얼만데요?"

"80이요."

"장사는 목이 중요해요. 목을 보고 월세를 판단해야지, 이런 데서 80이면 비싸죠."

박 사장은 혀를 차며 가게 안으로 들어가더니 천장을 보자마자 고개를 저었다.

"어휴, 이건 내장재라서 제거하면 안 되는 거예요."

우리의 시선은 누렇게 변색된 두꺼운 스티로폼으로 향했다. 천장 텍스를 제거하기 전보다 더 흉한 몰골이었다. 돈 들여 가게를 망친 기분이었다.

"그럼 어쩌죠?"

"다시 막으셔야죠. 덴조를 하세요."

천장을 나무 합판으로 막는 덴조는 목수가 필요하기 때문에 공사비가 많이 들었다.

"다른 방법은 없을까요? 뿜칠을 한다든가."

"이건 칠이 안 먹는 스티로폼이에요. 검은색이면 한번 해볼 수 있는데 밝은색은 하나 마나예요. 스티로폼 색이 다 드러날 테니까."

박 사장은 지금 할 수 있는 건 덴조뿐이라고 했다. 순간 사기를 당하는 게 아닐까 의심스러웠지만 어쩐지 박 사장은 믿을 만한 사람 같았다. 대뜸 가게 위치를 지적하며 월세가 높다고 말하는 폼이 신뢰할 만한 자영업 선배처럼 보였다.

"그럼 덴조로 할게요."

"벽면 페인트칠도 하실 거죠? 같이 하세요. 싸게 해드릴게요."

나는 고민 끝에 그렇게 하겠다고 답했다. 그리고 내친김에 측면에 난 두 개의 창 가운데 하나를 막는 공사도 요청했다. 낡은 창호를 교체할 돈이 없었으니 차라리 창을 하나라도 막는 편이 나을 것 같았다. 그러나 박 사장은 창을 왜 막으려 하느냐며 끝까지 반대하다가 마지못해 수락했다. 그는 계속 원상 복구를 강조했다. 원상 복구를 염두에 두지 않고 공사를 하면 나중에 폐업할 때 돈이 많이 들 거라고 했다. 아직 개업도 안 한 가게에서 자꾸만 폐업을 들먹이는 게 마음에 들지 않았지만, 그가 어떤 의미로 하는 말인지 알았기에 허탈한 미소만 지었다. 나는 지저분한 바닥도 깨끗하게 바꾸고 싶었지만 박 사장은 단칼에 거절했다.

"하지 마요. 바닥은 비싸요."

"이런 상태로 어떻게 장사를 해요?"

"잘 닦아보세요. 헤라로 밀어서 때를 벗기면 쓸 만할 거예요."

박 사장은 웬만하면 공사비를 많이 들이지 말라고 했다. 이 자리에선 망할 게 분명하다는 어투였다. 서운하면서도 계속 실없는 웃음이 나왔다. 대놓고 망할 거라는 말을 들으니 이상하게도 부담감이 점점 사라지는 것 같았다.

그는 자전거를 타고 자신의 가게로 출발했고, 당연히 나보다 먼저 도착했다. 작은 철제 책상 앞에 앉아 공사 견적을 꼼꼼하게 계산하며 그는 다시 원상 복구를 강조했다. 나는 잘 알겠다고 답하며 견적이 얼만지 물었다. 예산 범위를 크게 넘어선 금액은 아니었고, 지체할 시간이 없었기에 속전속결로 공사 계약을 마쳤다. 박 사장은 당연히 그럴 거라는 어조로 내게 물었다.

"공사 기간엔 건물주가 월세를 빼주죠?"

나는 그럴 사람이 아니라고 답했다. 건물주의 아내는 리어카를 끌고 폐지를 주우러 다녔다. 점포를 계약하는 날에도 리어카를 끌고 나타난 사모는 인근 주민이 버린 종이 박스를 살뜰히 챙겨 갔다. 박 사장은 기가 차다는 듯 웃으며 말했다.

"절대로 안 빼주겠네요."

이틀 뒤에 바로 천장 공사가 시작되었다. 박 사장이 장담했던 대로 진척이 빨랐다. 아침부터 저녁까지 인부 여러 명이 사다리 위에 올라가 작업했다. 나는 밤마다 가게로 가서 진행 상황을 체크했다. 다행히 공사를 일부러 지체시키고 더 많은 돈을 요구하는 일은 일어나지 않았다. 인터넷 카페에서 숱하게 본 글이었는데 박 사장은 그런 사람이 아니었다.

벽면 페인트칠이 한창 진행되던 어느 날 가게에 들렀다가 작업 중인 인부와 마주쳤다. 그는 한 손으로 붓칠을 하며 다른 손으로 담배를 피우고 있었다. 일흔이 훌쩍 넘어 보였고 머리칼과 눈썹이 새하얬다. 그가 나를 돌아보더니 여기서 뭘 하려는 건지 물었다.

"카페요."

"근데 왜 죄다 흰색으로 칠해요?"

"밝아 보일 거 같아서요."

"이상한데……"

"이상해요?"

"병원도 아니고 이상하지."

그의 미적 감각으론 아무리 생각해도 이상했는지 몇 번이나 고개를 갸웃거리며 아래쪽은 다른 색으로 칠하는 게 어떻겠느냐고 물었다. 나는 웃으며 거절했다.

페인트가 다 마르자 가게는 지나치게 창백해 보였다. 나는 서둘러 집기를 구매했다. 중고나라에 올라온 물건들도 살펴보았다. 분당의 어느 카페 사장이 내놓은 온수기가 눈에 들어왔다. 판매자는 일회용 컵과 빨대를 서비스로 주겠다고 제안했고 나는 곧바로 이모에게 전화를 걸었다. 차를 가진 사람이 이모밖에 없었다. 이모는 짜증을 내면서도 택시를 몰고 가게로 선뜻 와주었다.

　판매자는 속이 시원하다는 표정으로 우리에게 온수기를 넘겼다. 나는 판매자가 알려준 계좌로 금액을 송금하며 그가 겪었을 실패와 좌절을 떠올렸다. 그도 개업할 땐 나처럼 벅차고 설렜을 것이다. 그러나 지금 그의 얼굴에선 다른 의미의 설렘이 읽혔다. 나는 그를 바라보는 동안 조금 불안해졌고, 먼 훗날 가게 문을 닫으며 온수기를 다른 자영업자에게 팔아야 하는 상황을 상상했다. 그런 식으로 망한 가게의 집기들이 손에 손을 거쳐 옮겨지는 것이다. 무겁고 난감한 기억을 끌어안은 채로.

　가게에 도착하고 나서야 판매자가 주기로 약속한 일회용 컵과 빨대를 주지 않았다는 걸 깨달았다. 곧바로 문자를 보냈지만 답장은 오지 않았다. 포기하는 게 정신 건강에 이로울 것 같았다. 해야 할 일이 잔뜩 남아 있었으니까. 이모와 힘을 합쳐 온수기를 택시 뒷좌석에서 끌어 내렸다. 차에 실을 땐 건장한 체격의 판매자가 도와줘서 꽤 수월했는데 우리끼리 하려니 힘에 부쳤다. 이모는 나보다 힘이 셌지만 나처럼 요령이 없었고 결국 온수기를 나르다가 욕을 했다.

　"쌍! 이거 왜 이렇게 무겁니?"

　가까스로 주방 안에 온수기를 밀어 넣은 뒤 이모는 질린다는 얼굴로 돌아섰다.

이모를 데리고 가게 근처의 생선구이집으로 갔다. 육고기를 먹지 않는 이모를 데려갈 만한 다른 곳이 딱히 떠오르지 않았다. 고등어구이를 주문하면서 이모는 바싹 구워달라는 말을 덧붙였지만 사장님은 아무런 대답 없이 주방으로 들어갔다. 이모는 잔에 물을 따르다가 너는 친구도 없느냐고 물었다. 나는 젓가락과 수저를 내려놓으며 이모의 눈길을 피했다. 같은 층에 사는 정미 언니의 얼굴이 떠올랐지만 아직 친구라고 말할 수 있는 사람은 아니었다.

　"학원 사람들하고 연락 안 해?"

　"뭐 하러 해."

　"예전에 같이 연극했던 사람들은?"

　"안 하지."

　"대학 동창들은?"

　나는 아무런 대꾸도 하지 않았다.

　"성격이 이상한가? 왜 친구가 한 명도 없니?"

　이모는 잔인하고 날카로운 질문을 던지더니 내 얼굴을 빤히 쳐다보았다. 나는 오랜 세월 사용해서 나이프처럼 얇아진 숟가락으로 눈길을 옮겼다.

　"이모도 친구 없잖아."

　"맞아. 나도 없어."

　순순히 인정하는 이모를 보며 나는 웃음이 터졌다. 밑반찬이 나오자 이모가 젓가락을 집어 들며 말했다.

"나는 섬세한 사람이 좋은데 그런 사람은 없더라."

내가 하고 싶은 말을 이모가 먼저 했다. 섬세한 사람을 좋아한다는 건 상처받고 싶지 않다는 의지의 표현이나 다름 없었다. 나는 우리 둘 다 겁쟁이라서 친구가 없다는 결론을 마음속으로 내렸다.

탁자 위에 바싹 구워진 고등어구이가 놓였다. 이모는 만족스러운 얼굴로 접시를 끌어당겼다. 생선구이집 사장님은 좀처럼 입을 열지 않았지만 이모의 주문을 정확히 듣고 원하는 대로 생선을 구워주었다. 나는 행주로 숟가락을 닦고 있는 사장님을 돌아보며 나도 저런 사장이 되어볼까 생각했다. 말수는 적지만 손님의 마음만큼은 정확히 읽는 사장.

이모는 공깃밥을 추가로 주문했다. 우리는 된장찌개 뚝배기를 바닥까지 닥닥 긁어 먹었다. 친구가 있든 없든 밥맛은 좋기만 했다.

*

층계참 신발장에서 내 이니셜이 적힌 슬리퍼를 꺼내 신었다. 도난당할까 봐 네임펜으로 써놓았는데 정미 언니가 여긴 그런 사람 없다고, 남의 슬리퍼를 훔쳐 갈 만큼 가난한 사람은 없다며 오래 거주한 자의 확신을 갖고 말했다. 우리는 서로 연락하는 일이 없고 리빙텔에서 만날 때나 친근하게 굴었다. 곧 이곳을 떠나 가게에서 살 예정이라는 걸 알아서인지 언니는 나에게 연락처를 묻지 않았다. 나 역시 마찬가지였다. 그러므로 어느 모로 보아도 친구라고 말할 수 없는 사이였지만……

정미 언니는 단팥죽 가게에서 일했다. 사장은 팥죽을 만들고, 언니는 주방 보조와 홀 서빙을 맡았다. 언니는 요리도 잘했지만 손재주가 좋아서 손으로 만드는 건 뭐든지 잘했다. 언니 방에 들어가면 코바늘로 뜬 레이스 덮개가 사방에 놓여 있었다. 나쁘게 말하면 구닥다리, 좋게 말하면 레트로 느낌이 물씬 났다. 안 그래도 비좁은 방 안에 잡동사니며 레이스 덮개가 잔뜩 쌓여 있어서 그 방에 머물 때마다 오래된 만물상에 앉아 있는 기분이 들곤 했다. 언니는 낯을 가리는 편이었지만 친해지고 나면 뭔가를 끊임없이 나누어 주는 사람이었다.

노크 소리를 듣고 문을 여니 언니가 맥주 두 캔을 들고 서 있었다. 언니를 안으로 들인 뒤 나는 침대로 옮겨 앉았고 언니는 책상 의자에 앉았다. 이름만 리빙텔이지 고시원이나 다름없는 이곳은 모든 방의 구조가 똑같아서 다른 사람의 방에 처음 방문한 사람도 익숙함을 느낄 수밖에 없었다. 언니는 맥주를 벌컥벌컥 마시더니 나를 돌아보며 말했다. 실은 한 달 전에 이웃 가게 사장님 아들과 소개팅을 했다고.

나는 언니가 연애에 아무런 관심이 없는 줄 알았기에 적잖이 놀랐다. 게다가 한 달 전에 소개팅을 해놓고 이제껏 숨겼다니. 언니는 DVD와 만화, 잡지 등을 대여해주는 이웃 가게에 대해 말했다. 그 말을 들으며 나는 뭔가 좀 이상하다고 생각했다. 넷플릭스와 티빙을 구독하는 시대에 DVD라니. 언니는 그곳에 딱 한 번 들어가봤는데 DVD는 거의 고전 영화 위주로 구비되어 있고, 만화는 최신 것도 있지만 잡지는 『씨네21』만 있다고 했다. 그게 도대체 무슨 가게냐고 물었더니 언니는 은밀한 표정으로, 작은 건물이긴 해도 건물주야,라고 말했다. 나는 무슨 의미인지 단박에 이해했다.

"그 사장님이 우리 가게 단골인데, 한 달 전에 나한테 그러시는 거야. 자기 아들하고 소개팅해볼 생각 없느냐고. 농담인 줄 알았는데 진짜였어."

"어떤 사람인데?"

언니는 얼굴을 살짝 붉히며 말했다.

"나이는 오십둘이고, 영화를 정말 좋아하는 사람이야."

나이 차이가 꽤 많이 났지만 언니의 눈빛을 보니 이미 그 사람에게 푹 빠진 상태 같았다. 언니가 내게 시나리오를 읽어본 적이 있는지 물었고, 나는 희곡은 읽어본 적이 있다고 답했다. 언니는 내가 침대 밑에 한 치의 빈틈도 없이 빼곡하게 채워놓은 책들을 힐끗 보며 말했다.

"너는 정말 뭐든 다 읽는구나."

나는 연극을 한 적이 있기에 희곡을 읽었던 거라고 말하려다 말았다. 언니는 휴대폰으로 이메일 첨부 파일을 열더니 내게 내밀었다. 그 사람이 쓴 시놉시스라는 건데 한번 읽어보라고 하면서. 나는 휴대폰을 건네받아 시놉시스를 읽기 시작했다.

남자 주인공의 이름은 장단수. 생각이 많고 말수가 적다. 지하철은 타지 않고 버스만 탄다. 친한 친구가 없다. 정류장에서 처음 만난 사람에게 난데없이 속마음을 털어놓고 되돌아오는 반응에 그다지 신경 쓰지 않는다. 직업은 자동차 검사소 직원. 일하는 내내 매연을 마셔야만 했다. 어느 날 동료가 폐암에 걸리고, 그는 질병 산재 신청을 옆에서 돕는다. 그러나 조사는 더디게 진행되어 그사이 동료가 죽는다. 그가 담배를 피우려고 할 때마다 동료의 영혼이 나타나 담뱃불을 꺼뜨리며 말을 건다. 그는 묵묵히 들어준다.

여자 주인공의 이름은 고상연. 그녀 역시 지하철은 타지 않고 버스만 탄다. 직업은 작은 운수회사의 경리. 그전엔 여객선 터미널 매표소에서 근무했다. 수수한 옷차림을 선호하고 화장은 하지 않는다. 트로트와 보사노바를 자주 듣는다. 가끔 혼자 노래방에 가서 심수봉의 「봄날은 간다」를 반복해 부른다. 고상연의 언니는 인터넷 도박에 중독된 상태이고, 고상연에게 3백만 원을 빌려가서 갚지 않았다. 고상연은 밤마다 언니에게 돈을 갚으라는 문자를 보내는데, 언니는 그때마다 고상연의 계좌로 5백 원씩 송금해준다. 그건 돈을 갚으려는 노력이 아니라 고상연을 열받게 하려는 행동이었지만, 고상연은 그것도 모르고 언니를 측은하게 여긴다.

나는 도대체 사건은 언제 나오는 건가 싶어서 빠르게 스킵하며 읽었는데 결론적으로 사건이랄 것이 딱히 없었다. 장단수와 고상연은 우연히 같은 버스를 타고, 서로에게 이유 없이 끌리다가 비 오는 날 정류장에서 긴 대화를 나눈다. 장단수는 가방 안에 우산이 있었지만 없는 척했고, 고상연은 언니가 데리러 오기로 했지만 오지 말라는 문자를 다급하게 보냈다. 그렇게 둘은 점점 가까워진다. 마지막 문장은 '점점 가까워지면서도 서로에게 어떤 존재인지 고민하는 장단수와 고상연'이라고 씌어져 있었다. 나는 미심쩍은 표정을 감추지 못한 채로 언니에게 휴대폰을 건네주었다. 언니가 내 얼굴을 살피다가 물었다.

"외로운 사람이 쓴 글 같지 않니?"

나는 그렇게 생각하지 않았기에 뭐라고 대꾸해야 하나 고민했다. 외로운 사람이 아니라 약간 별난 사람 같았다. 내가 그렇게 말하자 언니는 생각에 잠긴 표정을 짓다가 말했다.

"원래 고상연은 겁 많고 소심한 여성이었는데 그런 캐릭터가 나오면 관객이 싫어할 거 같아서 바꾼 거래."

나는 겁 많고 소심한 여성 캐릭터를 싫어한 적이 없었기에 그 말이 의외라고 생각했다. 겁 많고 소심한 여성도 분명

히 존재하는데, 그런 면이 짜증스러운 결함으로 비쳐지는
건 차별 아닌가. 고쳐야 할 단점이 아니라 성격의 한 가지
타입으로 받아들이면 안 되나. 내 말에 언니가 고개를 끄덕
였다.

"나도 처음엔 그렇게 말했어. 근데 결말에서도 겁 많고
소심한 상태라면 재미없을 것 같단 생각은 들더라. 나중엔
거의 다 씩씩하게 변하곤 하잖아."

"나는 그런 영화를 보면 가짜 같단 생각이 들어. 현실에
선 변하더라도 미미하겠지. 완전히 다른 사람이 되긴 힘들
어. 작은 변화도 당사자에겐 큰 변화야."

생각에 잠긴 언니에게 나는 망설이다가 그 말을 꺼냈다.
우리에게 일어날 큰 변화였으니까.

"언니, 나 다음 주에 퇴실해."

정미 언니는 이미 알고 있었다는 얼굴로 나를 보았다. 나
는 언니에게 애인이 생겨서 다행이라는 말을 하려다가 말
았다. 내가 정말로 하고 싶은 말은 그게 아니었으니까. 우리
가 함께 보낸 1년이라는 시간이 이곳을 떠난 장소에서도 계
속 이어질 수 있는 것인지, 나는 그게 궁금했다. 하지만 언
니는 한 번도 밖에서 만나자거나 자기가 일하는 가게로 놀
러 오라거나 쉬는 날 어딘가로 함께 놀러 가자는 말을 한 적
이 없었고, 무엇보다 내 연락처를 물어보지 않았다. 나 역시
그랬다. 우리는 서로의 방 앞에 서서 노크한 뒤 있어?라고

묻고, 대답이 돌아오면 나야,라고 말하고 문이 열리길 기다리는 관계였다.

"가게에 놀러 와, 언니."

내 말에 언니는 휴대폰만 만지작거릴 뿐 아무런 대꾸도 하지 않았다.

나는 대체 뭐가 문제인지 묻고 싶었다. 우리는 왜 고시원 밖에서 만날 생각을 하지 않는 걸까. 아니지. 이젠 내가 가게로 놀러 오라고 초대했으니 밖에서 만나지 않으려는 사람은 언니뿐이다. 언니는 고개를 들더니 가서 잘 지내라고 말했다. 이어지는 말은 없었다. 자리에서 일어나 의자를 책상 아래로 밀어 넣고, 잘 지내야 해, 그렇게 한 번 더 말하더니 복도로 나갔다. 나는 이사하는 날까지 언니의 얼굴을 보지 못할 거라는 예감이 들었다. 그리고 그 예감은 이사하는 날까지 언니의 얼굴을 보지 않겠다는 나의 결심이라는 걸 알아채는 데 그리 오랜 시간이 걸리지 않았다.

과거엔 고시원에서 만난 친구와 헤어질 때 연락처를 교환했다. 물론 그들을 다시 만난 적은 없었다. 그렇게 멀어지고 잊힌다는 것을 잘 안다. 그러나 정미 언니 역시 그런 존재가 될 줄은 몰랐다. 마음이 무거웠지만 언니의 마음을 이해하지 못하는 건 아니었다. 언니는 여길 떠나지 않을 것이다. 내가 이곳으로 오면 언제든 언니를 볼 수 있지만 그렇더라도 나는 이곳에 오지 않을 것이다. 고시원 생활이라는 게 그렇다. 떠나면 두 번 다시 발길이 가지 않는다. 그렇게 정리하려 해도 나는 우리의 이별이 내 탓이 아니라는 근거를 찾기 위해 새벽까지 뒤척였다. 달마다 가게 월세를 송금하고 고시원 월세까지 내는 건 상당한 부담이었다. 전세보증금을 마련할 형편은 못 되고, 대출을 받아 높은 이자를 갚느니 매출이 안정될 때까지 가게에서 자는 편이 당장은 더 나을 것 같았다. 가게 내부에 화장실이 있어야 한다는 조건을 내건 것도 이런 상황을 염두에 두었기 때문이다.

나는 잠이 오지 않아 뜬눈으로 지새우다 새벽 5시에 침대에서 일어나 복도로 나갔다. 언니의 방 앞을 지나치며 일부러 발소리를 죽였는데 갑자기 등 뒤에서 문이 열리는 바람에 소스라치게 놀랐다. 언니는 처음엔 나를 보지 못했다. 복도를 걷다가 갑자기 뒤돌아보더니 나를 발견하고 흠칫 놀랐다. 언니가 내게로 걸어와 말했다.

"마은아, 비상벨은 달았지? 너 혼자 장사하잖아. 그거 꼭 달아야 돼."

나는 언니의 얼굴을 지그시 보다가 물었다.

"그 말 해주려고 일찍 일어난 거야?"

"아니야. 잠이 안 와서."

언니의 얼굴은 조금 부었고, 이마가 잔머리에 뒤덮여 있었다.

"놀러 갈게. 근데 너 이사하는 건 안 볼래. 내가 안 보이더라도 서운해하지 마."

"알았어."

"내가 어릴 때 키우던 개를 다른 집에 보낸 적이 있거든. 그날 집에 안 들어갔어. 그런 건 보는 게 아니라서. 무슨 뜻인지 알지?"

언니는 벽에 기대서서 그런 말을 했다. 다른 입실자들이 깰까 봐 작게 소곤거리면서. 나는 주방 창으로 들어온 희뿌연 빛이 복도 쪽으로 점점 스며드는 걸 가만히 바라보며 언니의 말에 귀 기울였다.

"나 이제 씻어야 해."

언니는 손목에 감고 있던 고무줄로 머리를 높게 올려 묶더니 공용 욕실로 바삐 걸어갔다. 나는 출근 전에 조금이라도 눈을 붙이기 위해 다시 침대 위에 누웠다. 그제야 편안한 잠이 몰려왔다.

*

"우리는 얼음 떨어지는 것까지 보고 간다고 했죠?"

설치 기사는 제빙기를 가리키며 의기양양한 태도로 말했다. 제빙기는 정적에 휩싸여 있던 가게에 활기를 불어넣었다. 얼음이 생성되는 소리는 제법 요란했고, 시간이 지나자 모서리가 둥근 얼음이 수북하게 쌓여갔다. 온수기, 그라인더, 전기 오븐, 냉장고, 핸드드립 작업대. 집기를 차례대로 들여놓으니 주방이 꽉 찼다. 나는 비로소 홀에 놓을 테이블과 의자를 구입했다. 책장을 채우기 위해 헌책을 더 구매하고, 서울 외곽 농원에서 커다란 알로카시아와 극락조, 실버레이디를 구입했다. 그러나 실버레이디는 가게에 도착한 지 일주일 만에 잎끝이 누렇게 시들더니 점점 줄기가 갈색으로 변했다. 농원에 전화를 걸어 이유를 물었으나 돌아오는 답변은 실망스러웠다.

"저희도 모르겠네요. 사진으로만 봐선 알 수가 없어서요."

"제가 들고 가야 하나요?"

"들고 오셔도 왜 그런 건지 모를 수 있어요. 가게마다 환경이 다르니까요. 여기 있을 땐 싱싱했어요. 왜 그렇게 변한 건지 도무지 모르겠네요."

농원 주인은 내내 모르겠다는 말뿐이었다. 가게를 방문한 이모가 실버레이디를 들여다보더니 말했다.

"마은아, 망해가는 가게는 식물도 죄다 죽어 있어."

나는 그 말이 마음에 가시처럼 걸렸다. 그러나 실버레이디는 도무지 회복될 기미를 보이지 않았고 점점 더 시들기만 했다. 풍성하던 초록 잎이 갈색으로 변해 쪼그라들더니 누가 보더라도 다 죽어가는 수준에까지 이르렀다. 속상한 마음에 잎이며 줄기를 유심히 살펴보다가 미세한 털이 달린 작은 벌레를 발견했다. 처음엔 흰색 가루가 묻은 줄로만 알았다. 그러나 자세히 보니 털은 다리처럼 보였고, 젓가락으로 찔러보니 꿈틀거리며 움직였다. 이럴 수가. 검색 끝에 흰솜깍지벌레라는 걸 알아냈다. 해충약을 뿌려야 했지만 박멸은 힘든 벌레였고, 원인은 통풍과 환기 부족이었다.

식물 카페를 콘셉트로 잡은 것부터가 잘못이었다. 그런 건 볕이 잘 들고 환기가 잘되는 곳에서나 가능한데 나는 그것도 모르고 섣불리 식물을 들였다. 그래도 어떻게든 살려야 했기에 화분을 밖에 내놓고 해충약을 듬뿍 살포했다. 오후에 다시 들여다보니 벌레는 몸을 웅크린 채 잎에 그대로 붙어 있었다. 죽은 건지 아닌지 알 수가 없었다. 옆 가게 꽃집 사장이 내게 다가와 물었다.

"이거 실버레이디 맞죠? 왜 이렇게 됐어요?"

우리는 오면가면 인사하는 사이였지만 한 번도 길게 대화해본 적이 없었고 서로 이름도 몰랐다. 그녀는 나보다 한참 어려 보였고 늘 원예용 앞치마를 두르고 있었다.

"벌레가 생겼어요."

"물 자주 주지 마세요."

"습도가 중요하다고 해서 일주일에 한 번씩 줬어요."

"습도는 수분과 달라요. 헷갈리시면 안 돼요. 물은 한 달에 한 번만 주셔도 충분해요."

"일주일에 한 번씩 줬어요. 듬뿍."

내 잘못으로 식물이 죽어간다는 걸 깨달으니 마음이 좋

지 않았다. 꽃집 사장은 내 표정을 살피다가 앞치마에 손을 넣으며 말했다.

"그래도 포기하지 않고 계속 키우시네요."

"포기한 거나 다름없어요."

"분갈이를 해보세요. 뿌리까지 상했는지 확인하시고요."

나는 그럴 시간이 없다는 말은 차마 하지 못했다. 제때 가오픈이라도 하려면 한시도 쉴 수가 없었다. 커튼과 전등, 커트러리와 접시 등등 아직도 사야 할 것이 많았다. 이 모든 것에 나의 취향을 반영했다간 10년 뒤에나 문을 열 수 있을 것 같아 적당히 타협하는 중이었다. 꽃집 사장이 처음으로 자신의 이름을 알려주었다.

"저는 김채영이에요."

채영 씨는 실버레이디를 지그시 바라보더니 물을 많이 주지 말라고 신신당부하고 자신의 가게로 돌아갔다.

*

에어컨 설치 기사는 볕에 그을려 갈색으로 변한 목에 두꺼운 금목걸이를 걸고 껌을 질겅이며 나타났다. 내게 준 명함엔 변일구라는 이름이 씌어져 있었다. 변 사장의 조수는 주머니가 많은 조끼를 입은 오십대 초반의 아주머니였는데 일하는 내내 표정이 좋지 않았다. 변 사장은 여름이 목전이라 식사할 틈도 없이 무척 바쁘다고 했다. 그 말에 아주머니가 변 사장을 흘겨보았다. 아마도 식사 문제로 말다툼을 한 듯했다.

"빵이라도 사다 드릴까요?"

변 사장은 내 제안을 거절했고, 아주머니는 대답 없이 한숨만 내쉬었다. 나는 편의점에서 옥수수크림빵을 구입해 아주머니에게 드렸다. 아주머니는 조끼 주머니 중 가장 큰 곳에 빵을 넣으며 말했다.

"내가 이 일로 버는 돈이 한 달에 5백이야. 근데 하루에 다섯 시간도 못 자."

아주머니는 다시 입을 꾹 다물고 작업에 매진했다. 땀이 줄줄 흐르는 이마를 간간이 수건으로 훔치면서. 변 사장은 이 동네에서 30년간 살았는데 그가 모르는 자영업자는 한 명도 없다고 말했다. 그러면서 나에 대해 집요하게 캐묻기 시작했다. 나이와 결혼 여부, 사는 곳과 장사 경험에 대해. 내가 답변을 얼버무리자 그가 물었다.

"이 자리가 전에 뭐였는지 알아요?"

"부업 아주머니들이 쓰셨던데요."

"장사가 잘되는 자리는 아니야. 그건 알아야지."

그는 내 표정을 슥 살피더니 연이어 말했다.

"그래도 요즘엔 카페를 많이 가잖아. 나도 하루에 한 번은 가요. 여기도 와봐야겠네. 근데 혼자 하는 건가?"

"네."

"심심하겠네. 애인 없어요? 자주 놀러 오라고 해."

나는 아무런 대꾸도 하지 않았다. 에어컨 설치를 마친 뒤 그가 내 얼굴을 빤히 보며 말했다.

"장사하실 성격이 아닌 거 같은데. 사근사근해야지, 여자가. 애교도 부리고 그러면서, 응? 다 먹고살자고 하는 짓인데."

딱딱하게 굳은 내 표정을 보고서 변일구 씨는 저 혼자 웃더니 가게 밖으로 걸어 나가 담배를 피웠다. 그러다 맞은편 가게에서 걸어 나오는 열쇠 가게 사장을 발견하고 큰 소리로 외쳤다.

"강 사장! 강봉호!"

변일구 씨가 그쪽으로 걸어갔고 둘은 나란히 서서 담배를 피웠다. 나는 어질러진 바닥을 정리하다 무심결에 고개를 들었고, 나를 가리키며 웃고 있는 그들과 눈이 마주쳤다.

"식물은 어떻게 됐니?"

지화 씨는 실버레이디의 생사를 궁금해했다. 나는 결국 죽었노라고 답했다. 지화 씨는 불길한 생각이 들었는지 잠깐 말을 멈추더니 화제를 바꿨다. 주민들에게 인사 잘하고, 쓰레기 분리수거 잘해서 버리고, 주변 상인들과도 잘 지내야 한다고 당부했다. 나는 주변 상인들과 잘 지낼 수 있을지 모르겠다고 말했다.

"왜, 무슨 일 있어?"

변일구 씨가 다녀간 뒤로 나는 혼자라는 사실에 조금 위축되어 있었다. 동네의 터줏대감이라는 그가 나에 대한 평가를 이웃 사장들에게 퍼뜨려놓았을 것 같았다. 어떻게 말했을까. 장사를 할 사람이 아니라고, 여자가 나긋나긋하지가 못하고, 무뚝뚝한 게 애인도 없이 혼자인 것 같다고. 그렇게 말했을까? 이런 기분은 사실 조직에 들어설 때마다 느끼는 것이었다. 자영업은 훨씬 더 커다랗고 느슨한 조직이긴 하지만 어쨌거나 이 바닥에도 선후배가 있었으며 서로에 대한 평가라는 게 있었다. 그들은 나에 대해서 어떤 평가를 내리고 있을까.

지화 씨는 주변 상인들에게 떡을 돌리라고 했다. 나는 요즘 누가 촌스럽게 그런 걸 하느냐고 툴툴거렸다. 지화 씨는 너 빼고 다 한다며 큰소리를 쳤고, 나는 끝까지 하지 않겠다고 우겼다. 우리는 서로를 이해하지 못한 채로 전화를 끊었다.

*

짙은 고동색 나무판자에 흰색 마커로 글씨를 썼다. 마은의 가게. 천이 깔린 의자 위에 판자를 올려놓고 미끄러지지

72

않게 벽돌로 받쳐놓았다. 열쇠 가게 사장이 가까이 걸어오더니 간판을 빤히 쳐다보았다. 그의 입술엔 담배가 물려 있었다. 나는 남의 가게 앞에서 흡연하지 말라는 말을 하려다가 금방 갈 수도 있을 거란 생각에 꾹 참았다. 때마침 가게 앞을 지나가던 아주머니가 걸음을 멈추더니 판자를 가리키며 이게 뭐냐고 물었다.

"간판이에요."

"이게요?"

나는 어색한 미소를 지었다.

"공사가 덜 끝났어요?"

"다 끝났어요. 내일부터 가오픈해요."

"그래요? 간판이 좀……"

아주머니는 못마땅한 표정을 짓더니 고개를 저으며 제 갈 길을 갔다. 열쇠 가게 사장은 담배 연기를 천천히 내뿜더니 내 얼굴을 빤히 보며 말했다.

"귀엽네."

나는 얼굴이 확 붉어졌다. 뭐가 귀엽다는 거야……

불쾌감을 지우며 가게 안으로 들어가려는데 주차장에서 고양이 울음소리가 들려왔다. 지난번에 보았던 고양이인가 싶어서 얼른 주차장으로 가보았다.

"삼색아."

이름을 부르자 주차장 근처에서 야옹거리는 소리가 들려

왔다. 쪼그리고 앉아 차량 아래를 들여다보았다. 노란색과 흰색, 검은색 털이 골고루 섞이고 눈 주위는 까만 고양이 한 마리가 나를 가만히 쳐다보고 있었다. 그러나 내가 팔을 뻗자 다급히 몸을 돌려 건물 뒤편으로 쏜살같이 도망쳤다. 경계심이 강해 도무지 인사를 나눌 수가 없었다. 나는 서운한 마음을 품고 가게로 돌아갔다.

*

종소리와 함께 출입문이 열리며 첫 손님이 들어왔다. 네 살 안팎으로 보이는 아이의 손을 잡고 나타난 여자는 가게 안을 잠깐 둘러보다가 음식도 파는지 물었다. 나는 음료와 디저트만 판다고 말했고, 여자는 실망한 기색을 내비치더니 그냥 떠났다. 오후엔 아주머니 두 명이 방문했다. 그들은 열어놓은 문 앞에 서서 한참 기웃거리다 안으로 들어오더니 여긴 뭐 하는 곳이냐고 물었다. 카페라고 답하자 인테리어가 예쁘다고 말하더니 다음에 다시 오겠다며 금방 떠났다. 나는 그들 모두를 문 앞까지 배웅했다. 이후로도 음료를 주문하는 고객은 거의 없고 호기심 어린 표정으로 가게 안으로 들어와 잠깐 둘러보다가 떠나는 손님이 더 많았다. 아주머니들은 커튼과 펜던트 조명, 테이블보와 의자 등을 눈여겨보았다. 그들은 이런 물건은 어디에서 살 수 있는지 물었고 나는 순순히 답해주었다. 광장시장이요. 을지로에 가면 있어요. 이케아에서 샀어요.

"이케아는 너무 먼데."

아주머니가 의자에 앉아 창 블라인드를 만지작거리며 이런 게 하나 있으면 너무 좋을 것 같다고 말했다. 나는 어떻게 응대해야 할지 몰라서 그저 미소만 지었다. 아주머니는 커피도 주문하지 않고 블라인드 아래에 앉아 휴대폰만 들여다보다가 이윽고 나에게 휴대폰 화면을 보여주며 물었다.

"이게 제일 비슷하죠?"

화면엔 줄무늬 블라인드 사진이 떠올라 있었다. 나는 비슷하다고 답했고, 아주머니는 이걸로 사야겠다며 비로소 고민이 해결되었다는 표정으로 자리에서 일어났다.

"아들이 하나 있는데 굉장히 까다로워요."

"그러세요."

"취향이 보통이 아니야. 커튼 하나 잘못 달아놓으면 난리가 나요."

"감각이 있으신가 보네요."

나는 가오픈한 지 사흘 만에 마음에도 없는 말을 할 줄 아는 사람이 되었다. 정적이 가장 두려웠다. 어떻게든 손님을 기쁘게 해주려 매 순간 노력했다. 아주머니는 다음에 아들이랑 같이 오겠다며 가벼운 발걸음으로 가게를 떠났다.

다음 날 오후엔 내가 만든 간판을 미심쩍게 여기던 아주머니가 일행과 함께 방문했다. 그들은 오십대 초반으로 보였고, 차림새가 여느 아주머니들과 달랐다. 타이트한 스커트에 하이힐을 신고 광택 있는 블라우스를 입고 있었다. 두 사람의 스타일은 상당히 비슷했다. 동료라면 함께 일한 지 꽤 오래되었을 것 같았고, 친구라면 비슷한 취향을 공유하는 관계로 보였다. 그들은 콜드브루라테를 주문했고, 마주 앉아 이런저런 얘기를 나누다가 어느샌가 카운터 앞으로 걸어와 뒷짐을 지고 서성였다. 할 말이 있는 눈치였다. 내가 먼저 입을 열었다.

"근처에 사세요?"

"우리도 요 밑에서 장사해요. 아로마 가게. 혹시 아로마 음료는 관심 없어요?"

아주머니는 휴대폰 화면에 재빨리 사진 한 장을 띄워 나에게 보여주었다.

"남양주에서 유명한 카페인데 우리 제품을 팔아요."

나는 관심 있는 척 몸을 기울이며 사진을 들여다보았다.

"지금 한창 유행이에요. 이 가게에선 일랑일랑을 파는데, 피부도 좋아지고 변비도 없어지고 몸에 아주 좋아요."

나는 딱히 할 말이 없어서 같은 말만 반복했다.

"그래요……"

아주머니들은 나의 무관심을 알아챘는지 자리로 돌아갔고 내가 접시를 닦는 사이에 조용히 가게를 떠났다.

가오픈 5일째 밤엔 위층 할머니가 나타났다. 첫날 인사를 나누며 열심히 하라는 덕담과 쓰레기 분리수거에 대한 잔소리를 들으면서 안면을 튼 사이였다. 할머니는 잠옷 위에 얇은 카디건을 걸친 차림으로 나타나 손님이 몇 명이나 왔는지 물었다.

"별로 없었어요."

"다른 게 아니라, 내가 기관지가 안 좋은데 여기서 커피를 자꾸 내리니까 위층에서 온통 커피 냄새가 나. 커피 냄새가 솔솔 나."

나는 어리둥절했다.

"그럴 리가 없는데. 오늘은 여섯 잔밖에 못 팔았어요."

"그래, 오늘은 그랬을 거야. 냄새가 좀 덜했어. 그런데 앞으로가 문제지."

할머니는 허리에 두 손을 얹고 미간을 찡그렸다.

"여기랑 우리 집 화장실 배기관이 연결돼 있나 봐. 화장실에서 담배는 안 피우지?"

"안 피우죠."

"그래야지. 담배는 피우면 안 돼. 그나저나 커피 냄새 때문에 어쩌지?"

라테 두 잔과 핸드드립 커피 네 잔. 그 때문에 자신의 집이 커피 냄새로 가득 찼다는 위층 할머니에게 어떤 말을 해야 할지 알 수 없었다. 아직 가오픈 기간인데. 본격적으로 손님이 들기도 전인데.

"나도 걱정이야."

할머니는 내 마음을 읽은 것처럼 말했다.

"앞으로 어떻게 해야 할지 모르겠어. 여기가 한 번도 음식 파는 가게였던 적이 없어. 전에는 동네 아줌마들이 모여서 부업을 했고, 그 전엔 사무실이었어."

"저희도 음식은 안 팔아요."

"알아. 그래도 빵은 팔잖아."

나는 팔리지 않은 스콘을 물끄러미 쳐다보았다. 할머니는 확신에 찬 목소리로 말했다.

"냄새가 나. 확실히 나. 나만 그런 게 아니야. 형사인 우리아들이 안방 화장실 쓰러 들어갔다가 그래. 이게 무슨 냄새야? 개도 커피 냄새를 맡은 거야. 빵을 구우면 또 냄새가 나잖아?"

당혹스러웠지만 앞으로 계속 장사를 하려면 어떤 액션이라도 취해야 했다. 어떻게 할머니를 진정시킬 수 있을지 고심하다가 엉뚱한 질문을 하고 말았다.

"혹시 잠을 깊게 못 주무세요?"

할머니는 의외로 손뼉까지 치며 반색했다.

"어떻게 알았어? 내가 잠을 깊게 못 자. 그래서 더 예민한 것도 있어. 어쩌지. 앞으로 장사가 잘돼야 하는데."

할머니는 순순히 자신의 예민함을 인정하더니 가게 안을

휘둘러보았다.

"잘 꾸며났네. 책도 가져다 놓고. 그런데 이런 건 이 동네랑 안 맞아. 여기 사람들 수준이 좀 낮아."

할머니는 혀를 차며 책장 앞으로 걸어가더니 깜짝 놀란 얼굴로 『생의 한가운데』를 집어 들었다.

"어머나, 내가 제일 좋아하는 책인데."

"저도 가장 좋아하는 책이에요."

"그래? 내가 젊었을 적에 이걸 얼마나 많이 읽었는지 몰라. 니나, 맞지? 니나."

할머니는 표지를 손바닥으로 천천히 쓸어내렸다.

"개정판인가 봐. 내가 읽은 건 작가 사진이 없었어. 작가가 이렇게 생겼구나. 얼굴은 처음 봤어. 정말 좋은 작품이야. 내가 교직에 오래 있었는데 이 소설을 좋아했어."

"저도 자주 읽어요."

서로가 뜻밖이라는 표정을 지었다. 할머니는 책을 제자리에 꽂아두더니 한층 다정해진 목소리로 말했다.

"좋은 가게를 열었네. 잘될진 모르겠지만 열심히 해봐. 죽기 살기로 해봐."

나는 대꾸 없이 희미하게 미소 지었다. 죽기 살기로 살아왔던 지난날들에 대한 보상이 바로 이 가게였다. 단 한 번일지라도 마음 편한 직장을 가져보는 것. 그러나 가오픈한 지 닷새 만에 나는 그것이 대단히 큰 착각이었음을 깨달았다.

마음 편한 직장 같은 것은 이 세상 어디에도 없다. 특히 자영업은 더더욱 그렇다. 출입문 종이 울리기만을 기다리다 보면 어느샌가 환청이 들려온다. 꿈결처럼 울리는 종소리를 자꾸만 듣는 것이다. 머쓱한 얼굴로 다시 의자에 앉을 때마다 깊은 절망감이 밀려오곤 했다.

위층 할머니가 집으로 돌아가자마자 홀 전등을 모두 껐다. 그러고는 손님 자리에 앉아 어둠에 잠긴 가게를 바라보았다. 폐쇄된 우물의 덮개가 열리면서 온갖 열등감의 괴물들이 기어 나왔다. 이런 밤이 이따금 있었다. 아니, 자주 있었다. 그럴 때마다 나는 지화 씨에게 전화를 걸었다.

신호음이 유독 길었다. 마침내 지화 씨의 목소리를 들었을 때 나는 곧바로 씩씩한 목소리를 냈다.

"엄마, 잤어?"

"안 잤어. 드라마 봤어."

"뭐 봤는데?"

"제목도 몰라. 재미도 없어."

"그런데 왜 봐?"

"심심하니까 보지. 넌 오늘 어땠어? 손님은 좀 있었어?"

"아직 가게 안으로 들어오는 사람이 적어. 기웃거리기만 하고."

"번듯한 간판이 없어서 그래. 그리고 너는 떡도 안 돌렸잖아."

이웃 사장들에게 떡을 돌려야 한다는 지화 씨의 말을 나는 끝까지 듣지 않았다. 그들과 등지고 살려는 건 아니었다. 단지 친근한 관계를 만들고 싶지 않았을 뿐이다. 도움받을 일을 가급적 만들지 않고, 도움 줄 일도 거의 없었으면 했다. 도움은 간섭으로 쉽게 변질되고, 상대가 자기 말을 듣지 않으면 어느샌가 상대를 압박하게 되니까. 어리석다고 타박하게 되니까. 사회생활이든 교우 관계든 나는 늘 그게 고민이었다. 이젠 독립된 섬처럼 내 가게 안에만 머물며 장사하고 싶었다. 물론 지화 씨에겐 이런 말을 하지 않았다. 그러면 안 된다고 잔소리를 할 게 분명하니까.

"어서 정리하고 들어가. 내일도 문 열어야지."

지화 씨는 내가 고시원에서 나온 사실을 모르고 있었다. 나는 화제를 바꿨다.

"엄마는 장사하길 잘한 거 같아?"

"모르겠어. 돈을 못 벌잖아. 그래도 활력이 생기니까 좋아. 억지로 움직여야 하니까 없던 힘도 생기고. 단골들 보면 반갑고, 반찬 맛있다고 해주면 기분 좋고. 나는 조미료를 안 쓰잖아."

"맞아. 그런 점을 어필해야지."

나는 홍보에 소질이 없었지만 지화 씨는 가게 홍보를 충분히 하길 바랐다.

"근처에 커다란 반찬 가게가 생겼어. 거긴 배달도 한대."

통화한 지 30분이 지나서야 지화 씨는 자신의 고민을 털어놓았다.

"엄청 넓고 좋아. 이벤트 같은 것도 하더라."

"한번 먹어봐야겠네."

"단골이 그러는데 맛은 별로래. 근데 가게가 그럴듯한가 봐. 우리 가게는 작고 볼품없잖니."

나는 아니라고 말할 수가 없었다.

"엄마는 장사 그만두고 싶은 생각 없어?"

"이거라도 하면 그래도 밥은 먹고 살아. 남는 반찬이 있으니까."

"그 정도잖아."

"병원비도 조금씩 벌고."

"그 정도잖아."

"공과금도 내고."

"그러니까 딱 그 정도잖아. 미래를 위한 계획 같은 건 전혀 없잖아."

지화 씨는 잠시 침묵하다가 말했다.

"마은아, 장사하는 사람들은 다 우리 같지 않을까?"

나는 아무런 대답도 하지 못했다. 벌써 몇 년 동안 장사를 한 것 같은 기분이 들었다. 좌절은 시기상조인데. 그러나 이 가게의 앞날이 그리 밝지 않을 것 같은 기분은 사라지지 않았다.

전화를 끊은 뒤 맞은편 편의점에서 캔 맥주와 담배를 사왔다. 맥주는 순식간에 다 마셨지만 담배는 포장도 뜯지 않았다. 어떻게 끊었는데…… 괴롭고 지난했던 금연의 과정이 떠올라 결국 카운터 서랍 깊숙한 곳에 담배를 던져두었다.

*

일주일간의 가오픈을 마치고 정식 오픈으로 접어들었다. 먼저 영업시간부터 바꿨다. 가오픈 기간엔 오후 1시부터 밤 9시까지 영업했으나, 이젠 오전 9시부터 밤 9시까지 열기로 했다. 하루에 열두 시간 정도 근무하는 셈이었지만 이것도 부족하단 생각이 절로 들었다.

오후 무렵 남자 두 명이 가게 안으로 들어왔다. 그들은 불퉁한 표정으로 메뉴판을 한참 쳐다보았다. 수기로 작성한 메뉴판은 작고 소박했다. 그렇게 오랫동안 들여다볼 만한 것이 아니었다. 핸드드립 커피와 콜드브루가 주요 메뉴였고, 에스프레소 메뉴는 없었다. 노머신 카페라고 적어놓긴 했지만 무슨 의미인지 알까. 나는 초조한 마음으로 주문을 기다렸다. 마침내 남자가 입을 열었다.

"아인슈페너가 뭐예요?"

"크림이 올라가는 커피예요. 옛날에 비엔나커피라고 부

르던 거요."

"아, 그거구나. 근데 왜 이름을 어렵게 적어놨지. 그럼 콜드브루는 뭐예요?"

나는 원두에 물을 한 방울씩 떨어뜨려 추출해 풍미가 진한 커피라고 알려주었다. 남자들은 바닐라라테와 콜드브루를 주문했다. 나는 뒤돌아 분주히 음료를 준비했다. 마은의 가게는 주방이 오픈된 형태였다. 처음엔 훤히 볼 수 있는 곳에서 음료를 만들어야 손님에게 신뢰를 줄 거라 생각했다. 그런 방식이 초보 자영업자에겐 얼마나 큰 피로감을 선사할지 전혀 예상하지 못하고. 실상은 이렇다. 주문이 들어온다. 뒤돌아 긴장한 자세로 음료를 만들기 시작한다. 손님이 나를 지켜보고 있다는 생각에 등허리가 뻣뻣해진다. 냉장고에서 우유, 생크림, 연유, 코코아파우더, 콜드브루 원액 등을 정신없이 꺼낸다. 비커를 저울에 올린 뒤 영 그램으로 맞추고 계량을 시작한다. 가끔 한 번에 무게를 맞추지 못할 때가 있다. 정확한 계량을 위해 전자저울을 사용하는데 일관된 맛을 유지할 수 있는 장점이 있지만 조제 시간이 오래 걸리는 단점도 있다. 게다가 아직 일이 손에 익지 않아 서툴기도 하다. 나의 동작을 손님이 주시하고 있다고 생각하면 손끝이 더욱 뻣뻣해진다. 내 모습이 손님에게 어떻게 비칠지, 혹시 일말의 의심을 심어주지는 않을지 염려된다. 한번은 크림에서 미세한 먼지를 발견하고 스푼으로 걷어낸 적이 있었는데 손님을 속이는 것처럼 심장이 두근거렸다. 모든 동작에서 자연스러움이 사라지고 어색함과 괴로움만 남는 것이 오픈 주방을 고집한 초보 카페 사장이 치러야 할 대가였다.

마침내 음료를 쟁반에 담아 테이블로 가져갔다. 가오픈 기간엔 음료를 내가는 일조차 무척 긴장됐다. 장사를 시작하기 전엔 집에 놀러 온 손님 대하듯이 하면 된다고 생각했으나 막상 가게 문을 열어보니 차원이 달랐다. 놀러 온 손님이 아니라 돈을 지불한 손님이었다. 자신이 낸 돈의 가치와 비등한 상품을 받았는지 가늠해보는, 조금이라도 미심쩍거나 마음에 들지 않는 점을 발견하면 즉시 항의하는 손님이었다. 아니나 다를까, 음료를 테이블에 내려놓자마자 남자들이 연달아 말했다.

"잔이 너무 작은데."

"양도 너무 적어."

"적으면 더 드릴게요. 드시고 말씀해주세요."

그들의 불평에 당황한 나머지 나도 모르게 그렇게 말했다. 당연히 이러한 융통성은 가게 운영에 좋을 것 같지가 않았다. 사람마다 식사량과 식사 속도가 다르듯 음료 역시 누군가는 10분 만에 잔을 다 비운 뒤 아쉬운 표정을 짓는 반면 누군가는 한 시간이 지나도 음료의 절반도 먹지 못해 녹아버린 얼음으로 희석된 음료를 그대로 두고 간다. 누군가 음료를 추가로 더 받되 그것이 무료라면, 추가 음료를 먹지 않은 손님은 자신이 지불한 금액에 되돌려 받아야 할 금전적 가치가 포함되어 있다고 느낄 것이다. 모두가 만족하는 방법은 좀처럼 떠오르지 않았다.

커피를 금세 다 마신 남자들은 커다란 목소리로 웃고 떠들며 간간이 거친 욕설을 내뱉었다. 가게 안에 아무도 없었기에 망정이지 다른 손님이 있었다면 눈살을 찌푸릴 만했다. 듣고 싶지 않아도 가게가 작은 탓에 그들의 대화가 고스란히 들렸는데, 그 내용은 상당히 의심스러운 것이었다.

"노래는 존나 못 부르지만 야한 옷을 입혀놓으면 볼만해."

그들은 말끝마다 욕설을 붙였다. 씨발 새끼. 지랄해라. 뒤질래. 한창 욕을 섞어 얘기하던 중 그들이 앞다투어 나를 부르더니 커피를 더 달라고 요구했다. 마치 맡긴 커피를 되찾아가듯 당당한 태도였다.

나는 그들이 뜨내기손님이 아니라 주민임을 뒤늦게 알아챘는데 둘 다 슬리퍼를 신고 있었으며, 나중엔 한 아이가 가게로 뛰어 들어와 왼편에 앉은 남자를 아빠라고 불렀기 때문이다. 잠시 후 남자의 아내가 카페 안으로 들어와 커피를 테이크아웃으로 주문했다. 나는 이십대 초반으로 보이는 여성이 일곱 살 남짓한 아이의 엄마라는 사실을 알고 깜짝 놀라서 그녀의 얼굴을 힐끗 보았다. 도드라진 광대뼈 위로 흐릿한 멍 자국 같은 흔적이 있었다. 여자는 아이를 데리고 가게 밖으로 먼저 나갔다.

*

지화 씨는 나의 라이벌 가게를 몹시 궁금해했다. 장사가 잘되지 않으니 그 가게로 손님이 여전히 많이 가는 모양이라고 생각하는 눈치였다. 주민들 입장에선 내가 굴러온 돌이고 그 가게가 박힌 돌임에도 지화 씨는 반대로 생각했다.

"엄마, 내 진짜 라이벌은 거기가 아니야."

나도 얼마 전에야 깨달았다. 맞은편 편의점, 그곳이 진짜 라이벌이라는 것을. 편의점에서 커피나 음료를 사는 사람들이 예상했던 것보다 무척 많았다. 카운터에 앉아 있으면 그들의 얼굴이 정면으로 보였다. 그래서 일부러 돌아앉아 있기도 했다. 지화 씨는 나를 위로해주려는 듯이 말했다.

"편의점 커피랑 맛이 다르잖아. 그걸 아는 사람이 오겠지. 책을 좋아하는 사람이나."

이곳에서 책을 읽고 간 손님은 이제까지 두 명밖에 없었다. 그들 모두 재방문하지 않았고, 책장은 가게 곳곳에 거대한 조각상처럼 우뚝 서 있었다.

"좀더 버텨봐. 좋은 가게는 시간이 지나면 다들 알아."

"내 가게가 좋은 가게인지 아닌지 어떻게 판단해?"

"맞아, 사장은 모르지. 망한 가게 사장은 자기가 왜 망했는지 절대로 몰라."

지화 씨는 그렇게 말하며 얄밉게 웃었다. 나는 어쩐지 남
의 일 같지 않아서 아무런 대꾸도 할 수 없었다.

전화를 끊고 종이 한 장을 꺼내 끊임없이 이어지는 문양
을 그렸다. 패턴을 정해 반복적으로 그려나가는 젠탱글. 잡
념이 사라지고 스트레스 해소에 도움이 된다고 들었다. 종
이 한 장 가득 덩굴무늬를 그렸지만 저녁 내내 손님은 들어
오지 않았다. 마음 한구석에서 자꾸만 버석거리는 소리가
났다.

속이 타 들어간다는 건 불길 없이 타 들어가는 것이구나.
그걸 처음 깨달았다.

*

테이블과 의자를 출입문 근처로 모두 밀어놓고 주방 앞
쪽에 텐트를 설치했다. 가스관에 묶어놓은 커튼을 치면 밖
에선 보이지 않는 공간이었다. 바닥에 내려놓으면 금세 펴
지는 빈약한 구조의 텐트 안에 두꺼운 이불을 깔았다. 에어
컨을 틀어야 하는 시기였지만 밤마다 바닥에서 냉기가 올
라와 자려고 누우면 등골이 시릴 정도였다.

텐트 설치를 마친 뒤 화장실로 들어가 머리를 감고 샤워
를 했다. 뜨거운 물이 잘 나왔고 그것만으로도 하루의 피로

가 녹아내리는 안락함을 느꼈다. 리빙텔 방세를 생각하면 가게 월세 80만 원은 비싼 편이 아니었다. 장사를 할 수 있고, 잠도 잘 수 있고, 내부에 화장실이 있어서 뜨거운 물로 씻을 수도 있었다. 보일러가 설치되어 있어 겨울에도 난방 걱정이 없었다. 가게 문을 닫으면 인근 주민이 전면 창 앞에 카니발을 바짝 붙여 주차했는데 별말 없이 내버려두었더니 밤마다 그곳에 차를 댔다. 가게 앞이 휑한 것에 비하면 안이 잘 보이지 않으니 그편이 더 나을 것 같았다. 나는 가게에서 자는 걸 주민들에게 들키고 싶지 않았다. 가난하다는 사실을 숨기고 싶었던 게 아니라 내가 파는 커피를 동정하게 될까 봐서였다.

욕실에서 나와 주방 등을 끄고, 맥주 한 캔을 챙겨서 텐트 안으로 들어갔다. 작은 스탠드를 한구석에 켜놓으니 캠핑장에 온 것처럼 안온한 분위기가 감돌았다. 이 동네 주민들은 모를 것이다. 가게에서 먹고 자는 자영업자가 있다는 걸. 만일 알게 되어도 그냥 그런 사람도 있으려니 하겠지. 그게 뭐 대수냐고 묻기도 하겠지. 그들에겐 그들의 인생이 있으니까. 각자 자기 몫만큼 힘들고 다채로운 인생이.

맥주를 다 마신 뒤 반듯하게 누워 오늘 하루를 떠올렸다. 잠들기 전 매일 밤 하는 생각이었다.

오늘은 손님이 몇 명이나 왔지.

누가 왔지.

누가 또 오고, 누가 또 오지 않았지.

양을 한 마리 두 마리 세는 것처럼 오늘 온 손님들을 한 명 두 명 세다가 어느샌가 스르륵 잠이 들었다.

새벽 3시에 눈이 번쩍 떠졌다. 오줌이 마려웠다. 자기 전에 마신 맥주 때문인 것 같았다. 텐트에서 기어 나와 커튼을 젖히고 화장실로 걸어가다 도중에 걸음을 멈췄다. 오른쪽 시야 끝에 무언가 있었다.

고개를 돌려 바깥을 보았다. 전면 창과 주차된 카니발 사이 좁은 공간에 모자를 깊숙하게 눌러쓴 남자가 서 있었다. 어두워서 누군지 알아볼 수는 없었다. 심장이 마구 뛰었지만 태연한 척 고개를 돌리며 화장실로 걸어갔다. 그러나 화장실 불을 켜면 열린 문틈으로 쏟아져 나오는 빛에 내 모습이 고스란히 비칠 것을 깨닫고 움직임을 멈추었다.

가게에 왔던 사람들과 내가 아는 사람들의 얼굴을 한 명씩 떠올려보았다. 가게 안팎이 매우 어둡고 남자의 얼굴이 모자챙에 가려져 있었기에 실루엣만으론 누군지 알 수가 없었다. 가게에 왔던 손님일까. 아니면 이 거리를 자주 오가는 주민일까. 가게 앞에서 자꾸만 담배를 피웠던 열쇠 가게 사장 강봉호일까. 그의 친구 변일구일까. 눈길이 저절로 출입문으로 향했다. 당연히 문은 잠겨 있었다. 그러나 도어록이 아닌 열쇠로 여는 잠금장치였기에 조금도 견고해 보이지 않았다. 마음만 먹으면 누구나 열 수 있을 것처럼 보였다.

설마 저걸 억지로 열려는 사람이 있을까. 여긴 나의 공간인데. 내 가게이고 내 집인데.

몇 달 전 리빙텔에서 있었던 일이 떠올랐다. 술 취한 남자들이 여성 전용 층에 침입해 방문을 두들긴 사건이었다.

"아가씨, 문 좀 열어봐."

나는 사고 회로가 정지되어 방문에서 최대한 멀리 떨어져 서 있었지만 다른 방에 있던 누군가는 즉시 신고했다. 남자들이 떠나고 나서 무전기 소리와 함께 경찰들이 도착했다. 공교롭게도 감시 카메라는 고장 난 상태였다. 어쩌면 제대로 작동된 적이 없는지도 몰랐다. 정미 언니는 그날 늦게 퇴근했고, 나중에 그 일을 전해 듣고서 나에게 말했다.

"잘 들어. 그런 일이 있을 때 가장 중요한 건 이성을 빨리 되찾는 거야."

나는 그게 불가능하다고 항변했다. 정미 언니는 안다고, 잘 알지만 그렇게 겁먹은 채로 가만히 있으면 정말로 나쁜 일을 당할 수 있으니 정신 똑바로 차려야 한다고 말했다.

나는 정신을 똑바로 차렸다. 그리고 출입문 쪽으로 걸어가 불시에 홀 전등을 켰다. 가게가 환해지자 남자는 황급히 몸을 돌리더니 주차된 차량 오른편으로 사라졌다.

아마도, 그는 내가 여기서 자는 걸 알고 있는 것 같았다.

그게 아니라면 왜 불 꺼진 가게를 들여다보겠는가. 언제부터 알았을까. 누군가 알고 있다는 게 신경 쓰였지만 주의를 기울인다면 충분히 알 수 있는 것이긴 했다. 나 역시 열쇠 가게 사장이 가겟방에서 생활한다는 걸 짐작하고 있었다. 퇴근하는 걸 한 번도 본 적이 없었고, 열린 문 사이로 가겟방을 얼핏 보기도 했다. 내가 그의 상황을 알고 있듯 그도 나의 상황을 알고 있을 것이다. 이 동네에 사는 주민이라면 누구나 내가 여기서 잔다는 걸 알 수 있다는 의미다.

휴대폰을 가져와 남자가 떠난 자리에 플래시를 비춰보았다. 바닥에 서너 개의 담배꽁초가 버려져 있었다.

*

영업 준비를 마친 뒤 가게 문을 활짝 열어놓았다. 열쇠 가게의 출입문이 약간 열려 있었다. 강봉호에게 새벽에 우리 가게 앞을 얼쩡거렸는지 물어야 할까. 그러나 그가 아닐 가능성도 있는데……

가게 앞을 비로 쓸고 나서 인근 상점을 바라보았다. 그리고 마은의 가게도 보았다. 겉으로 보면 마은의 가게도 오롯이 자리 잡고 있는 가게인데, 왜 하필 내 가게 앞을 기웃거리며 거슬리게 행동하는 걸까. 여자 혼자 운영하는 가게라서 그런 걸까. 다른 일을 할 땐 이렇게까지 성별을 의식하며 신경이 곤두서진 않았다. 불편하거나 두려우면 언제든 떠나면 그만이었지만 가게는 내가 끝까지 지켜야 하는 것이었다. 나의 발이 마은의 가게에 묶여 있었다.

종소리와 함께 출입문이 천천히 열리며 첫 손님이 가게 안으로 들어왔다. 나는 자리에서 일어나며 손님의 얼굴을 보았다. 젊은 여성이었다. 샌드위치가 담긴 접시를 들고 가게 안으로 들어온 여자는 나를 보며 눈웃음을 지었다.

"저 누군지 모르시죠? 저 아래에서 카페 운영하고 있는데."

나는 반갑다고 인사를 건넸지만 사실 반갑기보다는 당혹스러웠다. 왜 하필 여기에 카페를 열었는지 따지러 온 것일까. 나는 눈을 어디에 두어야 할지 몰랐다.

"혼자 장사하시는 거죠?"

"네, 혼자 해요."

"비상벨은 다셨어요?"

"비상벨이요?"

"꼭 다세요. 그 얘기하려고 왔어요. 저는 한솔이예요. 외자가 아니라 솔이."

여자는 자신의 이름을 알려주었고 연이어 내 이름을 물었다.

"이거 계란샌드위치인데 맛 좀 보세요. 저희 가게에서 파는 거예요."

나에게 접시를 건네주고서 솔이 씨는 가게를 비워놓고 왔다며 곧바로 돌아갔다. 비상벨을 꼭 달라는 말을 두 번 더 반복하며.

흰 접시 위에 담긴 정갈한 계란샌드위치 두 쪽을 물끄러미 보았다. 나는 오늘 처음 본 솔이 씨에게 친밀함을 느꼈다. 내가 어떤 고민을 갖고 있는지 알고서 찾아와준 사람 같아서. 비상벨을 꼭 달라니. 정미 언니에게서도 그런 당부를 들었지만 비상벨을 달지 않았다. 보안 업체에 달마다 내야 하는 돈이 아까웠고 아직은 그만한 여유가 없기도 했다.

다들 왜 그렇게 비상벨을 강조하는 걸까.

나는 그 이유를 알고 싶었다.

21세기 건달들

류 팀장과 조현수는 손발이 잘 맞았다. 우리 팀은 나를 제외하면 다들 군말 없이 야근을 했고 주말 근무도 자청했다. 류 팀장은 원래 그런 사람이라고 해도, 조현수는 도대체 왜 그러는 건지 알 수가 없었다. 인터넷 유머 게시판에서 본 90년대생의 특징과는 사뭇 달랐다. 조현수 때문에 정당한 권리를 누리려는 나의 행동이 약삭빠르고 이기적인 모습으로 비칠 것 같았다.

조현수는 친구가 많았고, 온갖 수상 스포츠와 단체로 하는 조깅에 미쳐 있었다. 조현수의 인스타그램이 조현수에 대해 말하는 내용이 그랬다. 자기계발서를 읽고 요약한 글을 자주 올렸고, 팔로어 수가 적지 않았다. 댓글을 보니 친절하고 상냥한 말투로 상대를 자주 칭찬했다. 그것이 좋은 태도가 아니라는 걸 모르는 것 같았다. 하긴 대다수가 모른다. 실은 나도 아직 잘 모르겠다. 칭찬을 받으면 누구나 기분이 좋아지는 법인데, 진경 언니는 위와 아래를 나누는 계급적 태도에 칭찬도 포함된다고 말했다.

요가 학원에서 만난 진경 언니는 주호를 싫어했다. 주호와 내가 헤어지길 노골적으로 바랐다. 주호는 겉으론 자상해 보여도 그 이면에는 여자를 무시하는 태도가 깔려 있다고 주장했다. 상대를 배려하는 것처럼 보이지만 실은 자신이 더 옳다는 믿음이 강한 거라고 했다. 나는 진경 언니가 남자를 싫어해서 그런 말을 하는 거라고 생각했다. 귀 기울여 듣는 대신 언니는 왜 저렇게 골치 아프게 살까, 그 생각만 했다. 언니에게 이 세상은 전쟁터였다. 남자와 여자의 싸움으로 점철된 전쟁터. 나는 남자와 여자의 싸움보다 권력을 차지하려는 싸움이 더 치열하다고 생각했다. 가령 승진을 위한 다툼이라든지. 그러나 언니는 그게 바로 남자와 여자의 싸움이라고 했다.

"왜 꼭 남자여야 하니? 남자가 그렇게 좋아?"

진경 언니는 술에 취하면 종종 그런 말을 했다. 한번은 주호가 있는 자리에서도 그랬다. 자정이 넘어 언니와 술을 마시고 있는 자리에 주호가 온 적이 있었다. 언니는 너무 취해서 주호가 누군지 알아보지 못했다. 옆 테이블에 앉아 있던 남자라고 착각했다.

"왜 우리한테 집적거려요? 말 걸지 마요. 우리 사귀는 사이예요."

언니가 그렇게 말하며 큰 소리로 웃었을 때 주호는 전혀 웃지 않았다. 주호가 내게 그만 가자고 말했지만 언니를 혼자 두고 갈 수는 없었다. 숙취 해소 음료를 사다 주며 언니를 화장실에 데려다주었다. 언니는 아기처럼 고분고분하게 나를 따랐다. 주호는 못마땅한 표정으로 우리를 지켜보았다. 나중에 술이 깬 언니가 그제야 주호를 알아보았다.

"언제 왔어요?"

언니는 그렇게 물으며 기다란 머리칼을 모아 하나로 묶었다. 주호는 한참 전부터 언니 앞에 앉아 있었지만 방금 도착한 것처럼 굴었다. 주호는 언니가 민망해하지 않게 잘 맞춰주었다. 그러고선 집으로 돌아오는 택시 안에서 쉬지 않고 언니 욕을 했다. 그 뒤로 나는 언니와 멀어졌다.

조현수의 인스타를 훔쳐보다가 진경 언니의 계정도 찾아보았다. 김진경이라는 이름을 가진 여성의 인스타를 죄다 살펴본 결과 언니로 짐작되는 사람이 한 명 있었다. 대부분의 게시물이 넷플릭스 영화를 보고 남긴 후기였다. 물론 언니가 아닐 가능성도 있었지만 어쩐지 언니일 것 같았다. 그렇게 생각하고 싶었다. 알고 보니 손 닿는 곳에 있었다고.

진경 언니는 영화를 열심히 보았는데 주인공이 죄다 여

자였다. 1990년대 미국 영화가 가장 많았고 그걸 현재 관점에서 재해석한 글을 자주 썼다. 칼럼인지 소설인지 일기인지 알 수 없는 글을. 언니는 늘 글을 쓰고 싶어 했다. 언니에게 시와 소설, 에세이 중에서 뭘 쓰고 싶은 거냐고 물었더니 언니는 나를 같잖다는 듯이 쳐다보며 말했다.

"나는 그런 경계를 다 허무는 글을 쓸 거야."

이제야 진경 언니와 주호의 공통점을 알 것 같다. 자기만의 사상이 확고하다는 것. 나는 그런 점에 끌렸던 것이다. 줏대 없는 인간으로 살았던 것도 아닌데 왜 그랬는지 모르겠다. 실은, 줏대가 없었던 걸까. 내 줏대가 아니라 남의 줏대였을까.

6시 반 정각에 조현수와 류 팀장을 뒤로하고 사무실을 빠져나왔다. 류 팀장이 내게 했던 말이 심장을 콕콕 찔러댔다. 살려고 뛰는 심장을 살지 말고 죽은 듯 일이나 하라는 류 팀장의 말이 강하게 압박했다. 발걸음이 점점 땅속으로 파묻혀 들어가는 것 같았다. 통근 열차 안에서 주호에게 톡을 보냈다.

—뭐 해? 맥주 마시자.

숫자 1이 계속 사라지지 않았다. 아르바이트가 끝나고 잠이 든 모양이었다. 주호는 부쩍 잠이 늘었다. 7월 중순으로 접어들어 습도 높은 날씨가 이어지면서 주호는 고시원의 에어컨 바람 아래 누워 끈끈한 잠에 빠져들었다. 일 때문에 피곤해서 그렇다고 말했지만 주호의 피로는 고단한 육체로부터 비롯된 게 아니었다. 정신이 파김치가 되어가고 있는 게 문제였다.

아르바이트를 하고 돌아오면 주호는 공용 주방에서 김치볶음밥을 만들어 먹고 초저녁에 잠이 들었다. 그리고 자정쯤 일어나 새벽까지 고전 소설을 읽었다. 누가 보더라도 주호는 이 세상에 닻을 내려야 하는 시기를 지나쳐 가고 있었다. 그것이 내가 주호에게서 혹은 주호가 내게서 점점 멀어지고 있는 이유였다. 나는 우리의 이별을 예감하는 단계에 이르렀지만 그런 말은 꺼내지 않았다.

주호의 답장을 기다리지 않고 열차에서 내려 곧바로 마은의 가게로 향했다. 벌써 네번째 방문이었다. 사장은 나보다 서너 살 정도 많아 보였는데 어쩐지 아르바이트생 같은 분위기를 풍겼고 카리스마라곤 전혀 찾아볼 수 없었다. 손님이 없어서 빈자리가 늘 남아 있었고, 그런 만큼 오래 머물러도 눈치가 보이지 않았다.

유리문을 열고 들어가자 사장이 지나치게 기쁜 얼굴로 반겼다. 내 얼굴을 기억하고 있는 게 분명했다. 인사를 나누고 핸드드립 커피와 스콘을 주문한 뒤 자리에 앉았다. 에어컨이 머리 위쪽 벽면에 설치되어 있어 습도 높은 열기를 빠르게 식혀주었다. 나는 카운터를 등지고 앉아 전면 창 너머 거리를 바라보았다. 의외로 오가는 사람이 많았지만 아무도 이 가게를 돌아보지 않았다. 왜일까. 잠시 후 사장이 커피와 따듯한 스콘을 가져다주었다. 그리고 근처 책장으로 걸어가더니 책등을 살피며 책의 위치를 조금씩 바꾸어놓았다. 어쩐지 나에게 말을 걸고 싶어 하는 눈치였다. 내가 먼저 커피값이 너무 싸다고 말을 걸자 사장은 미소 지으며 나를 돌아보았다.

"비싸게 받는 게 미안해서요."

전혀 예상하지 못한 답변이었다. 착한 척을 하려는 건지 진심인 건지 모르겠으나 만일 진심이라면 이 가게는 머지 않아 망할 것 같았다.

"디저트가 좀 없죠?"

사장이 맞은편 의자에 앉으면서 조심스레 물었다. 나는 없는 편이라고 솔직하게 답했다.

"찐감자는 어때요?"

"감자요?"

"별론가요? 제가 그런 간식을 좋아해서."

"와플이나 마카롱이 낫지 않을까요?"

"마카롱은 만들기 어려워서요."

"사 오면 되는데."

"직접 만든 것만 팔고 싶어서요."

나는 사장의 얼굴과 차림새를 찬찬히 뜯어보았다. 입고 있는 회색 무지 셔츠처럼 도무지 개성을 찾을 수가 없는 밋

밋한 사람이었다. 하지만 가정집 분위기의 작은 카페에서 찐감자를 팔겠다고 말하는 엉뚱함에 조금 끌렸다. 어떤 사람인지 궁금했다.

출입문 종이 울리며 젊은 여성이 가게 안으로 들어섰다. 마은 사장이 의자에서 일어나 환한 얼굴로 반겼다. 둘은 창가 테이블 앞에 마주 보고 앉았다. 나는 커피를 마시며 두 사람을 곁눈질했다. 마은 사장이 젊은 여성에게 가게는 어떻게 하고 왔느냐고 물었다.

"오늘은 손님이 너무 없어서 일찍 닫았어요."

그 말에 마은 사장의 얼굴이 어두워졌다. 젊은 여성이 나를 돌아보더니 불시에 물었다. 혹시 우리 가게에 온 적이 있지 않느냐고. 그제야 떠올랐다. 한 블록 아래에 있는 카페, 작은 숲의 사장이라는 걸. 예전에 이따금 방문했던 곳인데 만석일 때가 많아서 그 뒤론 가지 않았다. 장사가 잘되는 곳인데 오늘만 손님이 없는 걸까.

"몇 번 간 적 있어요."

작은 숲 사장은 그럴 줄 알았다는 듯 고개를 끄덕였다.

"요즘엔 왜 안 오세요?"

"거긴 늘 자리가 없어서요."

"예전에 비해 손님이 많이 줄었는데."

작은 숲 사장은 마은 사장에게 인근에 새로 생긴 카페를 알려주었다. 저렴한 가격의 프랜차이즈 카페가 한 군데, 개인 카페가 두 군데나 생겼다고. 그 뒤로 가게 매출이 반으로 줄었고, 이젠 손님이 없어서 문을 일찍 닫을 때도 있다고 말했다. 마은 사장은 고개를 끄덕이며 진지하게 듣고 있었다. 나는 의아한 마음으로 그들을 지켜보았다. 둘은 라이벌 관계 아닌가. 마은의 가게가 뒤늦게 생겼으니 작은 숲에서 싫어할 만도 한데, 둘이 다정하게 대화를 나누고 있는 광경이 어색했다. 작은 숲 사장이 마은 사장에게 비상벨은 달았는지 물었다. 그러자 마은 사장이 고개를 저었다.

"왜 안 달아요? 이 동네에 건달 많다고 했잖아요."

나는 커피를 마시다가 소리 내 웃었고, 그들은 동시에 나를 돌아보았다. 나는 당황한 얼굴로 말했다. 건달이라는 말을 너무 오랜만에 들어서 나도 모르게 웃었다고.

"있어요, 건달."

작은 숲 사장이 확신을 담아 말했다.

정말로 이 동네에 건달이 있나. 나는 한 번도 보지 못했는데. 그런 건 영화나 드라마에 나오는 캐릭터 아닌가.

"몰라서 그렇지 이 동네에 건달 많아요. 무슨 일을 하는지 알 수 없는 아저씨들."

"아저씨들이요?"

"젊은 아저씨도 있고. 여하튼 남자들이요. 가게 앞에서 담배 피우고, 침 뱉고, 한낮에 카페에 죽치고 앉아서 괜히 이상한 농담이나 던지는 껄렁한 남자들이요."

마은 사장이 물었다.

"자주 봤어요?"

"단골이었어요. 일부러 불친절하게 대했는데 자주 와서 너무 힘들었어요. 남친이 들락거리니까 더 이상 안 오더라고요."

마은 사장의 얼굴에 이유를 알겠다는 표정이 스쳐갔다.

"언니는 애인 없어요?"

"네."

"그럼 오빠나 남동생은?"

"없는데."

"그래도 남자인 친구는 있죠?"

"아니요."

"그럼 언니가 알아서 막아야겠다, 이 동네 건달들. 당장 비상벨부터 달아요."

마은 사장은 난감하다는 듯이 웃으며 나중에 달겠다고 말했다. 지금은 손님이 많지 않아서 괜찮을 것 같다고. 그러자 작은 숲 사장이 유동 인구는 정해져 있는데 카페가 너무 많이 생겨서 그렇다고 대꾸했다. 마은 사장이 미안한 듯 얼굴을 붉혔다.

"언니한테 한 말 아니에요. 나는 언니가 나처럼 혼자 장사하는 여자라서 좋아요."

"……솔이 씨는 착한 사람 같아요."

작은 숲 사장은 마은의 가게에 오래 머물지 않았다. 마은 사장은 그를 가게 앞까지 배웅하고 돌아오더니 나에게 말했다. 나중에 작은 숲에도 가시라고. 나는 웃으며 그러겠다고 말했다. 마은 사장이 머뭇거리다가 내게 물었다.

"혹시 저녁 먹었어요?"

"아니요."

"나랑 컵라면 먹을래요? 오늘은 손님 안 올 가능성이 커서요. 작은 숲도 일찍 닫았고."

"작은 숲이 닫았으니까 여기로 올 수도 있죠."

내 말에 마은 사장은 멈칫하더니 말했다.

"그럼 맞은편 편의점에서 먹을래요? 손님이 오는지 지켜볼 수 있으니까."

나는 마은 사장을 따라 얼결에 편의점으로 가서 컵라면을 골랐다. 각자 계산하는 건 줄 알았는데 마은 사장이 내 것까지 한꺼번에 계산했다. 나는 얼른 카운터 앞에 있는 치즈봉을 두 개 집어 들고 값을 치른 뒤 마은 사장에게 한 개를 건넸다. 우리는 편의점 테라스에 앉아 컵라면을 먹었다. 그러고 있으니 오래전부터 알고 지낸 사람 같기도 했다. 신기했다. 동네에 아는 사람이라곤 한 명도 없는데.

휴대폰 진동과 함께 주호가 보낸 톡이 화면에 떠올랐다.

─술은 나중에 마시자. 너무 피곤해.

나는 푹 쉬라고 답장을 보냈다. 마은 사장은 치즈봉을 천천히 베어 먹고 있었다. 그 옆얼굴을 보다가 휴무일이 언제인지 물었다.

"없어요. 매일 열어요."

"왜 그렇게까지 열심히 하세요?"

마은 사장은 웃음을 터뜨리더니 이내 쓸쓸한 표정으로 말했다.

"그래야 먹고살 수 있으니까요."

나는 이해했다는 듯 고개를 끄덕였지만 실은 아니었다. 다들 정말 열심히 사는구나. 류 팀장도 조현수도 마은 사장도 쉬는 날 없이 열심히 일하고, 먹고살기 위해 최선을 다하는구나. 적당히 일하고 살면 안 되나. 그럼 먹고살지 못하나. 왜 그럴까. 인간은 원래 죽도록 일하려고 태어났나. 과연 그럴 리가 있나. 그런 이유로 태어나는 존재가 있나…… 주호처럼 대책 없이 알바만 하며 사는 것도 문제였지만 너무 열심히 일만 하는 것도 인간답지 않았다. 나는 마음속으로 그런 생각을 하다가 마은 사장을 보았다. 그새 표정이 굳어 있었다. 시선을 따라가니 마은의 가게 앞에서 담배를 피우고 있는 덩치가 큰 남자가 보였다. 마은 사장이 자리에서 일어나 분주히 라면 용기를 치웠다.

저 사람이 혹시 건달일까.

마은 사장은 곧장 남자에게로 걸어가 그와 마주 보고 섰다. 남자는 조금도 위축되지 않은 듯했고, 왜소한 체구의 마은 사장은 남자와 대비되어 작게 움츠러든 것처럼 보였다. 나는 두 사람이 대치하는 광경을 바라보았다.

*

나무 간판을 안으로 들이고 청소기로 바닥을 밀었다. 오늘은 저녁 손님이 한 명뿐이었다. 일주일에 한 번은 꼭 방문하는 손님이었다. 라면을 먹자고 제안한 건 내가 생각해도 좀 엉뚱한데, 저녁마다 텅 빈 가게에 앉아 있다가 컵라면을 몇 번 먹었더니 습관이 되어버렸다. 손님이 없으면 밥이라도 잘 챙겨 먹자는 오기에 가까운 다짐이었는데, 손님에게 함께 먹자고 말한 건 확실히 이상한 행동일 것이다. 나는 친해지고 싶은 마음으로 그런 제안을 했지만, 혹시 직업의식이 희박한 사람으로 보였을까.

저녁에 온 손님을 떠올리며 가게를 정리했다. 평정심을 유지하며 마음을 가라앉히고 싶었다. 마감 준비는 스콘을 굽지 않으니 오픈할 때보다 시간이 덜 걸린다. 제빙기 안의 남은 얼음을 버리고, 행주를 빨아서 널고, 화장실 청소를 마친 뒤 의자를 홀 쪽으로 밀어놓고, 홀 전등을 끄고, 커튼을 치고, 텐트를 꺼내면 된다. 하지만 오늘은 텐트를 펴지 않고 커튼만 쳐두었다. 그러면 장막이 쳐진 것 같아 무대 위에서 내려온 기분이 들었다.

머릿속을 떠나지 않고 나를 괴롭히는 생각은 어쩌면 생각이 아니라 감정인지도 모른다. 분노. 수치심. 경멸. 결국 강봉호의 얼굴이 떠올랐다. 나를 얕잡아 보는 거겠지. 가게 앞에서 흡연하지 말라는 부탁을 번번이 무시하는 걸 보면. 그러나 내가 진정으로 화나는 대상은 그가 아니라 나였다. 나는 왜 그에게 '부탁'만 하고, 화를 내진 못하는가. 왜 온화하고 차분한 어조로 말하고 공격적으로 따지고 들진 못하는가. 마침 마은의 가게 앞을 지나가던 건물주가 그에게 카페에 온 거냐고, 여기서 담배 피우면 장사하는 데 피해가 가고, 위층에 사는 세입자들이 불편해한다고 고압적으로 말했다. 그가 열쇠 가게 사장이라는 걸 아는 눈치였다. 그는 죄송하다고 말하며 담배를 비벼 끄더니 고개를 살짝 숙이기까지 했다. 그 역시 건물주를 알고 있는 것 같았다. 그가 사라지고 난 뒤 건물주가 나에게 말했다. 초장에 기선 제압을 잘해야 한다고. 남자 친구나 오빠, 누구든지 와서 따끔하게 말해야 다음부턴 가게 앞에서 저러지 않을 거라고. 담배뿐 아니라 주차든 뭐든 장사에 방해되는 일이 생길 때마다 가급적 그들을 부르라고 했다. 남자들을. 나는 남자 친구나 오빠가 없다는 말은 구태여 하지 않았다.

사실 흡연은 사소한 문제에 불과했다. 새벽에 가게 앞을 얼쩡거리는 남자가 누구인지, 그 이유가 뭔지 알아내는 게 더 중요했다. 아침에 밖으로 나가 보면 똑같은 자리에 늘 담배꼽초가 서너 개 버려져 있었다. 나는 새벽에 가게 안을 들여다보는 남자를 목격한 뒤로 가급적 아침까진 화장실에 가지 않았다. 텐트 밖으로 나가지도 않았다. 아침이 되면 전면 창을 막고 있던 카니발이 빠지고 바쁜 걸음으로 출근하는 사람들이 보였는데, 그제야 불안감이 사라져서 오픈 준비에 몰두할 수 있었다.

만일 남자의 정체가 강봉호라면, 이유를 물어도 납득할 만한 대답은 들을 수 없을 것 같았다. 불쾌하다는 표현을 반드시 해야 할 것 같았지만, 전혀 신경 쓰지 않는 것처럼 행동하는 편이 오히려 더 나을 거라는 생각도 들었다. 쓸데없는 오기와 자존심이 발동했다. 동시에 나의 진심을 나 스스로 외면하고 있다는 것도 알았다. 만일 그가 내 항의에도 불구하고 같은 행동을 반복한다면 그때 발생할 분노와 수치심을 감당하기가 싫었다.

누군가 내 말을 무시한다면 도대체 무엇 때문일까. 궁금했다. 그는 나에 대해 모른다. 그가 아는 것이라곤 눈에 보이는 사실뿐이다. 나의 성별과 외모, 말투, 가게에서 먹고 자는 삶을 산다는 것. 그게 전부인데 그 사실 가운데 무엇이 나를 무시해도 좋다는 결론을 내리게 한 걸까. 나에게서 문제점을 발견하려는 태도를 버리고 싶어도 도저히 이해할 수 없는 사람을 맞닥뜨렸을 땐 차라리 그렇게 하는 편이 화가 덜 났다. 거대한 조직에 들어온 기분이 또다시 들었다.

회사는 규모와 범위를 짐작할 수 있지만 이 동네에서는 그런 짐작조차 어려웠다. 어디서부터 어디까지가 나에 대해 아는 사람들이 사는 곳일까. 나를 알고 있다면, 나의 어떤 점에 대해 알고 있을까.

이모에게 전화해 조언을 구하려다가 말았다. 이모는 당장 문을 열고 뛰쳐나가서 왜 자꾸 남의 가게 앞을 얼쩡거리느냐고 화를 내고도 남을 사람이었다. 싸움이 나면 멱살부터 잡으려고 팔을 뻗는 사람이니까. 왜 그러는 거냐고 물었더니, 제정신이 아닌 타인을 견디든지 제정신이 아닌 사람이 되든지 둘 중 하나의 방법으로만 살아갈 수 있다는 대답이 돌아왔다. 택시 운전을 하면서 이모는 이상한 손님들을 많이 만났지만 늘 대거리를 하고, 욕설을 하면서 싸우고, 파출소에 가도 끝까지 자기 잘못은 없다고 우기는 사람이었기에 참느라 화병이 나는 일은 드물었다.

더군다나 나는 고작 흡연, 심야 시각 가게 앞 배회일 뿐인데. 고작이라고 말할 수 있는 일이 나를 미치게 하다니. 그가 내 영역을 침범하는 일이 발생했을 때 아직 비상벨을 달지 않은 내가 무얼 할 수 있는지 떠올려봤다. 남자 친구나 오빠가 있었다면 이런 고민이 쉽게 사라졌을까. 이모에게 해결을 부탁하면 이런 분노와 수치심이 발생하지 않았을까. 그러나 내가 어른이 되어서도 누군가의 도움을 받아야만 손상되지 않고 살아갈 수 있다면, 과연 나를 어른이라고 할 수 있을까.

어른이 아니지 않나. 아이처럼 보호자가 되어줄 누군가를 필요로 한다는 것은.

텐트를 설치하고 나서 출입문 손잡이에 노끈을 칭칭 감은 뒤 테이블 다리에 연결해 묶어놓았다. 누군가 문을 열면 테이블이 끌려가면서 요란한 소리가 날 것이다. 그러면 침입자는 당황해서 도망칠 수밖에 없겠지. 텐트 안으로 들어가 이불을 덮고 누우며 조금 안심했다. 나는 사건이 일어나길 바라는 것인가, 바라지 않는 것인가. 당연히 후자였지만 상대에게 정당한 공격을 퍼붓고 싶은 나의 마음은 은밀히 전자를 향해 달려갔다.

그리고 그 일이 일어났다.

테이블이 끌리는 소리가 들렸다.

나는 눈을 번쩍 떴다. 휴대폰을 쥐고 일어나 심장이 미친 듯이 뛰는 걸 느끼며 텐트 밖으로 기어 나갔다.

테이블이 끌려간 흔적이 있나?

출입문 쪽으로 조금 끌려간 것도 같았지만 위치 변동이 거의 없는 것도 같았다. 게다가 출입문 종은 울리지 않았다.

꿈에서 들은 소리였을까?

그 소리를 듣기 전에 나는 미로 같은 골목을 걷고 있는 꿈을 꾸었다. 그런데 꿈속에서 들은 소리가 꿈꾸는 사람을 깨우기도 하나?

나는 전면 창으로 다가가 밖을 보았다. 아무도 없었다. 분명 테이블이 끌리는 소리를 들었지만 그곳엔 아무도 없었고, 문은 굳게 잠겨 있었다.

*

어릴 때 이모가 우리 집에서 자는 날이면, 나는 이모를 흔들어 깨우며 다락방에서 귀신 소리가 들린다고 말했다. 이모는 다락방 문을 열고 아무도 없다는 걸 확인시켜준 뒤에 다시 잠들었다. 그러나 나는 눈을 감자마자 다락방에서 들리는 소곤거리는 말소리에 도무지 잠을 잘 수가 없었다. 다락방에 아무도 없다는 걸 확인했으니, 그건 귀신 소리가 명백했다.

어릴 땐 환상과 현실이 뒤섞이는 밤을 견뎌야만 한다. 그러나 나는 더 이상 어린아이가 아니고 환상과 현실이 뒤섞인 삶 속에서는 살 수가 없다. 명확해야 한다. 그것은 실제로 일어난 일인가 그렇지 않은가. 일어난 일이라면 출입문에 달린 금속 종은 왜 울리지 않았는가.

마은의 가게는 낮과 밤이 달랐다. 낮엔 마은의 가게, 밤엔 마은의 집이고, 원하지 않는 접근을 반복하는 타인이 있을 때 귀신 소리가 들리는 다락방이 된다. 귀신 소리가 아니라 사람이 내는 소리라는 것을 입증하려면 밤을 꼬박 새워야 할까. 증거를 잡을 때까지 잠들지 말아야 할까. 소리가 나면 커튼을 젖히고 곧바로 뛰어가서 문을 벌컥 열고 대뜸 소리부터 질러야 할까. 아니지. 휴대폰을 들고 신고부터 해야지. 이곳에 혼자 있는 나와 열린 문. 마은의 가게로 들어오는 낯선 사람. 그의 어깨에 닿는 알로카시아 잎. 잎에서 떨어진 물방울이 테이블 위에 고일 때쯤이면 나는 그와 얼마쯤 거리를 두고 마주 서 있을까. 그런 침범은 아주 천천히 일어난다. 동시에 손쓸 수 없을 만큼 빠르게 일어난다. 침범당한 사람의 입장에선 시간이 휙 접히고, 주욱 늘어나고, 결국 시간 자체가 사라진다. 시간이 사라지고, 세상이 사라진다. 나와 침입자, 단둘만 남는다. 이미 해본 경험이다. 리빙텔에 침입한 낯선 남자들이 방문을 두드렸을 때 나는 철저히 혼자였다. 그 시각 여성 전용 층에 있던 모두가 혼자였다. 방문을 여는 순간 희생자가 된다. 그러므로 각자의 방에 머물면서 문을 잠그고 휴대폰을 손에 쥔 채로 귀를 기울였다. 누군가 문을 열지는 않겠지. 여는 사람은 없을 거야. 열기 전에 신고해야 돼…… 살면서 그런 경험을 해본 모든 이가 각인 혹은 망각 중 하나를 경험할까. 나에겐 각인된 현실이 누군가에겐 망각으로 남게 되었을까. 잊지 못하는 사람은 나

약해 보이고, 스스로도 나약함을 절감하고, 잊은 사람은 강건해 보이고, 스스로도 강인함을 느낄까. 연기일까 진짜일까. 성장일까 흐름일까. 살기 위해 모든 걸 흘려보내는 태도일까. 그러나 나는 그 모든 걸 고이게 하는 사람일까.

*

영업을 마치고 불 꺼진 홀에 우두커니 앉아 있었다. 출입문 근처에 무언가 어른거렸다. 전등을 켜고 문 앞으로 걸어가자 반가운 얼굴이 나를 보며 활짝 웃고 있었다. 나는 잠가 놓은 문을 얼른 열었다. 정미 언니의 이마는 땀으로 젖어 번들거렸다.

"마을버스 타고 오라니까 걸어온 거야?"

나는 부러 언니를 탓했다. 속으론 언니가 오기로 한 걸 까맣게 잊고 있었던 나를 탓했지만 겉으론 태연한 척했다. 새벽에 있었던 일 때문에 언니와 만날 약속을 잡았던 것도 잊고 말았다. 나는 홀 전등을 모두 켜고, 괜스레 의자와 테이블 위치를 재조정했다. 언니는 가게 안을 둘러보며 연신 예쁘다는 말만 반복했다. 정말로 그렇게 생각하는 건지 예의상 하는 말인지는 알 수 없었지만.

"책이 징말 많네."

언니는 책장 앞으로 걸어가 책등을 건성으로 살피다가

이내 돌아섰다. 그러고선 의자에 앉아 에어컨을 가만히 올려다보았다. 나는 리모컨을 가져와 희망 온도를 더 낮췄다.

"문을 일찍 닫네. 아직 10시도 안 됐는데."

"저녁엔 손님이 거의 없어서."

"밖에 지나다니는 사람이 많은데."

"내 가게엔 안 들어와."

언니는 여기로 걸어오면서 카페를 몇 군데 보았다고 넌지시 말했다. 나를 염려하는 듯한 그 말에 나는 이미 알고 있다고 아무렇지 않은 척 답했다. 언니는 홀을 둘러보다가 어디서 자는 거냐고 물었다. 적절한 공간을 찾을 수가 없다는 듯이. 나는 주방 앞쪽에 있는 테이블을 출입문 쪽으로 모두 밀어놓고 텐트를 펴고 잔다고 알려주었다. 언니는 눈을 동그랗게 뜨며 불편하지 않느냐고 물었다. 나는 불편해도 시간이 지나면 다 적응하기 마련이라고 말했다. 언니가 걱정할까 봐 새벽에 겪었던 일에 대해선 말하지 않았다. 말없이 앉아 있던 언니는 들고 온 네모난 천 가방을 열었다. 그 안에 언니가 만든 도시락이 들어 있었다.

"안주 도시락이야."

나는 칸칸이 오종종하게 담긴 계란말이와 제육볶음, 단무지무침을 보고 기분이 한결 나아졌다. 언니는 사랑받아 마땅한 사람 같았다. 언니에게 시나리오를 쓴다는 그 사람과 어떻게 되어가는지 물었더니 언니는 묻지 마,라고 말하며 샐쭉한 표정을 지었다. 싸운 거냐고 물었더니 고개를 끄덕였다.

"내가 사는 곳에 와보고 싶대."

"여성 전용 층이라서 안 된다고 하지."

"그렇게 말해도 막무가내야. 내가 안전한 곳에 살고 있는지 확인하고 싶대."

"안전하지 않잖아, 거긴."

내 말은 의도했던 것보다 무겁고 차갑게 들렸다. 언니는 대답 없이 바닥만 쳐다보았다. 접착제 자국과 묵은 때는 어느 정도 벗겨냈지만 여전히 스크래치가 많고 지저분한 바닥이었다.

"카펫이라도 깔지그래?"

언니가 샌들 밑창으로 지저분한 곳을 문지르며 물었고, 나는 카펫 살 돈이 없다고 말하는 대신 침묵했다. 언니는 눈길을 들어 나를 보더니 술이나 마시자고 말했다. 나는 의자에서 일어나 미리 사둔 소주와 맥주를 꺼내 왔다. 그리고 가게 문이 잠겼는지 확인한 뒤 홀 전등을 하나만 남기고 모조리 껐다.

언니와 안주 도시락을 사이에 두고 술잔을 기울였다. 나는 금세 소주 한 병을 비웠다. 밤 산책을 나온 주민들이 가게 앞을 지나며 우리를 힐끔거렸다.

"술집으로 바뀐 줄 알겠다."

언니는 그렇게 말하며 웃더니 장사는 할 만한지 물었다. 나는 아직 잘 모르겠다고 답했다. 매일 아침 눈뜰 때마다 오늘도 종일 손님을 기다려야 한다는 생각에 마음이 무거웠지만 그런 말은 하지 않았다.

"언니는 사장이 아니라서 좋겠다."

"좋지."

언니는 대번에 그렇게 답하더니 내 얼굴을 지그시 보다가 말했다.

"마은아, 원래 여름휴가철이 비수기야."

"여긴 겨울도 비수기라던데."

"누가 그래?"

"근처 카페 사장이."

"겨울엔 추우니까 사람들이 잘 안 움직이나?"

"7, 8월은 장마와 태풍, 휴가 때문에, 12월은 연말 모임이 많아서, 1, 2월은 너무 추워서 손님이 적어. 1년 중 다섯 달이나 비수기 같아."

"왜 벌써부터 그런 걱정을 해."

"벌써가 아니야. 시작했으니 걱정을 해야지. 이미 패를 던졌잖아."

언니는 짧게 웃더니 그건 너무 촌스러운 말이라고 했다.

"패를 던지는 게 아니라 공을 굴린다고 생각해. 힘껏 굴리면 그 방향으로 가겠지. 하지만 언젠가 멈출 거야. 그때 다시 힘껏 굴리면 돼. 어디로든 갈 수 있어. 방향은 정하지 마."

나는 언니가 단팥죽 가게에서 그토록 오래 일했으면서도 그런 말을 한다는 게 이상했다. 이름만 리빙텔인 고시원을 절대로 떠나지 않는 것도 공처럼 살겠다는 언니의 말에 걸 맞지 않았다. 언니의 삶은 패나 공이 아니라 닻에 가까웠다. 어디든 닻을 내리면 그 자리에서 움직이지 않는 사람. 나는 그런 말을 하는 대신 언니의 잔에 맥주를 가득 따라주었다. 언니는 잔을 한 번에 비우더니 불현듯 내게 물었다.

"마은아, 너는 지금 행복해?"

나는 언니의 질문에 잠시 침묵했다. 나는 행복한가. 열심히 장사를 하고 있지만 밤마다 두려움을 느끼며 잠을 설치는 나는 행복한가. 그럴 리가 없지. 손님들 앞에선 밝게 웃지만 적자를 예상하고 저녁밥을 컵라면으로 때우는 나는 행복한가. 그럴 리가 없지.

"언니는?"

"나는 행복하진 않아…… 근데 괜찮아. 행복한 게 중요한 게 아니니까. 괜찮은 게 중요한 거지."

나는 말없이 고개를 끄덕였다. 자정이 넘어가자 우리는 빈 술병을 치우기 시작했다. 언니는 테이블을 닦았고 나는 도시락 통을 설거지했다. 둘 다 취하지 않았고, 어쩐지 오늘 밤엔 아무리 마셔도 취하지 않을 것 같았다. 언니의 마음에 은은한 그늘이 드리워져 있었고 나 역시 그랬다. 차라리 만나지 말걸 그랬나. 고시원에서 봤을 땐 자주 웃었는데. 분위기가 점점 더 가라앉아서 나는 음악을 틀었다. 잔잔하고 따듯한 분위기의 노래가 흘러나왔다. 밖은 열대야가 지속되고 있었지만 가게 안은 쓸쓸한 가을 같았다.

"자고 갈래?"

내 말에 언니는 웃음을 터뜨리더니 그럴까, 하고 말했다. 당연히 거절할 줄 알았기에 나는 뒤늦게 당황했다.

"텐트에서 자야 하는데 괜찮아?"

"캠핑 온 기분 들고 좋지."

언니에게 실내복을 빌려주고 텐트를 펼쳤다. 화장실에서 옷을 갈아입고 돌아온 언니는 말간 얼굴로 쿠션을 베고 누워서 눈을 깜빡였다. 나는 언니가 있어서 출입문 손잡이에 노끈을 감지 못했다. 만일 언니가 노끈을 감는 나를 본다면 뭐라고 할까. 비상벨을 달아. 아마도 그렇게 말하겠지. 하지만 침입에 대비하는 것과 침입을 예방하는 것은 다른 문제였다. 나는 예방을 더 중요하게 생각했다.

"마은아, 우리는 언제쯤 집다운 집에 서로를 초대할 수 있을까?"

텐트 안에 눕자마자 그렇게 묻는 걸 보니 언니 역시 생각이 많아진 것 같았다. 나는 언니가 결혼하면 가능할 거라고 말했다.

"그건 너무 옛날 방식이잖아."

"언니 옛날 사람이잖아."

"그래도 현재를 살고 있는 옛날 사람이잖아. 나도 보는 게 있고, 듣는 게 있어. 내 나이를 따라가는 게 아니라 그런 걸 따라가는 거야."

"생각이 젊다는 거야?"

"그렇게 말하니까 늙은 기분이 든다."

"늙은 게 나쁜 건가?"

"그건 아니지. 행복하지 않아도 계속 살아갈 수 있다는 걸 알게 되니까."

우리는 대화를 멈추었다. 행복하지 않아도 계속 살아갈 수 있다는 걸 아는 것은 슬픈 일일까 기특한 일일까. 언니가 숨을 천천히 내쉬더니 여기서 혼자 자면 안 무섭냐고 물었다. 나는 안 무섭다고 거짓말했다.

"외롭진 않아?"

외로워. 나는 속으로 답했다. 어떤 날은 가게 밖으로 한 발자국도 나가지 않을 때도 있어. 온종일 카운터를 지키며 손님을 기다리다 가게 문을 닫고 텐트를 펴고 잠드는 날은 가게 밖으로 나갈 일이 한 번도 없어. 그럴 땐 내가 마은의 가게를 지키는 유령처럼 느껴져. 그래도 그나마 유령이 낫지. 가끔은 가게 집기가 된 것 같은 기분이 들 때도 있어. 인간이 아니라 집기. 나는 그런 마음을 감추고 외롭지 않다고 답했다. 언니는 잠자코 있더니 내게 손을 달라고 했다. 내가 손을 내밀자 언니는 내 손을 잡고 한동안 가만히 있었다. 언니가 말하지 않아도 나는 언니의 마음을 알았다. 잠시 후 언니가 숨을 고르게 내쉬는 소리가 들렸다. 밖은 고요했다.

꿈속에 재후가 나왔다. 나는 우리가 헤어진 장소에서 재후와 마주 보고 서 있었다. 해가 질 무렵이었고, 낚시꾼들은 모두 떠나고 없었다. 잔잔하게 밀려오는 파도를 바라보던 재후가 여기가 어떤 곳인지 아느냐고 물었다. 나는 고개를 저었다.

"오래전에 여기로 고래를 몰아서 죽였대."

그 말을 듣자 파도가 밀려올 때마다 피냄새가 나는 것 같았다. 재후가 말했다.

"나는 네가 어디에 숨든 찾아낼 수 있어."

"그건 사랑이 아니야, 재후야."

"네가 임신했었다는 걸 어머니도 알고 계셔?"

"그런 말은 그만하고 돈이나 갚아."

"너희 어머니가 알게 돼도 괜찮아? 네가 어떤 사람인지 모르실 거 아니야."

"내가 어떤 사람인지는 너도 몰라."

"나는 네가 모르는 너의 마음까지 다 알아."

"……재후야, 우리 엄마야. 네가 뭔가를 착각하고 있나

본데, 우리 엄마라고. 나를 아프게 할 사람이 아니라고. 알겠어? 그런 치사한 협박은 안 통한다고."

재후는 아무런 대답도 하지 못한다. 당연한 말이니까. 정말이지 당연한 말인데, 나는 그걸 너무 늦게 깨달았다.

눈을 떴다. 곁에서 잠들어 있는 정미 언니의 고요한 숨소리가 들렸다. 몸을 돌려 언니의 얼굴을 보았다. 어둠 속에서 언니의 콧날과 눈매가 어슴푸레 보였다. 그러는 동안 마음이 차츰 안정되었다.

재후는 자신과 헤어지면 나의 비밀을 가족에게 알리겠다고 협박했다. 그 당시의 나는 단단하게 성장하지 못한 어른이었다. 무엇보다 내 감정의 색채에 대한 재후의 짐작이 두려웠다. 내가 모르는 나의 마음을 자신은 알고 있다고 말했을 때 나는 맨발로 압정을 밟는 듯한 고통을 느꼈다. 십대 시절부터 지금에 이르기까지 내 감정을 내가 정의 내릴 수 없었던 순간들이 압정처럼 내 발에 박혀 있었다. 나는 지화 씨가 그걸 아는 걸 원하지 않았기에 재후의 협박에 수십 번 마음을 돌렸다. 그러나 그날 그곳에선 그러지 않았다. 나는 재후에게서 돌아섰다. 두 번 다시 그에게로 돌아가지 않았다.

재후는 자신이 맡은 역할에 따라 표정과 어조를 다양하게 바꾸려 노력했지만 결과는 썩 좋지 않았다. 연기를 참 못했다. 화를 내는 남자, 크게 웃는 남자, 초조해하는 남자, 사랑에 빠진 남자, 끅끅거리며 우는 남자가 모두 엇비슷했다. 재후와 헤어지고 난 뒤로 그를 만난 적은 없었다. 그날 그 해변에 재후를 혼자 두고 서울로 돌아왔다. 얼마 후 재후의 형이 나를 찾아왔다. 그는 재후가 실종되었다고 말했다. 나는 그에 대해 아는 것이 없다고 답했다. 건조하고 먼지 많은 학원에서 아이들을 가르치면서 과거를 차츰차츰 지웠다. 아이들이 나를 몰래 촬영한 뒤 채팅방에 합성 사진을 올릴 때까진 모든 게 괜찮았다. 원장은 백만 원을 내밀며 내게 비밀 유지 각서를 쓰게 했다. 분란이나 잡음을 일으키지 말 것. 특히 인터넷 사이트에 글을 올리지 말 것.

"요즘엔 그게 가장 무섭다니까."

원장은 그렇게 말하며 나를 빤히 쳐다보다가 물었다.

"근데 공 선생 왜 울어?"

"화가 나서요."

"왜?"

"걔들은 자기가 뭘 잘못한 건지 모를 테니까요."

"애들이잖아. 모를 수도 있지."

"알고 한 거예요, 걔들."

"알아도 모르기도 해. 그러니까 깊게 생각하지 말고 그냥 잊어."

"성범죄예요, 이거."

122

"사진이잖아. 사진 합성하면서 논 거 가지고 예민하게 굴지 마."

"놀았다고요?"

"그러니까 왜 사진을 찍히고 그래."

몸을 반대편으로 조심스럽게 돌렸다. 언니가 깰까 봐 나는 생각조차 조용히 했다. 그날 밤 꿈결에 내가 들은 기척이 실재했던 거라면 문을 연 사람은 누구일까. 흡연 문제로 나와 다투었던 강봉호일까. 내 주민등록번호를 외우고 있으니 마음만 먹으면 나를 찾아낼 수 있다고 말했던 재후일까. 학원의 그 아이들일까. 한땐 그래도 나를 사랑하는 거라고 믿었던 내 아버지 공가철 씨일까. 나는 마음속 깊은 곳에 숨겨둔 놋쇠 수반을 들여다보다가 공가철 씨의 얼굴을 발견하고 흠칫 놀랐다. 화마를 막기 위해 궁궐 앞에 놓아둔 수반 위에 떠오르는 화마의 얼굴처럼 그는 출몰해선 안 될 곳에 나타나 기괴한 표정으로 웃고 있었다. 내가 한때 사랑과 인정을 갈구했던 존재들이 그날 밤 나를 위협하던 사람들 중 하나가 되었지만, 어쩌면 출퇴근 없이 일하는 나를 지켜보고 있는 제3의 인물일 수도 있었다.

조용히 텐트 밖으로 나와 전면 창으로 다가갔지만 그곳엔 아무도 없었다.

화장실에서 씻고 나온 정미 언니의 얼굴은 약간 부어 있었다. 우리는 마주 앉아 갓 구운 스콘을 먹고 커피를 마셨다. 어젯밤의 악몽과 밤새 근심했던 것들이 아침이 되자마자 사라졌다.

언니는 스콘 부스러기를 손가락으로 끌어모으며 말했다.

"우리 꼭 영화에 나오는 여자들 같지 않니?"

"무슨 영화?"

"그런 영화 없나? 여자들이 힘든 일을 겪고 난 다음 날 아침에 정갈하게 잘 차린 아침밥을 먹는 영화."

언니는 내가 밤새 홀 의자에 앉아 밖을 바라보았던 것을 아는 듯했다. 나는 아무런 대꾸도 하지 않다가 그런 영화는 없는 것 같다고 답했다.

구전설화처럼

핸드드립 작업대 밑에 차곡차곡 쌓아놓은 짐 상자에서 얇은 스웨터를 꺼냈다. 완연한 가을이 왔다. 길가의 은행나무에서 떨어진 노란 잎이 인도에 푹신한 카펫처럼 깔렸다. 산책하기 좋은 계절이 시작되자 가게 손님이 점점 늘기 시작했다. 주말 오후엔 종종 만석이기도 했다.

위층 할머니는 더 이상 커피 냄새가 난다고 항의하지 않았다. 나는『생의 한가운데서』덕분일 거라고 생각했다. 놀랍게도 그 책이 마은의 가게에 대한 반감을 거의 사라지게 만든 것 같았다. 할머니는 친구를 카페에 데려와 커피를 마시고 가기도 했다. 그때마다 책장을 유심히 보았지만 책을 읽지는 않았다. 아주 오래전에 사랑했던 사람을 바라보는 눈빛으로 책등만 응시했다. 할머니는 가게 앞을 지나다가 나와 마주칠 때마다 열심히 해,라고 말했다. 그러고선 곧바로 동네 사람들을 흉보거나 이곳의 과거 얘기를 해주었다.

"예전에 이 골목 초입에 있던 카페가 화투 때문에 문을 닫았어."

"화투요?"

"젊은 애들이 모여서 화투 치고 그랬어."

"에이, 그럴 리가요."

"정말이라니까. 몰라서 그렇지 별의별 일이 다 있었어."

할머니는 맞은편 열쇠 가게도 실은 열쇠 가게가 아니라고 했다.

"간판만 열쇠 가게야. 뭐 하는 곳인지 당최 모르겠어."

열쇠 가게가 아니라고 하니 더 이상 강봉호를 열쇠 가게 사장이라고 부를 수도 없었다. 그가 새벽에 마은의 가게 앞을 기웃거렸던 남자인지는 여전히 알 수 없었다. 이젠 전면 창에 커튼을 달았고, 영업 중엔 걷고 마감할 땐 꼼꼼하게 가려놓았다. 그렇게 불쾌한 염탐을 피하고 있는 상황이었지만 근본적인 해결책이 필요하다는 건 알았다.

손님이 뜸한 저녁 시간이면 가끔 솔이 씨와 채영 씨가 찾아왔다. 우리는 이상한 손님들에 대해 긴 수다를 늘어놓았다. 솔이 씨를 괴롭혔던 단골손님은 솔이 씨가 혼자 있을 때만 카페에 나타났다. 자신을 속옷 회사 과장으로 소개한 그는 솔이 씨에게 속옷을 선물하려 했다. 솔이 씨는 거절했고, 그가 속옷에 관한 대화를 시도하려고 할 때마다 바쁜 척을 했다. 정말로 속옷 회사에 다니는 손님인지는 알 길이 없었다. 아마도 아닐 거라고 짐작했다. 참다못한 솔이 씨는 결국 남자 친구에게 도움을 청했다. 계획대로 남자 친구가 카페에서 나가는 척하면서 마은의 가게에 잠시 숨어 있다가 문제의 손님이 나타나면 다시 돌아갔다. 이미 불쾌한 손님들을 수십 번 상대해본 전력이 있는 솔이 씨는 극단적인 방식의 거절이 가져올 후폭풍을 염려했다. 그리하여 그가 가게에 나타나면 남자 친구를 다시 부르는 방법으로 그를 불편하게 만들었고, 결국 스스로 가게에 발길을 끊게 했다. 채영 씨 역시 이상한 손님을 상대한 적이 여러 번 있었다.

"꽂꽃이와 관련 없는 질문만 해요."

채영 씨는 클래스 문의를 빙자해 가게 안으로 들어오는 남자들 때문에 골머리를 앓은 적이 있다고 말했다. 그들은 수업에는 아무런 관심이 없었다. 그들의 목적은 채영 씨와 대화를 나누는 것이었다.

"꽃집 사장에 대한 환상이 있어요."

나는 그 오래된 환상이 아직도 존재한다는 것에 놀랐다. 채영 씨를 찾아오는 남자들의 머릿속에서 꽃집 사장은 매우 상냥하고, 나긋나긋하며, 어떤 말을 해도 웃어줄 것 같은 착한 존재였다.

"처음엔 클래스 문의하러 왔다고 말하는데 거짓말이에요. 그냥 의자에 앉아서 시답지 않은 얘기하면서 몇 살인지, 남자 친구는 있는지 그런 걸 물어봐요. 맞선 보지 않겠느냐고 물어본 아저씨도 있어요."

"그래서 어떻게 했어요?"

"막무가내로 내쫓긴 힘들어서 아예 클래스를 없앴어요."

그 말에 나와 솔이 씨는 눈을 동그랗게 뜨며 한마디씩 했다. 그래도 되는지. 매출에 큰 지장이 생기지 않는지.

"괜찮아요. 저는 강의도 많이 나가고, 외부 행사도 많이 하거든요."

"대단하네. 나는 그렇게 못 하는데."

솔이 씨는 손님이 불쾌하게 행동해도 돈을 건네면 커피를 내줄 수밖에 없어서 화를 내지도 못했던 일들에 대해 말해주었다.

"카드를 던지는 건 양반이고, 자주 오겠다고 윙크하면서 돈을 주는 아저씨도 있다니까요."

"그래서 어떻게 했어요?"

"그냥 모른 척했죠, 뭐."

채영 씨가 자기는 절대로 그렇게 못 할 거라고 말했다.

"나는 당장 나가라고 했을 거 같아요. 기분 나쁘잖아요."

"더 이상한 짓을 하는 사람도 있는데요, 뭐."

우리는 그에 대해 구체적으로 묻지 않았다. 솔이 씨가 말하기 전까지는 묻기가 어려웠다. 떠올리기 싫은 기억일 테니까.

"도대체 왜 그러는 걸까요."

"커피가 싸잖아요. 희롱하는 데 5천 원이면 충분한 거야."

솔이 씨는 그렇게 말하며 자조적으로 웃었다. 눈은 전혀 웃고 있지 않았고 양 볼도 딱딱했다. 우리는 우리가 할 수 있는 일들에 대해 말했지만 출입을 막는 것 외엔 달리 방법이 없었다. 그러나 대놓고 막으면 어떤 화를 당할지 모르니 머리를 잘 써야 한다고 솔이 씨가 말했다.

"빨대에 꽃을 감는 건 어떨까요?"

"남자 손님을 막으려고요?"

"아무래도 이상한 짓 하는 손님들은 거의 남자니까."

"여자 손님은 진상 없어요?"

"당연히 있죠. 하지만 나한테 치근대는 건 아니거든요. 그게 제일 무서워요. 불시에 가까이 다가오면 저도 모르게 겁이 나서요."

"솔이 씨는 강해 보이는데."

"처음엔 안 그랬어요. 이젠 웬만한 일엔 꿈쩍도 안 하지만."

"정말요?"

채영 씨가 솔이 씨에게 물었다. 솔이 씨는 대답 없이 눈길을 돌려 밖을 쳐다보았다. 열쇠 가게 간판이 달린 정체불명의 가게를 바라보던 솔이 씨가 실은 어제도 가게 밖에서 어떤 아저씨가 빤히 쳐다보는 게 기분 나빠서 그만 카운터 밑으로 숨어버렸다고 고백했다.

"카운터 밑으로요? 왜 쳐다보느냐고 따지지 않고?"

채영 씨는 그렇게 묻더니 곧바로 웃음을 터뜨리며 말했다.

"사실 우리 가게도 처음엔 커튼이 없었어요. 근데 지금은 커튼을 다 쳐놨어요."

우리는 각자 가게의 전면 창에 공통적으로 커튼이 설치되어 있다는 걸 깨달았다. 그것도 같은 이유로. 도대체 왜일까. 이 거리에 유독 이상한 사람이 많은 걸까. 여성 자영업자들은 원래 이런 두려움을 느끼며 사는 걸까. 내 의문을 꿰뚫어 봤는지 채영 씨가 말했다.

"우리 고모가 혼자 미용실을 하거든요. 내가 꽃집을 하겠다고 했을 때, 고모가 제일 먼저 비상벨을 꼭 달라는 말부터 하더라고요. 근데 나한테 그 말을 할 때 지었던 표정이 어찌나 은밀하고 걱정스러운지, 내가 초경할 때 짓던 표정과 비슷했어요. 여자 어른들만 아는 건데 나한테도 알려준다는 식이었어요."

나는 솔이 씨에게 말했다.

"구전설화처럼 입으로 전해져 내려오는 것 같네요."

"맞아요. 나도 언니한테 비상벨 달라고 말해줬잖아요."

"그랬죠."

"그런 식으로 서로를 지키는 거예요. 입에서 입으로 속삭이듯 말해주면서."

"은밀하게요."

"맞아요. 가게 열기 전에는 이런 일이 있는지 전혀 몰랐어요."

솔이 씨가 말했고, 그 말을 끝으로 우리는 각자 생각에 잠겼다. 나는 솔이 씨와 채영 씨에게 마은의 가게는 일터인 동시에 집이기도 하다는 사실을 여전히 숨기고 있었다. 그리고 돌아갈 집이 없는 내가 느끼는 두려움은 배로 크다는 것도.

나는 여성 자영업자들의 내밀한 세계를 처음으로 본 것 같은 기분이 들었다. 그런데 은밀히 느끼던 두려움이 가시화되었을 때 도리어 안도감이 드는 건 왜일까. 우리는 한 송이 꽃 안에 솟아난 세 개의 암술처럼 머리를 맞대고서 도란도란 얘기했다. 결코 도란도란하지 않은 이야기를. 소름이 끼쳤던 순간과 소스라치게 놀랐던 일들에 대해. 결국 나는 그들에게 변일구와 강봉호의 불쾌한 언행에 대해 털어놓았다. 그러자 솔이 씨에게서 뜻밖의 반응이 돌아왔다.

"변 사장님 우리 가게에 거의 매일 오시는데, 그분이 언니를 불편하게 했어요? 이 동네 마당발인데. 마을 이장 같은 캐릭터."

"그래요? 나는 좀 그랬는데……"

나는 말실수를 한 것인가 싶어서 움츠러들었다. 솔이 씨가 변일구를 두둔하고 있으니 갑자기 내가 이상한 사람이 된 것 같았다.

"변 사장님한테 부탁하면 자잘한 건 그냥 수리해주시거든요."

"저는 그런 사람인지 몰랐어요. 여자는 고분고분해야 한다는 투로 말해서."

솔이 씨는 입을 다물더니 고심하는 표정을 지었다. 그러자 우리를 지켜보던 채영 씨가 말했다. 같은 사람이 이 가게에서 하는 행동과 저 가게에서 하는 행동이 다를 수도 있다고. 슬쩍 내 편을 드는 채영 씨의 말에 솔이 씨는 이해한다는 듯이 고개를 끄덕였지만 그 동작은 매우 희미했고, 나는 솔이 씨가 나를 싫어하게 될까 봐 염려되었다.

"언니가 그렇게 느꼈으면 그런 거겠죠."

솔이 씨는 마침내 그런 결론을 내리더니 자리에서 먼저 일어났다. 채영 씨도 자신의 가게로 돌아갔다. 나는 테이블을 행주로 훔치면서 괜한 얘기를 했다고 자책했다. 지화 씨가 이웃 가게 사장들과 잘 지내라고 말했던 이유를 이제야 알 것 같았다. 솔이 씨와의 친분을 잃고 싶지 않았다. 친분이 아예 없었다면 모를까 잠깐씩 모여 수다를 떠는 것만으로도 숨통이 트였다. 나만 힘든 게 아니라는 생각에 기운이 났다.

영업을 마친 뒤 주차장으로 가서 사료 그릇을 확인했다. 사료가 절반쯤 줄어들어 있었다. 나는 차량 아래를 들여다보며 삼색아, 하고 작게 불러보았지만 그곳엔 어둠과 정적만 고여 있었다.

언제까지 나에게 거리를 둘 생각일까.

그릇에 사료를 가득 부어놓고서 주변을 둘러보았다. 언제쯤 내게 다가와줄까 기대하면서. 언제쯤 그 보드라운 머리와 등을 만져볼 수 있을까 짐작하면서. 이 동네에서 나를 진심으로 환영해주고 변치 않는 믿음과 사랑을 보여줄 존재는 이 건물에 자주 오는 삼색이밖에 없는 것 같았다.

사람이 아닌 동물만이 내가 원하는 감정을 줄 수 있을 것 같았다. 마음 편한 온기. 정다운 인사. 내가 하는 것만큼 나에게 정확히 돌아오는 호의. 나를 두렵게 만들지 않는 존재. 나는 그걸 길고양이에게 기대했다.

자기 전에 정미 언니에게 톡을 보냈다. 언제든 또 놀러 오라고. 그러나 언니는 내 메시지를 읽지 않았다. 다음 날에도 내가 보낸 메시지는 읽히지 않은 채로 푸른 화면 위에 고요히 떠 있었다.

*

일주일에 한 번은 방문하는 손님이었다. 늘 핸드드립 커피를 주문했고, 창가 자리에 앉아 커피를 마시면서 한곳을 빤히 쳐다보았다.

처음엔 나를 보는 게 아닐 거라고 믿었다. 생각에 잠겨 아무것에나 눈길을 던지고 있거나 주방을 보거나 하는 거라고. 그와 계속 눈이 마주치고 나서야 나를 보고 있다는 걸 깨달았다. 필요한 게 있는지 물었더니 대답 없이 고개를 저었다. 나는 어색하게 미소 짓고서 자리에서 일어나 괜히 냉장고 안을 들여다보았다. 제빙기에 얼음이 얼마나 남았는지도 확인했다. 그리고 돌아서서 다시 카운터 자리에 앉았다. 그의 시선은 여전히 내게 고정되어 있었다. 나는 휴대폰을 보는 척했다. 알아채지 못한 척했고, 신경 쓰이지 않는 척했다. 그는 커피를 다 마시고 나서도 나를 뚫어지게 쳐다보다 자리에서 일어났다. 빈 잔을 내게 가져다주었고, 그때도 내 얼굴을 빤히 보더니 아무런 인사 없이 가게를 나갔다.

그가 다시 나타났을 때 나는 알은체를 하지 않았다. 주문을 받고, 커피를 내주고, 그가 같은 자리에 앉아 나를 빤히 쳐다보는 것을 모른 척했다. 왜 그러는지 묻지 않았다. 묻고 싶었지만 돌아올 말을 듣고 싶지가 않았다. 그냥요. 혹은, 보면 안 돼요? 어떤 말을 듣든지 그에 맞설 준비를 해야 하는데 그러기가 싫었다. 수많은 이상한 손님 가운데 한 명으로 남겨두고 그에 관한 미스터리를 풀고 싶지 않았다. 그런 곳에 내 에너지를 쓰고 싶지 않았다. 하지만 한두 번도 아니고 네 번이나 똑같은 행동을 반복한다면 결국 물을 수밖에 없다.

"손님, 필요한 게 있으세요?"

"없는데요."

"근데 저를 왜 계속 보세요?"

"제가 뭘 어떻게 했는데요?"

"저를 계속 보시잖아요."

"그게 불법이에요?"

"네?"

"불법이냐고요, 그게."

나는 말문이 막혔다. 카페에 와서 커피를 주문한 손님이 사장을 빤히 쳐다보는 것이 불법일까. 그러나 내가 이 가게를 차린 것은 나를 구경하고 가라는 의미가 아니었다. 커피를 사서 마시고 각자 자기 할 일을 하다가 돌아가는 보편적인 방식을 그는 전혀 따를 생각이 없어 보였다.

"보고 싶은 걸 보는데 왜 시비를 거시죠?"

나는 이유 없이 나를 지나치게 빤히 쳐다보는 것도 시비를 거는 것이나 다름없다고 답하고 싶었지만 아무런 대꾸도 하지 않았다.

"제가 그쪽을 보는지 벽면을 보는지도 정확히 모르시잖아요."

그는 어조의 변화 없이 내게 말했다. 나는 그게 더 싫었다. 화를 내거나 소리를 지르면 당장 나가라고 말할 수 있는 근거가 되는데 그런 행동은 하지 않았다.

"마음대로 하세요."

나는 그렇게 말한 뒤 자리에서 일어나 가게 밖으로 나갔다. 그의 시선은 나를 따라 이동했다. 나는 솔이 씨의 카페로 향했다. 자리를 비운 사이에 손님이 올 가능성도 있었지만 당장은 이상한 손님을 피하고 싶은 마음이 더 컸다. 그러나 작은 숲의 문은 닫혀 있었고, 개인 사정으로 하루 쉬어 갑니다,라고 적힌 종이가 출입문에 붙어 있었다. 가게는 창마다 커튼을 꼼꼼하게 쳐놓은 상태였다. 나는 솔이 씨가 가게 안에 있을지도 모른다고 엉뚱한 상상을 했다. 누군가 솔이 씨를 빤히 쳐다보는 바람에 또다시 카운터 아래에 숨었다가 갑자기 모든 게 싫고 지긋지긋해져서 커튼을 닫고 오늘의 영업을 끝내버린 거라고. 내 마음을 투영해 멋대로 그런 상상을 했지만 솔이 씨는 그렇게까지 할 사람이 아니었고, 그런 극단적인 도피를 하는 자영업자는 없을 것이다. 잠깐 콧바람을 쐬고 다시 가게로 돌아오는 정도겠지. 나 역시 그랬다. 다시 마은의 가게로 돌아오니 그 손님은 사라지고 없었다. 그가 떠난 자리에 빈 커피 잔이 놓여 있었다. 빤히 쳐다보는 행동이 상대를 불편하게 한다는 걸 과연 몰랐을까. 당연히 알았을 것이다. 다음에 다시 온다면 그를 철저히 무시하기로 마음먹었다.

*

　저녁마다 어린 남매가 커피를 사러 왔다. 부모가 심부름을 보낸 것 같았다. 나는 남매가 올 때마다 반갑게 맞이하고 커피를 들려 보내면서 가끔 쿠키도 하나씩 주었다. 남매는 망설이다 쿠키를 받았고, 내 앞에서 먹지 않고 집으로 가져갔다. 누나와 남동생이었는데, 남동생은 얼굴을 아는 아이였다. 예전에 마은의 가게에 왔던 손님의 아들이었다. 친구와 욕설 섞인 대화를 하던 남자와 얼굴에 흐릿한 멍 자국이 있었던 여자. 그들은 직접 커피를 사러 오는 대신 아이들을 가게에 심부름 보냈다.

　가을이 끝날 무렵, 가게 밖이 소란해서 나가보았더니 인근 주택가 골목에 경찰차가 정차해 있었다. 곧이어 남매의 아버지가 경찰들에게 붙잡힌 채 집 밖으로 나왔다. 어두운 거리에 경광등 불빛이 번쩍였고, 주민들이 삼삼오오 모여서 수군거렸다. 남매는 보이지 않았고, 남매의 엄마가 팔짱을 끼고서 남편이 붙잡혀 가는 것을 지켜보고 있었다. 그녀는 눈이 퉁퉁 부어 있었고 머리가 잔뜩 헝클어진 상태였다.

　얼마 뒤 남매의 엄마가 마은의 가게에 왔을 때, 나는 어쩐지 반가운 마음이 들었으나 아무런 내색도 하지 않았다. 그녀는 또래 여성과 커피를 마시면서 한참 내화를 나누다 돌아갔는데 전과 달리 활기가 넘쳐 보였다. 긴 머리를 하나로

질끈 묶고, 흰색 셔츠에 정장 치마를 입고, 낮은 굽이 달린 검정 구두를 신고 있었다. 말하면서 가끔 웃기도 했고 눈빛에 전에 없던 자신감이 엿보였다. 나는 가게 앞을 지나가는 다부진 표정의 그녀를 볼 때마다 다행이라는 생각에 혼자서 안도했다. 한곳에 온종일 머무르며 오가는 주민들을 바라보는 나에겐 그들 모두의 안부가 궁금했다. 어떤 일상을 살아가고 있을지 가만히 그리다 보면 가끔은 짝사랑을 하고 있는 듯한 기분이 들기도 했다.

예전에 살았던 동네에 새로 문을 연 만두 가게가 있었다. 매일 김이 피어오르는 찜기 앞에 서 있던 사장님은 지나가는 모든 주민에게 큰 소리로 인사를 건넸다.

"안녕하세요!"

나 역시 몇 번 인사를 받고 나선 만두를 샀다. 영업 전략이었을지도 모르지만 매일 그 앞을 지나다니는 나를 어쩐지 그가 알고 있는 것 같은 기분이 들었고, 그 동네에서 내게 먼저 인사를 하는 사람은 그밖에 없었기에 은연중에 반가운 마음이 들기도 했다. 그런 자영업자도 있다. 결국 주민의 마음을 열게 만드는 이가. 반면에 자신의 가게 앞을 모른 척 스쳐 지나가는 주민들을 은근히 미워하며 마음을 굳게 닫고 그저 자신의 영역을 지키는 일에만 몰두하는 이도 있다. 아마도 우리 자영업자들은 나름의 방식대로 하루를 보내고 견딜 것이다. 거기에 정답은 없다.

*

　입동이 지나고 기온이 갑자기 크게 내려갔다. 가게 앞을 지나는 주민들의 발걸음도 덩달아 빨라졌다. 어서 집으로 들어가 따뜻한 곳에 몸을 누이고 싶겠지. 나는 저녁마다 보일러를 작동시켰고, 음료 메뉴에 뱅쇼를 추가했다. 냄비에 와인과 계피를 넣고 팔팔 끓이던 어느 저녁에 젊은 부부가 몸을 움츠리며 가게 안으로 들어왔다. 처음 보는 손님들이었다.

　아내가 메뉴판을 보며 남편에게 뭘 마실 거냐고 물었다. '여보'라는 호칭을 사용해 부부인 걸 알았다. 남편은 바지 주머니에 두 손을 넣고 주방을 길게 훑더니 인상을 찡그리며 메뉴판 앞에 바짝 붙어 섰다. 그가 나에게 주력 메뉴가 무언지 물었고, 나는 핸드드립 커피라고 답했다. 그러자 그의 시선이 그라인더로 향했다.

　"국산 브랜드네요? 저걸로 장사가 가능해요?"

　나는 가능하다고 답했다. 이제껏 원두가 제대로 갈리지 않은 적은 없었다. 남자는 뒤늦게 자신을 소개했다. 커피에 대해 잘 아는 사람이라고 강조하면서.

　"제가 커피에 대해 좀 알아서요."

　그 이유는 말하지 않았다. 취미일 수도 있고, 현재 커피와 관련된 일을 하고 있거나 과거에 했을 수도 있겠지. 그렇게 정리하고 넘어가려 했지만 그는 그럴 생각이 없어 보였다. 원두 종류와 그라인더, 핸드드립 도구 등을 꼼꼼하게 살피더니 의아하다는 듯 아내를 향해 자꾸만 고개를 저어 보였다. 입가에 비웃음이 떠올라 있었다. 아내는 남편의 말에 귀 기울이며 남편의 시선이 향하는 곳을 따라 눈을 움직였다. 남편은 그라인더의 브랜드명을 설명하면서 말했다.

"저거 얼마 안 해. 저런 걸 쓰네."

나는 커피를 내리다가 그 말을 들었고, 나보고 들으라는 듯이 큰 소리로 말하는 그에게 어떤 반응을 보여야 할까 고민했다. 그가 원하는 브랜드의 그라인더가 아니라서 미안해해야 하나. 속이 부글부글 끓었지만 참았다. 커피 두 잔을 내가자, 남편이 기다렸다는 듯이 내게 말했다.

"산미 있는 원두는 너무 높은 온도의 물로 내리면 안 되는데, 알고 하신 거죠?"

"네, 알아요."

"온도계는 쓰시죠?"

나는 쓴다고 답했고 그에게 온도계를 가져와 보여주기까지 했다. 가게를 무시하는 듯한 태도 때문에 모든 걸 정확하게 하고 있다는 걸 보여주고 싶었다. 그는 뜻밖이라는 표정을 짓다가 이내 심드렁해졌고, 다른 화제로 아내와 수다를 떨기 시작했다.

그들이 돌아가고 난 뒤엔 기운이 빠져서 가게 문을 조금 일찍 닫고 한강공원으로 향했다. 도중에 프랜차이즈 카페 앞에서 발길을 멈추고 손님이 얼마나 있는지 확인하고 나서 다시 걸었다. 시간이 지날수록 점점 더 화가 났다. 문득 나에 대한 편견이 가게에 대한 평가로 이어졌던 경험이 떠올랐다. 단골손님인 부부가 있었는데, 남편은 우리 가게에서 핸드드립 커피를 절대로 마시지 않았다. 늘 에이드만 주문했다. 처음엔 카페인에 취약한 체질일 것이라 짐작했지만 어느 날 그가 아내에게 작은 목소리로 하는 말을 듣고 말았다.

"회사 근처에 유명한 핸드드립 카페가 있거든. 거기 사장님이 커피 공부를 오래한 분이신데 늘 일관된 맛을 내. 근데 여자들은 안 그래. 맛이 들쑥날쑥해. 젊을수록 더 그래."

신기하게도 카운터에 앉아 있으면 손님들이 하는 말이 매우 잘 들렸다. 특히 나와 마은의 가게에 대한 말이라면 귀신같이 들렸다.

그들이 내게 잔을 가져다주며 다음에 또 오겠다고 말했을 때, 나는 웃으며 배웅했다.

어쨌든 그들도 마은의 가게 단골손님이었다. 미운 단골도 있다는 것을 나는 어느새 깨달아가는 중이었다.

촉발

온종일 히터를 켜야 하는 계절이 왔다. 하루에도 몇 번씩 얼굴에 미스트를 뿌렸지만 금세 수분이 증발하며 바싹 마르기만 했다. 사무실에선 내 마음도 촉촉해질 일이 없었다.

같은 사무실에서 근무하는 동료와 맞지 않을 때, 대다수는 어떻게 행동할까. 꾹 참고 회사에 다닐 것이다. 다른 방법이 없으니까. 미워하는 인간 때문에 회사를 그만두는 것만큼 억울한 일도 없을 테니까. 처음엔 약간의 통쾌함이 있겠지만 그런 인간 때문에 내가 피해를 보았다는 생각이 뒤늦게 밀려올 것이다. 나 역시 그럴 것 같았다. 조현수가 눈엣가시 같았지만 나는 그 가시를 잊고 살기 위해 노력했다. 그러나 조현수가 업무 실수를 했을 땐 가시가 내 눈을 마구 찔러댔다.

"현수 씨, 이거 왜 이렇게 했어요?"

내 말에 조현수는 눈을 동그랗게 뜨고 뭐가요, 하는 표정으로 나를 돌아보았다. 내게서 일을 배우려 하지 않는 태도가 느껴졌으나 나 역시 그에게 일을 가르칠 생각이 크게 없었다. 류 팀장에게 조현수가 또 실수했다는 사실을 알리려는 목적이었을 뿐이다. 류 팀장은 나와 조현수 중에서 일 잘하는 사람을 승진시키겠다는 말을 대놓고 했고, 그 사람이 반드시 조현수일 거라는 암시는 전혀 주지 않았다. 그것만으로도 나는 약간의 의욕이 생겼다. 여전히 야근은 하지 않았지만 대신 근무 시간에 쉬지 않고 일했다. 눈에 인공눈물을 들이부으며 쉬는 시간 없이 모니터만 들여다봤다. 그러나 야근을 피할 수 없는 날도 있었다. 특히 결산 시기가 올 땐 빠져나갈 방법이 없었다.

다른 팀 직원들은 모두 퇴근한 금요일 밤, 나는 혼자 늦은 저녁으로 만둣국을 먹고 회사로 돌아왔다. 그리고 내 자리에서 칫솔과 치약을 챙겨 들고 여자 화장실로 들어가던 중 조현수와 맞닥뜨렸다.

"여기서 뭐 해요?"

내가 따져 묻자 조현수는 눈에 띄게 당황했다.

"잘못 들어간 거예요. 휴대폰 보느가."

조현수는 죄송합니다,라고 정중하게 사과하더니 반대편

남자 화장실로 뛰어 들어갔다. 나는 그의 얼굴이 벌겋게 달아오른 것을 보고 과연 그의 말을 순순히 믿어야 하는지 고심했다.

천천히 이를 닦으며 생각했다. 그의 말대로 실수로 잘못 들어간 것일 수도 있지만 만일 불순한 의도가 있었다면? 나는 양칫물을 뱉어낸 뒤 칫솔을 탁탁 털어서 케이스 안에 넣었다. 그리고 세면대에 두 손을 짚고 서서 깊은 고민에 빠졌다. 그냥 넘어가도 되는 걸까? 만일 류 팀장과 맞닥뜨렸다면 찜찜한 마음은 들어도 그냥 넘어갔을 가능성이 컸다. 그가 여자 화장실에 관심을 보일 만한 사람이 아니라는 확신이 약간은 있었다. 그러나 조현수는? 그는 달랐다. 나는 그에 대해 아는 게 없었다. 내가 직접 이력서를 읽고 뽑아서 면접까지 올린 사람이긴 했지만 그에 대해 안다고 할 순 없었다. 그의 마음속에 무엇이 있을지는 인스타그램을 본다고 해서 알 수 있는 게 아니니까.

나는 결국 첫번째 변기 칸부터 수색하기 시작했다. 특별한 장비가 없으니 눈과 손으로 찾아보는 수밖에 없었다. 벽과 문, 천장, 나사 구멍과 변기 뚜껑 근처, 밸브 아래, 휴지통 주변 등 눈으로 확인이 가능한 곳은 죄다 살펴보았다. 다행히 아무것도 발견되지 않았다. 두번째 칸과 세번째 칸에서도 육안으로 발견되는 수상한 물체는 없었다. 변기 칸 다섯 곳을 모두 둘러보고 나서야 안심할 수 있었는데 그렇더라도 그곳에선 소변을 보고 싶지 않았다. 초소형 카메라는 맨 눈으로 찾기 어려울 정도로 작다는 말이 떠올랐다.

결국 아래층으로 내려가서 소변을 보고 비상계단을 통해 위층으로 걸어 올라왔다. 내일부턴 다시 같은 층 화장실을 써야겠지만 당장은 사용하고 싶지 않았다. 사무실로 돌아 갔더니 조현수가 키보드를 빠르게 두들기며 일에 몰두하고 있었다. 류 팀장 역시 머리를 두 손으로 감싸 쥐고 무언가를 들여다보고 있었다. 아마도 맞지 않는 숫자를 발견한 모양 이었다. 나는 자리에 앉아 업무에 열중하는 척하면서 조현 수를 힐금거렸다. 저놈을 믿어도 되는가. 경찰서에 전화해 불법 촬영 카메라가 있는지 확인해달라고 요청해야 하지 않을까. 경찰이 아니더라도 건물 관리인에게 그 정도 요청 은 해도 되지 않나. 나는 그런 생각을 하느라 업무에 집중하 지 못했고 결국 퇴근 준비를 했다. 내일 아침에 일찍 출근해 일하는 편이 나을 것 같았다. 내가 의자에서 일어나자 류 팀 장과 조현수는 동시에 나를 돌아보았고, 나는 아무런 말도 없이 꾸벅 인사한 뒤 사무실 밖으로 나왔다.

열차를 타고 집으로 돌아오며 인터넷 검색을 했다. 불법 촬영 카메라의 형태와 발견하는 방법 등에 관한 기사와 게 시물이 다 읽지도 못할 정도로 많았다. 나는 결국 이 사건을 문제 삼을 수밖에 없다는 결론을 내렸지만 동시에 조현수 에게 미안한 마음이 들었다. 나 역시 오래전 남자 화장실에 실수로 들어간 적이 있었다. 휴대폰을 보다가, 누군가와 통화하다 아무런 생각 없이 남자 화장실에 들어가서 소변기를 보고 화들짝 놀라 뛰어나온 적이 이제껏 살면서 두 번 정도 있었다. 조현수도 그런 것일 수 있는데, 나의 의심이 온당한 걸까.

집으로 곧장 가고 싶지 않아 주호에게 톡을 보냈더니 곧바로 답장이 왔다.

—마은의 가게가 어딘데?

나는 가게 위치를 공유해준 뒤 너는 내 단골 가게도 모르느냐고 퉁을 놓았다.

가게 안으로 들어서는 순간 알았다. 마은 언니의 심기가 상당히 불편하다는 것을. 언니는 나를 보고 반갑게 인사했지만 경직된 입매가 풀리지는 않았다. 나는 창가 자리에 앉아 있는 남자들을 힐끗 보았다. 언니는 커피 두 잔을 쟁반에 받쳐 들고서 그들이 앉아 있는 자리로 걸어갔다. 언니가 잔을 내려놓자마자 오른편에 앉은 남자가 웃으며 말했다.

"여긴 다방처럼 차를 가져다주네."

언니는 아무런 대꾸 없이 그들에게서 돌아섰다. 그러자 왼편에 앉은 남자가 언니에게 장사가 잘되는지 물었다.

"오가면서 보니까 사람이 없던데. 내가 작은 숲 말고 여기로 올까요?"

"작은 숲으로 가서도 돼요."

"참 사근사근하지가 않아. 연애한 지 오래됐죠? 너무 메 말랐어."

언니는 대꾸 없이 돌아서더니 나에게서 주문을 받았다. 남자들은 언니를 힐끔거리며 대화를 이어갔고 간간이 웃음을 터뜨렸다. 나는 자리에서 일어나 주방으로 다가갔다. 드립포트를 들고 가느다란 물줄기로 커피를 내리고 있던 언니가 고개를 들어 물었다.

"필요한 거 있어요?"

나는 목소리를 작게 낮추고 저 사람들은 누구냐고 물었다. 언니는 나보다 작은 목소리로 이웃 사장들이라고 대꾸했다.

"근데 여기 왜 온 거예요?"

언니는 자기도 모르겠다는 듯 고개를 저었다. 하지만 우리 둘 다 알았다. 카페에 뭐 하러 오겠어. 커피 마시러 왔겠지. 그러나 그들의 목적은 어쩐지 다른 데 있는 것 같았다. 나는 새삼스레 가게 안을 둘러보았고 어디에도 감시 카메라가 없다는 걸 깨달았다. 이런 곳이야말로 카메라가 필요한데. 엉뚱한 데 설치하는 카메라 말고.

"여긴 감시 카메라 없어요?"

"있어야 할까요?"

"그럼요."

언니는 생각에 잠긴 표정을 지으며 내 자리로 커피를 가져다주었다. 다시 남자들이 언니를 불렀다.

"아가씨!"

언니는 굳은 표정으로 그들에게로 걸어갔다.

"여기 술은 안 파나?"

"술은 없어요."

"메뉴판에서 맥주를 본 거 같은데."

"메뉴판엔 있는데 팔진 않아요."

"별일이네…… 여기 누군지 알죠? 요 앞에서 장사하시는 사장님이잖아."

"알죠. 근데 무슨 장사를 하시는데요?"

"그냥 뭐, 비싼 물건 취급하고 그래요."

그때 가게 안으로 주호가 들어섰다. 언니는 카운터로 돌아가 주문을 받고 커피를 내렸다. 주호가 내 앞에 앉자마자 나는 목소리를 낮추며 말했다.

"주호야. 감시 카메라 비싸?"

"그건 왜?"

"여기 사장님이 혼자 장사하시는데 감시 카메라가 없어."

주호는 가게 안을 두리번거리다가 말했다.

"누나가 쓰던 거 있을 텐데…… 달라고 해볼까?"

내가 반색하자 주호는 곧바로 누나에게 연락해 감시 카메라를 받기로 했다. 주호의 누나는 애인과 동거를 시작했

148

고, 방범용 카메라는 더 이상 쓰지 않는다고 했다. 잠시 후 마은 언니가 커피를 내왔다. 나는 언니에게 쓰지 않는 감시 카메라가 있으니 그걸 주겠다고 말했다.

"설치까지 해드릴게요. 남친인데, 얘가 그런 거 잘해요."

마은 언니는 머뭇거리다가 공짜로 받을 수는 없으니 오늘 마신 음료 값은 받지 않고, 스콘과 쿠키를 잔뜩 구워주겠다고 말했다. 우리가 흔쾌히 받겠다고 말하자 언니는 마음이 놓인 듯 활짝 웃었다.

*

류 팀장은 오전 내내 깊은 생각에 잠겨 있었다. 공교롭게도 조현수가 연차를 낸 날이었고, 나는 류 팀장에게 고민을 털어놓았다. 조현수가 여자 화장실에서 나오는 걸 보았노라고. 물론 실수로 들어간 것일 수도 있다는 말을 덧붙였다. 류 팀장은 아마도 그럴 거라고 말하면서도 시선은 허공에 둔 채로 뭔가를 골똘히 생각했다. 결국 그날 오후 류 팀장은 조용히 건물 관리실로 가서 내게 아무런 지시 없이 혼자서 일을 처리했다. 그는 건물 관리 직원에게 부탁해 화장실 입구 근처에 설치된 감시 카메라 녹화 화면을 보았다. 그 결과 조현수가 여자 화장실에 들어간 날은 그날뿐이며, 휴대폰을 보며 들어갔다가 곧바로 다시 나온 것으로 봐서

실수였을지도 모른다는 추측이 사실임을 확인했다. 불법 촬영 카메라를 설치할 수 있을 정도로 여자 화장실에 오래 머물지 않았다고 말하며 류 팀장은 내게 안심하라는 눈빛을 보냈다.

그 말을 듣고서 나는 안도했고 곧이어 조현수에게 미안한 마음이 들었다. 하지만 이런 확인 절차를 거치지 않으면 그를 신뢰하기 어려웠다. 나는 다른 층의 여자 화장실도 확인해봐야 하는 건 아닌지 고민했다. 하지만 휴대폰에 한눈을 판 채로 여자 화장실에 들어갔다가 곧바로 나왔다면 그의 말대로 명백한 실수로 볼 수 있었다. 그날 류 팀장은 심리적 피로감을 느꼈는지 정시에 퇴근했고 나 역시 그랬다.

주호를 만나 감시 카메라 소동에 대해 털어놓았다. 주호는 왜 동료를 믿지 못하고 지저분한 의심을 하느냐고 말했다. 그러면서 젊은 여자들의 생각이 이해되지 않을 때가 많다고 덧붙였다.

"너무 지나치잖아."

나는 주호와 젠더 문제에 관한 대화는 나누지 않기로 했다는 사실을 잊고 그런 말을 한 것을 후회했다. 처음엔 젠더 문제가 아니라고 생각했지만 점차 그런 문제가 되었고, 주호는 내가 범죄 기사를 많이 봐서 편향된 시각을 갖게 되었다고 주장했다.

"내가 그런 기사만 많이 본 게 아니라, 실제로 그런 범죄가 많이 일어나는 거야."

주호는 그게 아니라고 단호하게 말하더니 더 이상 나와 대화하지 않겠다는 듯 고개를 돌렸다. 이제 주호는 물류 센터에서 일하는 대신 음식 배달을 했다. 그마저도 성실하게 하지 않아서 벌어놓은 돈을 헐어 쓰는 눈치였다. 나는 우리의 미래에 관한 대화가 시급하다고 생각했지만 그 말을 꺼내려고 할 때마다 입이 떨어지지 않았다. 그래서 도대체 뭘 하겠다는 건데. 속 시원하게 묻고 싶어도 그렇게 할 수가 없었다. 주호의 자존심과 자신에 대한 무한한 믿음, 나는 모르지만 그가 완벽하게 설계해놓았을지도 모를 미래의 계획 같은 것을 무시하거나 깔보는 태도를 내비치게 될까 봐서 그랬다.

요즘 들어 진경 언니를 자주 떠올리는 건 주호와 나의 불안한 관계 때문일 것이다. 무슨 말이든 떠오르는 대로 해버리는 진경 언니와 한참 곱씹다 말하는 나는 얼마나 대비되는 사람인가. 며칠 전 진경 언니로 짐작되는 사람의 인스타를 보다가 충동적으로 디엠을 보냈다. 안녕하세요, 저는 구보영이라고 합니다. 혹시 제가 아는 분이신가 해서 불쑥 연락을 드립니다. 그렇게 쪽지를 보내놓고 알림이 울리기만을 기다리고 있었다.

주호가 욕실로 들어간 뒤에 휴대폰 진동음이 들려서 손을 뻗었다. 내 폰이 아니었다. 책상 위에 올려둔 주호의 휴대폰에 알림이 울린 것 같았다. 나는 망설이다가 주호의 폰을 집어 들었다. 아니나 다를까 쓸데없는 광고 알림이었다. 알림 설정 화면으로 들어가 광고 알림은 죄다 오프 상태로 바꿔놓았다. 그러던 중 바탕화면에 설치된 카메라 모양의 앱 아이콘을 발견했다. 이게 뭐지? 나는 순전히 호기심으로 그 앱을 열었고, 로딩 끝에 뜨는 화면을 보았다. 내가 익히 아는 장소가 화면에 떠올랐다. 지금 이 시각 마은의 가게가.

마은 언니가 손님의 주문을 받고 돌아서서 음료를 제조하고 있었다. 감시 카메라의 프레임 안에 카운터와 홀, 출입문에 이르기까지 가게 전체의 모습이 담겨 있었다. 마은 언니가 가게 밖으로 나가지 않는 이상 언니를 항상 볼 수 있었다.

나는 주호의 휴대폰을 내려놓았다. 곧이어 주호가 욕실에서 나왔다. 젖은 머리를 수건으로 털면서 의자에 앉았다. 휴대폰을 집어 들더니 잠깐 뭔가를 보고서 내려놓았다. 안경을 벗어서 렌즈를 닦은 뒤 다시 썼다. 냉장고를 열고 콜라를 꺼내 마셨다. 의자를 뒤로 밀고 일어나 벽거울에 얼굴을 비춰보았다. 나는 떨리는 목소리로 입을 열었다.

"주호야, 너, 그거 뭐야."

"뭐가?"

"휴대폰에 그거 뭐야."

주호는 대답 대신 두 눈을 깜빡였다.

"네가 왜 마은 언니 가게를 보고 있느냐고."

주호의 표정이 서서히 일그러졌다.

"그거…… 원래 내 폰에 깔려 있던 앱인데 까먹고 안 지 웠어."

"그게 무슨 소리야?"

"그 카메라, 누나랑 살 때 도둑이 들어서 내가 거실에 설 지했던 서야. 그때 내 폰에도 영상을 확인할 수 있는 앱을 깔았고."

"근데?"

"지우는 걸 깜빡했어."

"그 말을 믿으라는 거야?"

"그럼 내가 일부러 훔쳐보기라도 했다는 거야?"

나는 침대에서 일어나 핸드백을 챙겨 들었다. 주호는 휴 대폰을 집어 들더니 손가락을 빠르게 움직였다.

"앱 지웠으니까 확인해."

주호가 내게 휴대폰을 내밀며 말했지만, 나는 그걸 받아 들지 않고 가만히 있었다.

"보영아, 나 못 믿어?"

"……모르겠어."

"그냥 카페잖아. 손님 오고, 커피 내리고, 그런 거밖에 안 하는데 내가 그걸 왜 훔쳐봐. 만에 하나 봤다고 해도, 그게 문제가 될 만한 장면이야?"

"그 언니는 모르잖아."

주호의 얼굴이 터질 듯 시뻘게졌다.

"너는 언제든 그 가게를 볼 수 있었고, 언니는 그걸 몰라."

"진짜 아니야, 보영아. 사람 미치게 하지 마."

나는 무얼 믿어야 할지 몰랐다. 주호의 말처럼 오래전에 앱을 깔아놓고 잊었던 걸까. 설령 한 번쯤 봤다고 하더라도 카페는 개인적인 공간이 아니니 괜찮은 걸까. 그러나 당사자가 그걸 까맣게 모르고 있다면 어떤 영상인지를 떠나 소름 끼치는 일이었다. 내가 일하는 회사에 그런 카메라가 있고 내가 모르는 사람이 나를 지켜보고 있다면, 심심할 때마다 앱에 접속해 내가 뭘 하는지 볼 수 있다면 나는 그 사람에게 어떤 존재인가. 내가 사람이긴 한 건가? 내가 나의 의지대로 나를 보호하며 살아갈 수 있는 사람인가? 나는 그런 말들을 퍼붓다가 삼키다가 말 때문에 넘어지고 다치다가 그곳을 빠져나왔다.

울면서 거리를 걷고 있는데 휴대폰이 진동했다. 인스타 메시지 알림이었다.

―구보영, 오랜만이다. 잘 지냈어? 번호 알려줄 테니까 연락해.

*

오랜만에 만난 진경 언니는 머리 길이가 짧아졌다는 것을 제외하곤 예전 그대로인 것 같았다. 언니 역시 나를 보더니 똑같네,라고 말했고 하긴 겨우 2년 사이에 모습이 변하길 기대하는 것도 이상하지,라고 덧붙였다. 우리는 자주 가던 카페에서 만났다. 휴대폰 번호는 왜 바꾼 거냐고 묻자 언니가 도리어 내게 물었다. 번호가 바뀐 건 언제 알았느냐고.

"몇 달 전에."

언니는 씁쓸한 표정을 지었지만 아무 말도 하지 않았다. 서로에게서 자연히 멀어진 것인데 누구 한 사람을 탓할 수는 없었다. 어색해진 분위기를 바꾸려고 내가 먼저 입을 열었다.

"그동안 어떻게 지냈어?"

"본가에 있었어. 부모님 가게 일 도우면서. 너는?"

"회사 다녔지."

"여전히 그 회사 다녀?"

나는 고개를 끄덕이며 회사 일의 고충을 말했다. 안부로 나누기에 적당한 불평인 것 같았다. 승진하고 싶은 욕심은 있지만 야근하긴 싫은 현실과 신입이 나보다 먼저 승진하는 꼴은 절대로 보고 싶지 않은 나의 야망과 그를 미워하며 일거수일투족을 지켜보다가 이젠 지쳐버린 것에 대해. 언니는 내 말을 묵묵히 듣기만 하더니 승진하고 싶으면 별수 없다고 말했다. 예전의 언니라면 회의적인 반응을 보였을 텐데 그사이 심경에 큰 변화가 생긴 걸까. 언니가 말했다.

"어느 날부턴가 내가 하는 말들이 현실과 맞닿아 있지 않다는 생각이 들기 시작했어."

"왜 그런 생각이 들었어?"

"좋아하는 사람이 생겼는데, 걔가 나를 주호처럼 보는 거 같았어."

나는 갑자기 주호 얘기가 나와서 놀랐다.

"네가 주호를 보듯이 내 애인이 나를 보는 것 같아서, 그때 내가 철이 좀 들었어. 그래서 본가에 내려가서 부모님 일을 도운 거야."

"언니는 주호랑 다른 사람인데."

"생각이 다를 뿐 행동은 비슷한지도 모르지. 아무것도 하지 않았으니까."

뜻밖의 말이었다. 언니가 연이어 말했다.

"나는 이제 사람이 밉지 않아. 미워해야 할 건 자본주의를 기반으로 하는 기업이야. 기업 때문에 사람들이 이상한 선택을 많이 하는 거야. 그렇게 생각하니 없애야 할 건 기업이라는 생각이 들더라."

"그걸 어떻게 없애."

"맞아. 못 없애. 이젠 국가도 기업 같아. 국가는 국민에게 실익을 따지지 않고 베풀어야 한다고 생각하는데, 그런 생각은 정말 순진한 게 됐어. 이젠 국가도 기업이야. 가장 큰 기업. 본격적으로 불황이 시작되니까 다들 빗장 걸고 자기 이익만 내세우고 다른 국가를 두들겨 패고. 그런 게 다 자기 나라 국민 잘 먹고 잘살라고 하는 짓이라고 말하잖아. 그러니까 국가도 기업이 됐지."

나는 그 말을 들으며 언니가 많이 변하진 않은 것 같다고 생각했다. 염세주의적 태도를 내보이긴 하지만 근본적으로 언니는 착취에 민감했다. 이어지는 언니의 말을 듣다 보니 젠더 갈등도 그런 관점으로 보기 시작한 것 같았다.

"원래 기업이 원하던 노동자의 생애 주기 모델은 성별에 따라 달랐어. 남자에겐 기업의 직접적인 이윤을 위해 몸 바쳐 노동하길 바랐고, 여자들은 가사 노동과 돌봄 노동을 떠맡길 원했는데 이젠 그게 무너지고 있잖아. 여자들도 기업의 직접적인 이윤을 위해 노동하는 시대가 왔어. 그래서인지 나는 요즘 여자들한테 실망한 적이 많아. 겉으론 능력이 뛰어나고 좋은 사람 같아 보이지만 어쩐지…… 걸어 다니는 광고판 같고, 자길 너무 내세우고, 연대하자는 광고판을 명품 백 대신 들고 있는 것 같고, 가만히 있으면 뒤처진다고 생각하는 것 같아."

"연대하자는 게 왜 광고판이야."

"나도 연대가 좋아. 근데 진정한 연대가 뭔지 모르겠어.

인스타그램이나 트위터에만 있는 거 같아. 목소리 내는 게 크게 두렵지 않고, SNS로 자기 홍보를 잘하는 사람들이나 실천할 수 있는 거 같아. 계층이 있어, 여기에도. 그런 자원에 접근하고 싶지 않거나 접근하고 싶더라도 할 수 없는 사람들도 있거든. 마음의 벽이라는 것도 있고. 소용없을 거 같아서 지레짐작으로 하는 포기도 있고. 의지를 가질 수가 없는 거지. 예전엔 개인의 문제라고 생각했는데 이젠 아닌 것 같아. 일과 이 사회 때문에 지쳐서인 것 같아."

"계층이라는 건 결국 돈이야?"

"그렇게 말하니까 내가 참 단순한 인간 같다."

나는 언니와 이런 종류의 대화를 자주 나누었던 과거가 떠올랐다. 그 시절이 약간 그리웠다. 언니는 틈을 두었다가 말했다.

"애인하고 헤어진 뒤로 그런 생각이 들더라. 그 사람의 폭력성이 원래부터 있었던 본질이 아니라 외부 압력 때문에 만들어진 거라는 생각. 직장이나 가정에서 겪는 압박감, 고통스러운 일을 반복적으로 해야 하는 것에서 오는 자괴감 같은 데서."

"직장은 알겠는데, 가정에서도 압박감을 느끼나?"

"지금은 가정도 기업이야. 원하는 계급까지 올라가는 걸 목표로 삼는 생애 주기 프로젝트를 실행하는 기업."

"뭐든 다 기업이라는 거야?"

"기업이 가장 나쁘니까."

"이젠 남자가 가장 나쁘다는 말은 안 하네."

"그땐 본질이 뭔지 몰랐으니까."

나는 주호의 얼굴이 떠올랐다. 주호에게선 며칠째 아무런 연락이 없었고 나 역시 주호에게 연락하지 않았다. 주호의 말을 믿고 싶었지만 동시에 조금도 믿을 수가 없었다. 주호가 그런 행동을 한 본질은 뭘까. 언니의 말대로라면 주호역시 어떤 압박감에 시달렸다는 것인데, 오랫동안 안정적이지 못한 노동을 한 것과 나와의 관계에서 비롯된 자괴감, 세상이 자신에게만 기회를 주지 않는 것 같은 울분이 합쳐져 누군가의 삶을 몰래 엿보는 것으로 그 순간에만 권력을 누리는 사람이 되고 싶었을까.

진경 언니에게 주호가 저지른 짓을 알려주자 언니는 작게 비명을 질렀다.

"나라도 못 믿겠다. 그걸 왜 본 거래? 카페 영상을 뭐 하러?"

"나도 모르지."

"그 여자 예쁘니?"

나는 언니의 질문에 놀라서 어안이 벙벙했다. 예쁘면 몰래 훔쳐봐도 된다는 거야? 예쁘면 누군가에게 그런 일을 당할 가능성이 높아진다는 거야? 그게 예쁜 사람의 죄라는 거야? 무엇보다 이 문제에서 외모 얘기가 왜 나오는데. 내 말에 진경 언니는 입을 꾹 다물더니 미안하다고 사과했다. 나는 마은 언니의 외모에 대해 예쁘다느니 그렇지 않다느니 하는 말은 이 자리에서 할 필요가 없다고 다시 한번 못을 박았다. 진경 언니는 네 말이 맞아, 하더니 내가 갈빗집에서 연기 마시면서 일만 하느라 골수까지 연기가 찼나 봐,라고 했다. 그런 말로 나를 웃길 수 있다고 생각했는지 언니는 내 눈치를 살피다가 갑자기 이 모든 게 돼지갈비 때문이라고 주장했다.

"우리 가게의 역사가 얼마나 깊은지 내가 얘기해줬니? 할머니 때부터 시작해서 엄마 그리고 이젠 나까지 삼대가 하고 있는 갈빗집이야. 단골이 얼마나 많은지 몰라."

나는 언니가 갈빗집을 이어받은 게 아니라 잠깐 동안 알바를 하고 있는 거라고 짐작했었기에 적잖이 놀랐다. 진경 언니가 갈빗집을 운영할 만한 사람인가. 조금 전까지 모든 건 기업 탓이라고 운운했던 사람이. 언니의 변화는 놀라웠지만 객관적으론 좋은 일이라고 생각해야 할 것 같았다. 그러나 나는 그에 대해 좋은 반응을 내비치기가 어려웠다. 내 머릿속은 주호와 마은 언니로 가득 차 있었기 때문이다.

주호가 자신의 결백을 주장했을 때, 나는 그 말을 믿을 수 없는 마음 기저에 마은 언니에 대한 기괴한 질투심이 자리 잡고 있다는 것을 아프게 깨달았다. 마은 언니를 매일 훔쳐봤던 주호의 마음에 사심이 깃들어 있었을 거라고 쉽게 짐작했다. 이런 상황에서 발동되는 질투심이라니, 주호의 범죄 행각 만큼이나 치가 떨리는 일이었다. 그래서 나는 진경 언니가 마은 언니의 외모에 대해 물었을 때 더욱 발끈한 건지도 모른다. 그런 말을 해선 안 되기에 발끈한 거고, 내가 품고 있는 기괴한 마음이 들킬까 봐 더욱 발끈한 거고. 그러나 진경 언니에게 이런 솔직함을 내보이긴 어려웠다. 생각에 잠긴 나를 가만히 지켜보던 언니가 말했다.

"이건 니 마음에 달린 문제겠다. 주호를 믿어?"

"나는…… 주호가 봤을 거라고 생각해."

"왜?"

"볼 수 있으니까. 그리고 그 앱, 휴대폰 바탕화면에 깔려 있었어."

언니는 고개를 저으며 말했다.

"원래부터 거기에 있었으면 사용자는 인식하기 힘들어. 진실은 본인만 알겠지. 주호의 표정이 어땠는데? 그걸 생각해봐. 진심인 거 같았어?"

"모르겠어."

"주호랑 오래 만났잖아. 근데 몰라?"

나는 침묵했다. 아무리 가까운 사이라고 해도 뜻밖의 모습을 보면 그 사람에 관해 내가 알고 있던 진실이 손바닥 뒤집듯 쉽게 거짓으로 바뀐다. 그게 인간관계의 본질 같아서 나는 모든 게 허무해졌다.

"보영아, 그러지 말고 그 여자를 찾아가서 얘기해봐. 그 사람은 의외로 주호의 말을 믿을지도 모르잖아."

"그럴 리가 있겠어?"

"주호를 잘 모르니까. 어떤 사람인지 아예 모르니까 상황만 듣고 판단을 내리지 않을까?"

나는 나와 비슷한 반응을 보일 것 같다고 답했다. 언니는 머뭇거리다가 말했다.

"우리 가게에도 감시 카메라가 있어. 경비 업체에서 설치한 거. 근데 업체가 설정해준 비번을 계속 쓰고 있어서 업체 직원이 우리 가게 영상을 언제든 볼 수 있어. 고깃집 카메라에 뭐 특별할 게 잡히겠어. 그래서 굳이 안 바꿨어. 바빠서 바꿀 생각을 못 하기도 했고. 그 카페 사장도 나처럼 생각할지도 모르지. 주호에게 특별한 의도가 없었을 거라고. 게다가 주호가 누나랑 살 때 쓰던 카메라였다는 건 그 사람도 알잖아."

"알지."

"그러니까 심각하게 받아들이지 않을지도 몰라."

"언니, 정말 많이 변했다."

"그럼 그쪽으로 더 얘기해볼까."

"그쪽?"

"장사하는 사람으로서 얘기하자면, 물리적인 피해만 생각해야 돼. 자영업자가 자신의 정신 건강을 일일이 헤아리다 보면 장사 못해. 대놓고 이상한 짓 하는 손님도 많거든. 자기 걸 넣었는지 음식에서 웬 머리카락이 나왔다고 돈 안 내고, 다 먹고 나서 고기 맛이 이상하다고 돈 안 내고, 애들 밥은 공짜로 챙겨 달라 요구하고, 취해서 하는 짓은…… 넌 모르는 게 나을 거야. 그냥 이렇게만 전해. 장사라는 게 원래 별의별 일을 다 겪는 법이라고. 불쌍한 중생이라고 생각하면서 눈감고 지나가야 한다고."

나는 진경 언니의 얼굴을 빤히 보았다.

"왜 그렇게 봐?"

눈앞에 앉은 사람이 진경 언니의 껍데기를 둘러쓴 다른 사람 같았지만 나는 그런 말을 하는 대신 마은 언니에게 그 말을 전하진 않을 거라고만 했다.

"다른 사람이 이래라저래라 할 사안이 아닌 거 같아."

언니는 다른 사람이 아니라 동료 자영업자가 한 말이니 새겨들을 필요가 있다고 주장했다. 그 여자를 위한 거라고. 꽤 강경한 자세여서 나는 언니를 다시 만나게 되는 날이 과연 올까 싶었다. 두 시간 동안 대화를 나눈 끝에 우리는 결국 손쓸 수 없이 어색해져버렸다.

"우리 또 언제 보지?"

그렇게 묻는 언니 역시 나를 다시 볼 가능성이 낮다고 생각하는 것 같았다.

"실은 나 오늘 무리해서 나온 거야. 원래 장사하는 사람들은 이런 여유 없어. 휴일엔 종일 집에 누워 있거나 가게 대청소하거든."

"정말 다른 사람 같다, 언니."

"서운하니?"

"언니한텐 좋은 일이겠지."

"돈을 벌 수 있는 걸 제외하면 좋은 일은 없어. 할머니랑 이모가 폐암으로 돌아가셔서 우리 엄마도 정기적으로 검진을 받고 있거든. 고깃집에서 일하면 안 좋은 연기를 많이 들이마시잖아. 각오해야 돼. 식당은 정말 힘든 일이야."

"환기 장치를 잘 해놔."

"이모 돌아가시고 나선 그렇게 했어."

언니는 짬을 내서 친구를 만나는 것도 어렵다고 여러 번 강조하더니 가방을 어깨에 멨다. 카페를 나오며 나는 언니의 인스타그램을 떠올렸고, 바쁜 와중에 게시물까지 주기적으로 올리는 게 대단하다고 말했다. 언니는 약간 슬픈 표정을 지었다.

"비밀 일기장 같은 거야. 과거의 내가 완전히 사라진 건 아니니까. 거기에라도 유령처럼 남아 있는 거지. 실제로 지금 내가 할 수 있는 취미가 넷플릭스 보는 것밖에 없거든. 다른 건 시간이 없어서 못 해. 돈은 있는데 시간이 없다. 세상에, 내가 이런 말을 하게 될 줄이야."

나는 웃기지도 않으면서 큰 소리로 웃었다. 우리는 함께 지하철역으로 걸어갔다. 언니는 안성까지 가려면 시간이 한참 걸린다면서 오늘 나를 만나러 오느라 엄마에게 잔소리를 한 바가지 들었다고 울상을 지었다.

"그래도 맨날 돼지고기만 보다가 구보영 보니까 좋네. 언제 한번 이모님이랑 와."

"우리 이모 고기 안 먹어."

"와, 멋지시다."

진경 언니는 웃으며 덧붙였다.

"우리 가게의 적이지만."

언니는 어색한 표정으로 손을 흔들더니 개찰구를 향해 발길을 돌렸다.

일어난 일과 일어나지 않은 일

연말이 다가오면서부터 손님이 급감했다. 다들 모임이나 행사 때문에 귀가가 늦어지는 시기였다. 그걸 알면서도 마음에 그늘이 졌다. 번화한 거리에 자리를 잡은 가게가 아니기에 손님이 없는 게 당연하다고 생각했지만, 연말에 혼자 조용한 가게를 지키다 보면 자꾸만 쓸쓸해졌다.

감시 카메라 영상 속 마은의 가게는 실제 모습보다 더 소박해 보였다. 얼핏 소극장 연극 무대 같기도 했다. 마은의 가게를 흉내 낸 연극 무대. 사장 역할을 맡은 나와 손님을 연기하는 조연 배우. 아니지. 내가 조연 배우일 수도 있다. 진짜 주인공은 이 가게 밖으로 나가 언제든 가고 싶은 곳으로 갈 수 있는 손님일 것이다. 나는 정해진 대사만 반복하며 아무런 인상도 남기지 못하고 무대 위에서 사라지는 배우일 수도 있고. 어서 오세요. 영수증 드릴까요. 제가 가져다드릴게요. 잠시만 기다려주세요.

스탠딩 에어컨 위쪽에 설치한 감시 카메라로 출입문과 홀뿐 아니라 카운터 앞에 선 사람까지 프레임 안에 모두 담을 수 있었다. 보영 씨는 감시 카메라가 있다는 사실만으로도 충동적인 행동을 하는 손님이 줄어들 거라고 말했다. 나는 보영 씨가 나를 배려하느라 '충동'이라는 단어를 선택한 거라고 짐작했다. 불법, 폭력, 범죄 같은 단어를 대신해서 말이다.

바닥에 텐트를 설치하고 옷을 갈아입은 뒤 감시 카메라 영상을 다시 보았다. 마은의 가게가 사라진 자리에 마은의 집이 나타났다. 천으로 둘러싸인 네모난 공간. 이번엔 연극 무대가 아니라 진짜처럼 보였다. 텐트에서 먹고 자는 사람이 등장하는 현실 무대. 익숙한 일과였지만 화면으로 보니 생경했다. 마은의 가게 안에서 이상한 일이 벌어지고 있는 것 같았다. 테이블과 의자가 치워진 자리에 등장한 텐트. 그 안에서 잠드는 사람. 마은의 가게 사장이기보다 침입자에 더 가까운 것 같았다. 마은의 가게를 지워버리고 수상한 장소로 만드는 사람. 그런 내가 움직일 때마다 카메라가 조금씩 따라 움직였다. 내 움직임을 감지하고 프레임 안에 담기 위해.

고양이 사료를 챙겨 들고 가게 밖으로 나갔다. 주차장 구석에 놓아둔 그릇에 사료를 붓자마자 야옹거리는 소리가 났다. 돌아보니, 주차된 차량 뒷바퀴 근처에 삼색이가 있었다. 나는 삼색이에게 손짓했지만 삼색이는 나를 가만히 쳐다보기만 할 뿐 다가오지 않았다.

"배 안 고파? 어서 먹어."

삼색이의 기다란 꼬리가 허공으로 휙 솟아올랐다. 연이어 좌우로 천천히 움직였다. 그 몸짓의 의미가 반가움인지 경계인지 알 수 없었다. 강아지가 꼬리를 흔드는 것과는 느낌이 달랐다. 느릿하게 움직이다 갑자기 멈추더니 다시 느리게 움직였다. 이완 속 긴장. 긴장 속 경계. 나를 경계하는 게 맞을까. 그렇게 생각하면서도 나는 손을 뻗었다.

"이리 와봐."

삼색이는 한 걸음 뒤로 물러섰다. 동시에 나는 한 걸음 다가섰다. 사료 그릇을 한 손에 들고 삼색이를 향해 오리걸음으로 다가갔다. 그러나 우리 사이의 거리가 가까워질수록 삼색이는 점점 뒤로 물러서기만 했다. 나를 지나치게 경계하는 삼색이의 태도에 서운함을 넘어선 감정이 밀려왔다. 너는 왜 나를 신뢰하지 않는 거니. 내가 너를 먹여 살리기 위해 없는 돈을 쪼개어 사료를 구매하고, 안 그래도 짐이 많아 비좁은 가게에 커다란 사료 통을 보관하고, 매일 사료 그릇을 씻어서 말리고, 깨끗한 물을 먹이려 노력하는데 너는 왜 나에게 곁을 내주지 않는 거니. 이 정도의 친절로는 부족해?

나는 삼색이에게 더욱 가까이 다가갔다. 그럴수록 삼색이는 뒤로 물러났고 이젠 담벼락 바로 아래 서 있었다. 꼬리 털이 부풀어 오른 걸 보니 아무래도 화가 난 것 같았다. 내가 허락 없이 가까워지려 해서. 하지만, 너는 뻔뻔해. 내가 준 사료를 먹고 물을 마시고도 내게 아무것도 내주지 않으려 하잖아. 내가 원하는 건 네가 나에게 가까이 다가오는 것뿐인데. 보드라운 털을 만져볼 수 있게 가만히 있어주는 것뿐인데. 나는 한 걸음 더 가까이 다가갔고, 삼색이는 담벼락에 바짝 붙어 서더니 위를 올려다보았다. 담장으로 올라가 그 너머로 훌쩍 뛰어내리려는 것 같았다. 그렇게 사라지려는 것이다, 또다시. 나는 가까이 다가가기를 멈추고 삼색이의 두 눈을 마주 보았다. 어둠 속에서 도도히 빛나는 눈동자. 나는 다시 천천히 발을 끌면서 다가갔다. 아주 조금씩 거리를 좁혔다. 그러자 삼색이는 이내 담장 위로 훌쩍 뛰어오르더니 나를 잠깐 내려다보고 반대편으로 뛰어내렸다. 그렇게 내게서 가뿐하게 도망쳤다. 나는 순간적으로 화가 치밀어 올라서 사료 그릇을 내던졌다. 사료가 옆으로 쏟아지고 낱알이 사방으로 튀었다.

가게 안으로 들어와 보일러 온도를 높였다. 주차장에서 고양이와 신경전을 벌이는 동안 오한이 들었다. 왜 이렇게 못 견디게 추운 걸까. 화장실로 들어가 옷을 벗고 뜨거운 물을 몸에 끼얹었다. 열이 순식간에 오르며 온몸을 휘감고 있던 한기가 가셨다. 문을 열고 나오니 어둠 속에 누군가 서 있었다. 소스라치게 놀란 나머지 얼결에 한 손으로 내 입을 막았다.

"왜 입을 막아. 냅다 소리를 질러야지."

탁자 조명 스위치를 탁 켜면서 이모가 말했다.

"언제 왔어?"

"왜 문을 안 잠가놨어?"

이모는 의자에 앉더니 나를 올려다보았다. 한 손에 비닐봉지를 들고 있었다.

"두부김치야. 막걸리 있냐?"

이모는 비닐봉지를 탁자 위에 툭 내려놓더니 목에 감고 있던 목도리를 풀었다. 나는 텐트가 있는 홀 안쪽을 돌아보며 연락도 없이 무슨 일이냐고 물었다. 커튼을 쳐놓아서 텐트가 보이지 않았지만 이모는 너머에 무엇이 있는지 아는 눈빛으로 그곳을 빤히 쳐다보았다.

"거기가 네 집이구나."

이모는 그렇게만 말했고 더 이상의 관심은 보이지 않았다. 나는 외투를 걸치고 막걸리 두 병을 사서 가게로 돌아왔다. 이모는 그때까지도 꼼짝없이 한자리에 앉아 있었다. 무슨 일이 있었는지 물어도 아무 일도 없다고 답했다. 이모는 전면 창을 가려놓은 커튼을 절반쯤 열더니 비닐봉지에서 둥그런 포장 용기를 꺼냈다. 나는 물잔을 가져와 막걸리를 따랐다. 이모는 바깥을 바라보며 말없이 막걸리를 마시고 두부김치를 먹었다. 눈이 조금씩 내리기 시작했다. 나는 입맛이 없었지만 두부김치를 집어 먹었다. 두부가 차가웠다.

"어디서 샀어?"

"단골집. 내가 두부를 매일 먹어. 단백질을 보충해야 하는데 먹을 게 많지 않으니까."

"왜 고기를 안 먹어? 예전엔 잘 먹었잖아."

이모는 생각에 잠긴 얼굴로 거리를 바라보았다. 가는 눈발이 날리고 있었다.

"예전에…… 운전하다가 개를 친 적이 있어. 그때부터 고기를 못 먹겠더라. 내가 죽은 개를 팔았거든."

나는 젓가락질을 멈췄다.

"바쁘고 힘든데 그런 일이 생기니까 화가 났어. 그땐 보신탕을 먹었을 때야. 단골집에 팔아버렸지. 덩치가 엄청 컸어. 고라니를 친 줄 알았다."

"……그 개한테 미안해?"

"미안하지."

이모는 더 이상 말이 없었고 나도 더는 묻지 않았다. 우리는 남은 막걸리를 나눠 마셨고 두부를 베어 먹었다. 눈송이가 점점 굵어졌고, 우리의 대화는 이어지지 않았다. 나는 이모가 가끔 우울해한다는 걸 알았지만 그때마다 이모를 어떻게 대해야 할지 몰랐다.

"내가 그런 게 있어. 폭력적인 면이."

"화를 좀 참아봐, 이모."

"그게 쉽지가 않아. 세상이 나를 때리는 것 같을 때가 있어. 내 뺨을 때리고 등짝을 때리고 종아리를 때리는 것 같을 때가 있어. 맞다 보면 화가 나는 거야. 내가 뭘 그렇게 잘못했나. 열심히 살아보겠다고 종종거리고 다닌 것밖에 없는데."

나는 이모의 옆얼굴을 가만히 바라보다가 그 얘기를 꺼냈다. 지금이 아니면 말할 수 없을 것 같았다.

"……이모, 내가 어릴 때 다락방에서 귀신 소리 들린다고 했던 거 기억나?"

"……기억나. 정말로 들었니?"

"정말로 들었을까?"

"그랬을 수도 있어. 우리 엄마가 귀신을 봤거든."

"할머니가?"

"어, 근데 나는 한 번도 못 봤어. 바쁘게 사느라 그런 걸 볼 틈이 없었어."

"……못 보는 게 낫지."

이모는 생각에 잠겼다가 고개를 저었다.

"보는 게 나을 수도 있어. 개를 차로 쳐놓고 팔아버리는 게 아니라 개 귀신이 나타날지도 모르니 잘 묻어주고 기도도 해야겠다, 그런 생각이 들지도 모르잖아. 현실만 생각하고 살면 사람이 이상한 선택도 하고 그래. 내세를 생각하고 귀신도 보고 그러면 올바른 선택을 할 텐데. 도덕적인 선택을."

"이모, 죄지은 거 있어?"

"말했잖아. 그 개."

"이젠 안 그럴 거잖아."

"안 그럴 거야."

이모는 잔에 남은 막걸리를 한 번에 다 마시더니 말했다.

"개 말고 또 있어."

"뭔데?"

"듣고 싶니? 너 못 잘 수도 있어."

오늘 이모는 좀 이상했다. 연말이라 그런가. 눈이 내려서 그런가. 막걸리 몇 잔에 벌써 취한 건가. 이모는 허공을 바라보다 고개를 돌려 가게 안쪽을 보더니 다시 바깥을 보았다. 몇 번 그러길 반복하다 내게 말했다.

"너한테 이 말을 하려고 했는데 지금에서야 한다. 예전에…… 학원에서 너 괴롭힌 애들, 내가 찾아갔어."

"뭐? 언제?"

"너 학원 그만두고 나한데 전화해서 울었을 때, 내가 그 애들 다 찾아냈어."

"그래서 어떻게 했는데?"

"더는 묻지 마. 그냥 그렇게만 알아."

이모는 갑자기 자리에서 일어났다. 내 눈길을 피하며 목도리를 목에 두르고 외투를 입더니 서둘러 가게를 떠났다. 나는 함박눈을 맞으며 점점 멀어지는 이모를 멍하니 바라볼 수밖에 없었다.

이모는 묻지 말라고 했다. 더는 묻지 말라고. 그러니 묻지 않아야 할까. 이모는 개를 죽였고 죽은 개를 팔았다. 이모는 그런 사람이고, 귀신을 보면 좋겠다고 말한다. 그러면 도덕적인 선택을 하며 살 수 있을 것 같다고. 이모의 도덕적이지 않은 선택은 뭐였을까. 개 말고 또 누굴 어떻게 했다는 걸까. 그 애들을, 어떻게 했다는 걸까.

나는 가게 문을 잠갔다. 주먹만 한 눈이 공중에서 무수히 떨어지고 있었다. 그렇게 커다란 것이 떨어지는데 아무런 소리도 나지 않는 게 문득 이상했다. 맞은편 가게 앞에 서 있는 강봉호가 보였다. 내리는 눈을 바라보다가 담뱃불을 붙이더니 나를 빤히 쳐다보았다. 그를 봐도 오늘은 아무런 감정이 일지 않았다. 도덕적이지 않은 선택을 한 이모와 귀신을 보는 할머니를 둔 내가 그를 두려워해야 할까.

어쩌면, 그가 우리를 두려워해야 할지도 모르지.

오늘 밤은 아무것도 무섭지 않았다.

*

　텐트 안에 엎드려 감시 카메라 영상이 떠 있는 노트북 화면을 들여다보았다. 카메라를 옮겨놓았다. 홀 안쪽 에어컨 위에서 커튼을 걷어놓은 전면 창 바로 앞으로.

　새벽에 마은의 가게를 기웃거리는 남자가 있다는 걸 알면서도 나는 그간 그걸 잊기 위해 노력했다. 남자가 불법적인 행동을 하지 않는 이상 그를 법적으로 제재하긴 힘들 것 같았고, 되도록 가게 운영에만 신경 쓰고 싶었다. 매출 상승이 나의 안전보다 더 시급한 문제 같았다. 매출이 오르면 자연히 근처 고시원에라도 방을 얻을 수 있을 테니 결국 연결되어 있는 문제이기도 하다고 생각했다.

　감시 카메라는 전면 창 앞 테이블 위에 있었다. 누군가 가게 안을 들여다보면 그는 반드시 카메라를 마주 보게 된다. 붉은색 불빛이 카메라 렌즈를 둘러싸고 있기에 카메라가 있다는 걸 알아채지 못할 수가 없다. 결국 자신이 감시 카메라에 찍히고 있다는 사실을 깨닫게 될 것이다.

　자정이 넘어갈 때까지 화면을 지켜보았지만 차량 전조등 불빛에만 번쩍이며 반응할 뿐 내내 잠잠했다. 점점 감기려는 눈을 억지로 뜨면서 새벽 3시까지 화면을 들여다보았다. 이윽고 화면 안에 누군가 나타났다.

　나는 얼른 몸을 일으켜 화면을 자세히 보았다. 지난번처럼 캡 모자를 깊숙하게 눌러쓴 남자가 감시 카메라 앞으로 걸어왔다. 도대체 누굴까. 내가 아는 사람의 얼굴을 한 명씩 떠올리는 동안 남자는 황급히 몸을 돌려 프레임 밖으로 사라졌다. 자신을 지켜보고 있는 시선을 깨달았는지 매우 당황한 몸짓이었다. 나는 그를 쫓아가 붙잡은 뒤에 묻고 싶었다. 너를 몰래 지켜보고 있는 시선을 발견한 기분이 어떠냐고.

실루엣만으로 짐작하긴 어려웠지만 내가 아는 사람은 아닌 것 같았다. 직감이 그랬다. 도대체 누굴까. 어떤 목적이었을까. 내가 여기서 잔다는 걸 알고 그런 행동을 한 걸까. 훔쳐보는 게 목적이었을까. 침입하길 원했을까. 나는 그의 의중을 알고 싶지 않았지만 상상력은 저 혼자 내달렸다.

시선. 눈길. 누군가 나를 지켜본다는 감각.

나는 노트북을 덮고 모로 누워 몸을 구부렸다.

*

손님이 들어왔다. 나는 그가 무얼 주문했는지 제대로 알아듣고 음료를 정확히 조제했다. 다시 보영 씨의 맞은편 자리로 돌아와 앉으니 시간이 한참 흐른 듯한 기분이 들었다. 보영 씨의 고백이 먼 과거 일처럼 느껴졌다. 보영 씨는 고개를 들지 못했다. 이 상황을 견디고자 애쓰는 마음이 엿보였다.

"그 사람 이름이 뭐였죠?"

"이주호요."

나는 그런 짓을 저지른 사람의 이름이 가장 궁금했다. 이름을 알면 신분의 절반 이상은 안 것이나 다름없다는 생각이 들었다. 그의 휴대폰에 설치되어 있던 감시 카메라 앱. 그가 설정한 비번을 바꾸지 않고 그대로 쓰고 있었기에 그는 언제든 나를 볼 수 있었다. 그가 가게 안을 염탐할 거라는 생각은 조금도 하지 못했다. 이주호를 믿은 게 아니라 나의 상상력이 그런 범죄까지 가닿지 못했다.

"보영 씨는 애인을 믿어요?"

"이젠 애인 아니에요."

"헤어졌어요?"

"사라졌어요, 주호가."

보영 씨는 아랫입술을 잘근잘근 씹었다. 어디로 도망친 건지 생각하는 중일까, 그곳이 어딘지 이미 알고 있어서 말해주어야 하나 고민하는 중일까.

"그 사람 말을 믿는지 궁금해요."

보영 씨는 아무런 대답도 하지 않았지만 이미 답한 것이나 마찬가지였다. 나에게 알렸다는 건 결국 믿지 않았다는 의미니까.

"죄송해요."

"보영 씨가 왜요."

"카메라 설치하자고 한 사람은 저잖아요."

"도우려고 그런 거잖아요."

"그렇지만 결국 이렇게 돼서."

"미안해하지 않아도 돼요. 여긴 카페니까 훔쳐볼 만한 일은 딱히 없어요."

나는 내 입이 멋대로 지껄이는 말을 들었다. 왜 이런 말을 하는 걸까. 보영 씨가 나에게 너무 미안해해서 그런 걸까. 단골손님이라서, 처음 봤을 때부터 친근함을 느꼈고 나를 언니라고 부르며 가까이 다가와준 사람이라서, 보영 씨의 마음도 나처럼 지옥이나 다름없을 거라서, 그래서 그런 걸까.

"훔쳐봤다는 증거를 찾을 수 있을까요?"

보영 씨는 고심 끝에 답했다.

"접속 기록을 보면 되지 않을까요."

"앱을 지웠다면서요."

"포렌식 같은 걸 하면."

"휴대폰을 이미 처분했을 수도 있잖아요. 정말로 봤다면."

"……그랬겠네요."

보영 씨는 고개를 숙였고 자신의 두 손을 내려다보았다. 곧이어 보영 씨의 손등 위로 눈물방울이 떨어졌다. 나는 냅킨을 가져와 보영 씨에게 건넸다. 우리가 서로 마주 앉아 있는 지금 이 순간, 이주호는 무엇을 하고 있을까. 나는 아직도 감시 카메라가 작동되고 있다는 사실을 떠올렸다. 만일 그가 지금 앱에 접속한다면 울고 있는 보영 씨와 나의 뒷모습을 볼 수 있을 것이다. 나는 보영 씨가 카페로 들어서자마자 카메라 쪽으로 시선을 주었다는 걸 떠올렸다. 그 남자가 보고 있을지도 모른다고 생각했을까. 그래서 일부러 카메라가 가장 잘 비추는 자리에 앉은 걸까. 이주호는 카메라를 설치해주며 소리도 입력된다고 말했는데, 그러면 우리가 나누는 대화를 그가 들을 수도 있다. 나는 자리에서 일어나 카메라 전원 코드를 뽑은 뒤 카메라를 쓰레기통에 던져 넣었다. 텅. 묵직한 소리가 울려 퍼졌다. 나는 다시 자리에 앉았다.

"미안해요, 언니."

"보영 씨가 미안해할 건 없어요."

"그래도 사과는 해야 할 것 같아서요."

"사과하지 않아도 될 사람이 왜 사과를 해요."

"아무도 안 하는 것보단 나으니까요."

보영 씨는 눈물을 닦으며 말했다. 내가 마은의 가게는 나의 일터인 동시에 집이기도 하다고 말하면 보영 씨는 더 큰 상처를 입겠지. 나는 보영 씨에게 사실을 알려줘야 하는지 고민했다. 이미 벌어진 일인데 더 큰 고통을 나눠 져야 할까. 보영 씨가 더 이상 이곳에 오지 않고, 오늘 이후로 우리가 영원히 만나지 않으면 우리는 어떤 인연인 걸까. 범죄로 귀결된 인연, 결국 그렇게 남을 텐데. 나는 고개를 돌려 가게 앞을 스쳐 지나가는 사람들을 보았다. 우리와 무관하게, 우리에게 벌어진 일은 까맣게 모르고 어딘가를 향해 걸어가는 사람들을.

"……그냥 잊는 게 낫지 않을까요?"

내 말에 보영 씨의 눈이 커다래졌다.

"할 수 있는 게 없잖아요. 그 사람은 사라졌고, 휴대폰은 이미 처분했을 가능성이 크고, 오로지 양심에 기대야 하는데 그건 절대로 하지 않을 테니까요."

보영 씨는 대꾸 없이 커피 잔만 바라보다가 양 손바닥에 얼굴을 묻었다. 나는 그런 보영 씨를 보며 아무 말도 하지 않았다.

나는 보영 씨에게 화를 내고 있었다. 내 몸에서 빠져나간 영혼이 우리를 내려다보고 있는 것 같았다. 원치 않는 일을 겪을 때마다 늘 그랬다. 하지만 여긴 내 가게이고, 나는 이제 그만 울고 싶었다. 그만 억울해하고 싶었다. 그 누구도 나에게 입을 다물라고 말하지 못하는 공간에서 내가 누군가에게 입을 다물라고 말하고 싶었다. 내가 나에게 최대한 상처 주지 않는 방향으로 상황을 정리할 수 있을 때까지. 그러나 나는 이런 내 마음이 눈앞에 앉아 있는 보영 씨에게 상처를 준다는 걸 깨달았다.

왜 우리가 서로에게 상처를 주고 상처를 받아야 할까. 나는 손을 내밀어 보영 씨의 손을 잡고 싶었지만 그럴 수가 없었다. 보영 씨가 손바닥에 얼굴을 묻고서 끝내 고개를 들지 않았기에.

*

오전에 학부모 한 팀이 방문한 뒤로 가게는 종일 텅 비어 있었다. 나는 카운터 뒤에 앉아 편의점 출입문을 멍하니 바라보았다. 오늘은 편의점도 손님이 거의 들지 않았다. 거리 전체가 적막했다. 한파가 닥쳤기 때문인지 사람들의 외출이 뜸했다. 거리가 한산하면 마음에 쉽게 바람이 불었다. 나는 향초에 불을 붙이고 제빙기를 껐다. 마지막 얼음이 딸깍 소리를 내며 떨어지자 가게는 정적에 휩싸였다.

새벽녘에야 잠들었지만 졸리진 않았다. 두 눈에 핏발이 섰고 안색도 초췌했으나 정신은 명징했다. 더불어 현실 인식 감각이 또렷해졌다. 갑자기 가게의 재정 상태가 피부에 와닿았다. 더 이상 운영해나갈 수 없는 수준이라는 것을 스스로 인정하게 되었다. 지금도 인근에 카페가 계속 생겨나는 중이었고, 나는 수입과 지출을 정산해볼 수 없을 정도로 지친 상태였다. 게다가 이주호를 떠올릴 때마다 당장 가게를 닫고 싶은 마음만 들었다.

마은의 가게는 점점 망해가고 있다. 이유가 뭘까. 분위기가 마음에 들지 않거나 좌석 배치가 아쉽거나 커피 맛이 별로거나 주인이 마음에 들지 않아서 혹은 다른 카페가 더 좋거나 그곳이 더 저렴하다거나 마음 편해서. 여러 가지 이유가 있고, 그런 다양한 이유들로 마은의 가게는 망해가고 있다. 명백한 이유가 한 가지만 있어도 망하는 게 가게인데, 분명히 수많은 이유가 있을 것만 같았다. 이렇게 확실히 망하려면.

저녁이 될 때까지 나는 한자리에 꼼짝도 않고 앉아 있었다. 가게 안에 갇힌 죄수처럼, 형기를 내가 구형하고 선고도 내가 내리면서. 무기징역에 가까운 절망을 끌어안은 채로. 그러다 영업 종료 시각이 되어 밖으로 나가 간판을 안으로 들이려 했을 때, 모자를 깊숙이 쓴 남자가 내게로 다가왔다.

"영업 끝났어요?"

나는 오늘의 형편없는 매상이 떠올라 나도 모르게 고개를 저었다.

"아직 안 끝났어요."

남자는 고개를 끄덕이더니 가게 안으로 먼저 들어갔다. 나는 그를 뒤따라갔고, 그제야 남자에게서 풍겨오는 술냄새를 맡았다. 카운터 안쪽으로 들어가 남자가 음료를 고르길 기다리는 동안 불길한 예감이 피어올랐다.

"술은 없네?"

남자는 인상을 찡그리더니 모자를 벗고 한 손으로 머리를 벅벅 긁었다. 남자의 붉어진 얼굴이 한눈에 들어왔다. 입가에 작은 상처가 있었고 동공이 약간 풀려 있었다. 나는 남자의 행색을 얼른 살폈다. 외투 소매와 신발. 그 두 가지를 먼저 살폈고, 그리 지저분하지 않다는 걸 확인했다. 손님에게 이유 없는 두려움을 느낄 때마다 나는 상의 소매와 신발을 살폈다. 마치 거기에 반듯한 생활의 기운이 묻어 있기라도 한 것처럼. 물론 근거가 전혀 없었다.

"왜 술이 없지?"

남자가 내 얼굴을 쏘아보았다. 나는 머릿속으로 비상벨을 떠올렸지만 이 가게엔 그런 게 없었다. 감시 카메라는 진작에 버렸고, 출입문은 하나뿐이며, 그곳으로 향하는 통로엔 남자가 우뚝 서 있었다. 나는 카운터에서 한 걸음 떨어지면서 술은 안 판다고 말했다.

"왜 안 팔아."

나는 대답 대신 고개를 돌려 전면 창을 보았다. 거리엔 아무도 보이지 않았다.

"밖으로 나가서 왼편으로 5분쯤 걸어가시면 호프집이 많아요."

"나가라는 거야?"

남자는 모자를 다시 쓰더니 한 손으로 카운터를 짚고 내게 가까이 다가와 말했다.

"여기서 술 마시는 거 봤는데?"

"저희 가게는 술 안 팔아요."

"봤다니까? 내가 매일 널 본다니까?"

나는 남자의 말에 멈칫했다. 무슨 의미일까. 매일 여길 지나다니며 나를 봤다는 의미일까. 내가 아무런 대꾸도 하지 않자 남자는 모자를 다시 벗더니 머리를 북북 긁고 나서 한 손으로 입을 막고 가만히 서 있다가 말했다.

"씨발 그냥 아무거나 줘봐."

"죄송하지만 제가 급한 일이 생겨서 가게를 빨리 닫아야 해요."

나는 그렇게 말하면서 휴대폰을 집어 들고 키패드의 숫자 112를 눌러놓았으나 뒤미처 그가 했던 말이 마음에 걸렸다. 여기서 술 마시는 광경을 보았다는 말. 정미 언니와 가게에서 술을 마신 일이 떠올랐다. 나를 매일 봤다는 말. 그는 매일 이 거리를 오가는 주민일 가능성이 컸다. 섣불리 신고했다가 보복을 당할지도 몰랐다. 나는 그가 사는 곳을 모르고 직업도 모르며 이름도 모른다. 그러나 그는 내가 매일 이곳에 있다는 걸 알고, 자세히 관찰하면 여기가 내 집인 것도 알 수 있을 것이다. 언제든 나를 만나러 올 수 있다.

나는 생각을 바꿔 정미 언니에게 전화를 걸었다. 인천에 있는 이모보다 훨씬 가까운 데 있는 사람이니까. 그러나 언니는 전화를 받지 않았다. 나는 휴대폰을 꼭 쥐고 언니의 목소리를 기다렸다. 그러는 동안 남자는 나를 노려보았다. 이윽고 언니가 전화를 받았다. 동시에 남자가 카운터를 내리치며 말했다.

"씨발년아, 아무거나 달라고."

언니가 물었다.

"마은아, 지금 누구랑 있어?"

"커피 달라고, 이년아. 안 들려?"

언니는 상황을 파악했는지 곧바로 말했다.

"지금 갈 테니까 일단 신고부터 해."

남자는 내게 욕설을 퍼붓다가 근처에 있는 쓰레기통을 걷어찼다. 심장이 미친 듯이 뛰었다. 결국 신고를 하는 수밖에 없을 것 같았다. 나는 키패드를 열어 다시 112를 눌렀고, 남자의 위협적인 행동을 확인하기 위해 일순간 고개를 들었다. 그런데 남자는 동작을 멈추고 출입문을 빤히 쳐다보고 있었다. 나도 그쪽으로 눈길을 옮겼다.

"문 안 닫습니까?"

변일구가 가게 안으로 들어서며 물었다.

"……이제 닫으려고요."

"손님이에요?"

변일구의 물음에 남자는 카운터에서 한 발 떨어져 서더니 바닥만 보았다. 나에게 욕설을 할 정도로 취해 있었던 남자는 변일구가 나타나자 신기하게도 취기가 조금 걷힌 얼굴이 되었다.

"가게 문 닫는다잖아요. 그럼 나가셔야지."

변일구가 남자를 쏘아보며 말했다.

남자는 혼잣말로 욕을 중얼거렸다. 그러나 내게 욕설을 퍼부었을 때와 달리 목소리가 한층 줄어들어 무슨 말인지 정확히 알아듣기 힘들었다. 마침내 남자가 걸음을 떼더니 출입문을 향해 걸어갔다. 변일구가 옆으로 비켜섰다. 그리고 남자가 사라질 때까지 팔짱을 낀 채로 문 앞에 서 있었다. 나는 그제야 카운터 밖으로 나왔다. 변일구가 나를 돌아보며 말했다.

"쟤가 말해줘서 알았어. 이상한 손님이 들어갔다고."

강봉호가 자신의 가게 앞에서 차량용 발판을 허공에 털면서 우리를 힐금 보았다.

"어떻게 아셨대요?"

"장사를 오래하면 감이 생기잖아."

"설마 또 올까요?"

변일구는 호탕하게 웃더니 말했다.

"안 오지. 나를 봤으니까."

확신이 넘치는 그의 말은 나를 침묵하게 했다.

"그러니까 다른 가게 사장들하고 친하게 지내면 좋잖아."

문득 지화 씨가 떡을 돌리지 않았다고 나를 꾸중했던 일이 떠올랐다. 이런 걸까. 이런 때 도움을 받으라고. 어쩌면

186

변일구와 강봉호에 대한 나의 판단은 착각이었는지도 모른다. 나를 걱정해주고 선뜻 도와주려는 사람들인데 내가 예민하게 굴었는지도. 그러나 나에게도 직감이라는 것이 있다. 두 사람을 멀리하는 게 나을 거라는 직감. 강봉호가 발판을 차량 조수석 바닥에 깔더니 우리를 향해 걸어왔다.

"갔어?"

변일구가 웃으며 답했다.

"갔어."

"갔구나."

"갔지, 그럼. 꼼짝도 못하지."

변일구가 큰 소리로 웃었고 강봉호도 따라 웃었다.

"얘 몇 살처럼 보여요?"

변일구가 갑자기 내게 물었다.

"보기보다 나이가 안 많은데, 많아 보이죠? 둘이 잘 좀 지내. 서로 도우면서."

나는 아무런 대답도 하지 않았다. 변일구는 묵은 오해가 풀리지 않았느냐는 눈길로 나를 빤히 보았다. 나는 그의 시선을 피했다. 강봉호가 의자 위에 놓인 삐뚤어진 간판을 반듯하게 세워놓았다. 그 손길엔 머뭇거림과 친근함이 뒤섞여 있었다. 나는 뭔가를 기대하는 듯한 그들에게 마지못해 말했다.

"도와줘서 고마워요."

두 사람의 얼굴에 비릿한 미소가 천천히 번졌다.

홀의 전등을 모두 끈 뒤 커튼을 치고 나서 의자에 앉았다. 시트에 몸을 파묻는 순간 고단했던 하루를 내려놓은 기분이 들었다. 커피를 한 잔이라도 더 팔기 위해 들인 손님에게 욕설을 들었다. 씨발년이라고 했나. 처음 본 나를 잘 안다는 듯이, 깔봐도 되는 사람이라는 듯이 씨발년이라는 세 글자로 나를 깔아뭉갰다. 씨발놈. 나도 씨발놈이라고 할걸. 씨발놈아, 내 가게에서 나가! 그렇게 말할걸. 그 순간엔 몸이 굳어버려서 그러지 못했다. 힘과 체구로 판가름이 나는 먹이사슬 안으로 순식간에 끌려 들어온 기분이 들어서였다.

총이 등장하는 순간 힘의 세기가 동등해질 수 있기에 총기 규제를 반대한다던 이모의 말이 떠올랐다. 운전하다가 총으로 쏴버리고 싶은 놈이 얼마나 많은지 몰라. 이모가 씩씩대며 그렇게 말했을 때마다 미국에 가면 큰일 날 사람이라고 농담하며 웃기만 했는데, 뒤늦게 이모의 말에 공감했다. 만일 카운터 아래에 은밀히 감추어둔 총이 있었다면 나는 다른 행동을 취했을까. 몸이 굳지 않았을까. 폭력에 대응하기 위해 나는 더욱 즉각적이고 파괴적인 폭력성을 갖길 원하고 있었다.

하필이면 감시 카메라를 버리자마자 그런 손님이 나타나다니. 그가 그 사실을 알고 들어왔을 리가 없지만 나는 모든 상황이 맞아떨어지는 게 꺼림칙했다. 게다가 때마침 나타난 변일구와 강봉호까지. 모두가 나를 작은 상자 안에 가두어놓고 지켜보는 것 같았다. 언제쯤 괴롭히고 언제쯤 도와줄지 가늠하면서.

"마은아!"

출입문을 두들기며 나를 부르는 소리가 들렸다. 나는 의자에서 일어나 전등을 켜고 문을 열었다. 머리칼이 다 젖은 언니가 잠옷 위에 얇은 카디건만 걸친 채로 서 있었다. 벌겋게 달아오른 언니의 얼굴 위로 하얀 입김이 퍼져나갔다.

우리는 마주 앉아 따뜻한 차를 마셨다. 언니에게 내 외투를 빌려주고, 언니의 젖은 머리칼을 드라이어로 말려준 뒤였다. 언니는 코끝이 빨개진 채로 차를 홀짝였다. 어찌 된 일인지 설명하는 동안 언니는 미간을 찡그리며 내 말에 귀기울이다가 말했다.

"마은아, 내가 장사는 안 해봤어도 알바는 정말 많이 했잖아. 사장들을 볼 때마다 느낀 게 있어. 장사는 영역을 지키는 일이라는 거야. 자기 영역을 적극적으로 지키지 않으면 주변에서 침범하기 시작해. 손님이 그럴 때도 있고, 다른 가게 사장이 그럴 때도 있어."

"왜 그럴까. 서로 영역을 지켜주면 좋잖아."

"맞아. 예의를 지켜주면 좋지. 나도 왜 그럴까 생각해봤는데 내가 내린 결론은 이거야. 다들 힘들다는 거지."

"안 힘든 사람이 없다는 거야?"

"없어."

언니는 단호하게 말했다. 나는 언니가 내가 보낸 톡에 아무런 답장이 없었던 것을 뒤늦게 떠올렸다. 그 이유에 대해 묻자 언니는 뜻밖의 말을 꺼냈다.

"결혼 준비하느라 바빴어."

깜짝 놀란 나는 한동안 말을 잇지 못했다.

"얼마 전에 부모님을 만났어. 몇 년 만에 처음으로."

언니는 한 번도 가족에 대해 말한 적이 없었다. 일찍 독립했다는 말만 했고, 더 이상 묻진 말아달라는 표정이어서 되도록 그런 화제는 입에 올리지 않았다.

"내가 없어도 잘 지낼 줄은 알았는데 정말 아무렇지도 않은 걸 보니까 기분이 이상했어. 두 분 다 교직 생활을 오래 하셨고, 주말에도 늦잠 한번 자는 법 없는 분들이거든. 예전엔 그게 너무 싫고 갑갑했어. 근데 두 분 다 건강하신 걸 보면 지금은 다행이다 싶더라. 사실 친엄마는 오래전에 돌아가셨고 새어머니거든. 그것 때문에 내가 방황을 많이 했어."

부모님과 화해하고 결혼을 준비하는 언니에게 나는 약간의 거리감을 느꼈다. 성실하고 좋은 부모를 둔 사람이 왜 이제까지 고시원에서 살았던 걸까. 나는 언니가 우리 집 못지 않게 사연 있는 가정에서 자랐을 거라 짐작했던 터라 내심 놀랐다. 그러나 언니 앞에서 그런 내색을 하진 않았다. 지금의 내 상황과 너무나 달라서 거리감이 느껴진다는 말도 하지 않았다.

"지금 결혼 안 하면 언제 또 기회가 올지 모르고, 오십대가 되어서도 혼자 고시원에서 살고 싶지는 않아. 너도 하루라도 빨리 집을 따로 구해. 오늘 일도 그렇고 이 상태론 안돼. 불안정하고 위험해. 적어도 잠은 집에서 자야지."

언니가 위험하다고 하니 정말로 그렇게 느껴졌다. 그러나 우리는 왜 이런 일을 위험하다고 생각하는 건지 반발심도 들었다. 이게 위험할 일인가. 자기 가게에서 먹고 자는 게 왜 위험하지. 내가 남자였다면, 위험하다고 하는 대신 불안정하다고만 말했을까. 여자이기 때문에 불안정한 데다 위험하기까지 한 이런 생활을 유지하는 건 좋지 않다고 말하는 거겠지. 나는 나의 위험한 생활과 언니의 삶을 비교해보았다. 고시원에 살 땐 둘 다 비슷한 정도로 위험하고 가난했는데 이젠 서로 달라진 우리를. 나는 언니가 결혼이라는 도피처를 택했다는 것에 실망감을 느꼈다. 그러나 언니가 오십대가 되어서도 고시원에 사는 건 절대로 보고 싶지 않았다.

"여기서 계속 살 거면 비상벨 좀 달아. 돈 없다고 또 그냥 넘어가지 말고."

"이제까진 필요했던 적이 없었어."

"운이 좋았던 거야."

나는 운이 좋았다는 언니의 말에 씁쓸해졌다. 사는 게 원래 이런 건가. 나는 내 영역에 가만히 있고 싶은데 그런 나를 염탐하고 침범하고 무시하고. 그런 사람들한테 화가 나서 받은 만큼 돌려주고 싶다가도 보복이라도 당하면 어쩌나 밤새 걱정하고. 법의 보호와 법적 처벌이 작동하더라도 미미할 때가 많고 제재 기간도 정해져 있다. 나에게 악한 감정을 품은 사람을 영원히 가둘 수 있는 방법은 없는 것이다. 그럴 땐 다른 곳으로 떠나는 게 가장 좋다지만 나는 그것도 할 수 없다. 늘 이 자리에 매여 있으니까. 그게 여자 사장이 겪게 되는 소소한 문제일까. 억지로 소소한 문제로 치부하고 나는 좀더 발전적인 문제에 골몰해야 하는 걸까. 누군가는 그렇게 말할지도 모른다. 나의 내면에도 그런 목소리가 있다. 그게 나를 앞으로 나아가게 만들기도 하지만 도리어 작아지게 할 때도 있다. 모든 게 겁 많고 소심한 나의 성격 때문인 것 같다는 생각이 들기 때문이다. 다시 도돌이표가 시작된다. 나의 소심함이 가장 큰 문제일까. 나를 만만하게 보고 영역을 침범하고 인격을 짓밟는 사람들이 문제일까. 살아 있는 것들은 원래 다 약자라고 판단하면 영역을 침범할까. 내가 어떤 일을 하든 겪게 될 일을 장사의 속성으로 인해, 고정적으로 한 장소에 머문다는 것 때문에 극대화된 상태로 느끼는 걸까. 만일 그런 거라면 각자 극복해야 할 문제인 걸까.

언니가 돌아간 뒤 나는 건물 주차장으로 가서 물그릇에 따뜻한 물을 부어놓았다. 꽁꽁 얼어붙은 물이 김을 피워 올리며 서서히 녹았다. 물이 절반쯤 녹았을 때 야옹거리는 소리가 들려왔다. 차량 아래 삼색이가 있었다. 나는 바닥에 엎드린 후 삼색이를 향해 손을 내밀었다. 그러나 삼색이는 내게 다가오지 않았다.

너는 끝까지 곁을 내어주지 않는구나.

실망하고 바닥에서 일어나려 했을 때, 삼색이의 작은 머리가 보였다.

조심스럽게 한 걸음씩 다가와 나를 신중하게 쳐다보는 삼색이의 눈. 이제 나에게 마음을 열어도 된다고 판단한 걸까. 반가운 마음에 얼른 손을 뻗으니 삼색이는 다시 차량 아래로 재빨리 기어 들어갔다.

*

새해 첫날 밤, 한파로 온종일 얼어붙어 있던 거리에 가는 눈발이 날리기 시작했다. 더 이상 손님이 들지 않을 것 같아 편의점에서 사 온 컵라면과 김밥을 먹으며 유튜브 방송을 보았다. 장사가 안 되는 식당을 방문해 문제점을 찾고 해결

책을 모색하는 방송이었다. 화면 속 자영업자들은 하나같이 가게와 자신을 동일시했다. 이 가게는 곧 저 자신입니다. 제 인생을 이 가게에 다 쏟아부었어요. 모두가 진지한 눈빛으로 그렇게 말했다.

나는 자영업자로서의 나의 미래를 상상해보았다. 얼굴에 주름이 골골이 생기고, 가파른 계곡에서 낮은 둔덕처럼 인상이 변해 누가 보더라도 노인의 얼굴이 되었을 때 마은의 가게는 어떤 모습일까. 내 얼굴이 그렇게 변할 동안 마은의 가게 역시 곳곳에 주름이 생기고, 개성보다 세월이 먼저 느껴지고, 누군가에게 존중받기도 하는 장소가 될 수 있을까. 아니면 그저 낡아빠진 곳으로 남게 될까. 그도 아니면 아예 낡을 기회조차 얻지 못하고 사라질까. 이 나라에서 자영업의 평균 수명은 3년 밖에 안 된다. 고작 세 살. 품위 있게 낡아가는 것이 불가능할뿐더러 다 성장하기도 전에 멈추어버린다.

김밥 포장 비닐을 작게 접어서 쓰레기통에 버렸다. 어쩌면 이 비닐이 마은의 가게보다 더 오랫동안 존재할지도 모른다. 지금까지 배출한 일회용 빨대 역시 소각하지 않으면 마은의 가게보다 훨씬 오래 남아 있을 것이다. 그렇게 백 년이 지나도 썩지 않을 쓰레기만 지구에 남기고 마은의 가게는 망할지도 모른다. 최악이다.

카운터 서랍 깊숙한 곳에 넣어두었던 담배를 꺼냈다. 민트 향이 살짝 감도는 나무껍질 냄새. 주차장 안쪽으로 걸어 들어가 담뱃불을 붙였다. 삼색이를 위해 마련해놓은 물과 사료가 절반쯤 줄어들어 있었다. 물은 남길 수 있더라도 사료를 매번 절반만 먹는 것은 무슨 심리일까. 양을 줄여도 절반, 늘려도 꼭 절반을 남겼다.

바닥에 담뱃재를 떨자마자 작게 야옹거리는 소리가 들려왔다. 곧이어 삼색이가 차량 아래서 동그란 머리를 살짝 내밀었다. 내가 담장으로 몸을 붙이자 삼색이가 한 걸음 더 다가왔다. 나는 손을 뻗지 않고 참을성 있게 기다렸다. 삼색이는 두 걸음 더 내게로 다가오더니 운동화 앞코의 냄새를 맡고 발목에 분홍색 코를 가져다 댔다. 나는 천천히 손을 뻗어 삼색이의 몸을 낚아채듯 안아 올렸다. 삼색이가 사납게 발버둥 치더니 뾰족한 발톱으로 내 팔을 할퀴었다. 나는 곧바로 삼색이를 놓아주었고, 삼색이는 차량 아래로 다시 기어 들어갔다.

매일 얼굴을 보면서 아직도 내게 마음을 주지 않는 이유가 도대체 뭘까. 내가 다가가면 뒷걸음치고 가만히 서 있으면 다가오는 너의 마음을 도무지 모르겠어. 우리가 서로를 만질 수 없다면 어떻게 서로를 믿을 수 있겠어. 내가 주는 사료를 먹고, 내가 부어놓은 깨끗한 물을 마시면서 너는 한 번도 나에게 미안하단 생각을 해본 적이 없지.

나는 손바닥을 바닥에 짚고 차량 아래를 살폈다. 라이터

불을 켜자 삼색이의 얼굴이 보였다. 그리 멀리 도망가진 않았다. 즉시 팔을 뻗어 삼색이의 목덜미를 거머쥐었다.

"거기서 뭐 해요?"

나는 발버둥치는 삼색이를 놓아주고서 손바닥을 털며 바닥에서 일어났다. 내 입술엔 담배가 물려 있었다. 재를 떤 뒤에 강봉호를 마주 보았다. 강봉호는 내 얼굴을 빤히 보다가 말했다.

"다 피우고 커피 한 잔 주세요."

담배를 천천히 다 피운 뒤에 가게로 들어가자 강봉호가 출입문 근처에 앉아 있었다.

"따듯한 걸로 드려요?"

"아무거나."

일회용 컵에 얼음을 가득 채우고 핸드드립으로 커피를 내렸다. 강봉호가 카운터로 걸어와 커피를 받고 카드를 건넸다. 커피 값을 결제하는 동안 강봉호는 새삼스레 가게 안을 둘러보았다. 그의 시선이 책장에 머물렀다.

"책을 좋아하는구나."

나는 아무런 대꾸 없이 카운터를 정리하기 시작했다. 강봉호가 마지막 손님이었다. 이제 문 닫을 시각이 되었다고 알리려는 찰나 강봉호가 가게 밖으로 걸어 나갔다. 간판을 들이기 위해 그를 뒤따라갔다.

"나오지 마세요."

강봉호는 자신을 배웅하는 거라고 착각했는지 그렇게 말하더니, 출입문 옆 의자 위에 비스듬히 세워놓은 나무 간판을 가리켰다.

"벽돌로 받쳐놓으면 이상하지 않아요? 기다려봐요."

강봉호가 자신의 가게 안으로 들어가더니 잠시 후 금속으로 만든 거북이 조각상을 들고 나왔다. 그는 간판을 받쳐놓은 벽돌을 치우고 그 자리에 조각상을 놓아두었다.

"어때요? 벽돌보다 훨씬 낫지 않아요?"

"글쎄요."

"더 낫죠. 딱 봐도 그렇구만. 그냥 이걸로 하세요."

나는 침묵하다가 물었다.

"얼만데요?"

"그냥 가져요."

강봉호는 그렇게 말하더니 내 얼굴을 길게 보았다. 나는 이번이야말로 고맙습니다,라고 해야 할 타이밍이라는 것을 알았지만 아무 말도 하지 않았다. 강봉호는 머쓱한 표정을 지으며 자신의 가게로 돌아갔다.

다음 날, 가게 문을 열자마자 강봉호가 다시 나타나 커피를 주문했다. 나는 그가 묻는 말에 건성으로 답했다.

"쉬는 날에는 뭐 해요?"

"쉬죠."

"아무 데도 안 가요?"

"네."

"종일 여기 있는 거예요?"

그가 다 안다는 듯이 덧붙였다.

"집에 안 가잖아요."

그는 묘한 미소를 지으며 내 얼굴을 빤히 보았다.

그가 떠난 뒤에 나는 접시 하나를 깨뜨렸다.

*

영하 20도의 한파가 들이닥친 날, 변일구가 나타나 커피를 사 가며 솔이 씨의 카페가 문을 닫게 되었다는 소식을 전해주었다.

"가게를 내놨더니 세 시간 만에 나갔다고 하던데."

"그렇게 빨리요?"

"그 자리를 원하는 사람이 있었대요. 플라워 숍이라던데."

나는 채영 씨가 운영하는 꽃집을 떠올렸다. 채영 씨에게도 경쟁 상대가 생겼다.

"이제 여기로 손님이 좀 올 거예요."

변일구는 기회가 왔으니 잡으라는 듯이 말했다.

당장 가게 문을 닫고 작은 숲으로 가서 어떻게 된 일인지 묻고 싶은 걸 꾹 참았다. 어떻게 되긴. 더 이상 버틸 수가 없는 거지. 나는 어려운 결정을 내린 솔이 씨가 내심 부러웠다. 이제 가게를 벗어나 어디로든 갈 수 있을 테니까.

저녁에 나를 찾아온 솔이 씨의 얼굴은 전혀 어둡지 않았고, 오히려 평소보다 밝고 기운도 넘쳐 보였다. 긴 마음고생 끝에 가게를 처분하면 나도 저런 모습일까. 막연한 미래를 상상해보고 있는데 솔이 씨가 내게 장사를 계속할 건지 조심스레 물었다.

"이번 달도 적자죠?"

"아마 그럴 거예요."

"차라리 가게를 처분하는 게 낫지 않아요?"

내가 아무런 대답도 하지 않자 솔이 씨가 연이어 물었다.

"장사가 참 쉽지 않죠?"

"정말 쉽지 않네요."

솔이 씨는 내 얼굴을 가만히 살피더니 말했다.

"가게에서 마음이 떠났어요?"

마음이 떠났다고 생각했지만 그럼에도 선뜻 입이 떨어지지 않았다. 마은의 가게가 듣고 있을 것 같아서였다. 장사를 시작한 뒤로는 가게가 마치 사람처럼 느껴졌다. 선뜻 버릴 수가 없는 존재였다. 가족처럼 나에게 은근한 죄책감을 심어주었다. 나는 그런 말을 하는 대신 고개를 저으며 엷게 웃었다. 아직은 더 해보고 싶다는 의지를 피력한 것인데, 그러고 나서야 내가 그런 마음을 먹고 있다는 걸 깨달았다.

나는 솔이 씨에게 앞으로 어떻게 할 건지 물었다. 아무래도 회사에 들어가겠거니 생각하면서. 월급 생활자가 되는 것이 셀프로 월급을 줘야 하는 사장의 삶보다 백 배 나으니까. 솔이 씨도 당연히 그렇게 생각할 줄 알았는데 뜻밖의 말이 돌아왔다.

"스탠딩 바를 해보려고요. 일본풍 안주만 파는. 서서 마시니까 회전율이 빠를 거예요."

"다시 장사를 한다고요?"

"남자 친구랑 동업이요."

"장사를 또 하겠다니 의외네요."

솔이 씨는 겸연쩍게 웃더니 말했다.

"아무리 생각해도 회사는 들어가고 싶지가 않아서요. 매일 같은 얼굴을 보는 건 너무 지겹잖아요. 장사를 하면 새로운 사람을 계속 만날 수 있으니까. 그런 점은 저한테 잘 맞더라고요."

"단지 그런 이유로 이렇게 힘든 일을 또다시?"

내 말에 솔이 씨는 웃기만 했다. 작은 숲이라는 카페는 벌써 잊은 것 같은 솔이 씨의 얼굴은 미래에 대한 확신과 부푼 기대감으로 활짝 피어 있었다.

"나는 장사가 좋아요. 망하면 망할수록 오기가 생기고."

"다음엔 반드시 성공하겠다는 결심 같은 거예요?"

"맞아요. 성공시켜야죠."

솔이 씨는 그렇게 말하며 자리에서 일어났다. 의자를 밀어 넣으며 솔이 씨는 다음에 다시 보자고 말하는 대신 그동안 고마웠다고 말했다. 내 존재가 많은 위안이 되었다고. 나 역시 그랬다고 말하다가 결국 눈물을 내비치고 말았다.

멀어지는 솔이 씨의 뒷모습을 보며 마은의 가게를 처음 열었던 순간을 떠올렸다. 어떤 손님들이 와줄까, 장사가 잘 될까, 설마 망하지는 않겠지, 내 눈엔 꽤 괜찮아 보이는데 다른 사람들도 그렇게 생각해주겠지, 그런 낙관적인 생각과 다짐이 매일같이 피어올랐는데. 가게를 오픈하기 전까진 매일. 오픈하고 나서도 한동안은. 그러나 손님이 점점 줄어들기 시작했고, 인근에 다른 카페가 줄줄이 문을 연 뒤론 매상이 급감했다. 솔이 씨도 그런 과거를 갖고 있을 텐데, 모두 기억하고 있을 게 분명한데 저렇게 웃으며 떠날 수 있는 건 무슨 이유일까. 나도 마은의 가게를 닫고 다른 곳으로 떠나 다시 장사할 생각을 하면…… 지금보다는 분명히 나을 것이라는 예감이 들었다. 근거도 없이.

성공을 예감하는 마음에 깃든 행복감은 여전히 크고 선명했다. 다시 장사를 한다면 이걸 바꿔야지. 그러면 사람들이 올 거야. 여기선 해보지 못했던 것들을 해봐야지. 다른 메뉴도 시도해야지. 아예 업종을 바꿔볼까. 스탠딩 바를 하겠다는 솔이 씨처럼 나도 다른 걸 해볼까. 그 밤엔 철없게도 그런 연둣빛 꿈을 꾸다가 잠들었다.

*

　동네 소식이 올라오는 인터넷 커뮤니티 게시판은 평소에
도 자주 보는 편이 아니었다. 내가 주의를 기울일 만한 소식
보다 주민들의 소소한 잡담이 더 자주 올라왔으니까. 재미
있는 드라마에 대한 의견을 나누거나, 함께 운동할 사람을
모집하거나, 늦게까지 안 자려고 하는 아이를 재우는 방법
을 묻거나, 층간 소음의 고통을 토로하는 글 사이에서 마은
의 가게에 대한 글을 읽게 되리라고는 전혀 예상하지 못했
다. 가정집 같은 분위기의 카페라는 첫 문장 아래로 이어지
는 글은 마은의 가게를 비하한 것이 아니라 냉정하게 평가
한 글이라고 볼 수도 있었지만, 나는 누가 무슨 목적으로 이
런 글을 썼는지 알고 싶었다. 나에게 상처를 주기 위한 것이
라면 그는 성공했다.

　―평소에도 손님이 별로 없는 것 같더라고요. 기대 없이
가보긴 했지만 이 정도일 줄이야. 원두가 오래됐는지 기름
이 둥둥 떠다니고, 머신도 저렴한 걸 쓰더라고요. 원두가 잘
갈리지 않으면 커피 맛이 연해지거든요. 입자가 크니까 물
이 충분히 흡수되지 않고 통과하는 거죠. 이런 카페를 차려
놓고 돈을 받다니 양심이 좀 없는 듯. 사장인지 알바생인지
모르겠지만 그리 친절하지도 않고 열심히 하겠다는 의지가

202

없어 보였어요. 저희가 나갈 때 인사도 안 하더라고요. 혹시 모르고 방문했다가 불쾌한 경험을 하실까 봐 글 올립니다.

그 아래에 달린 댓글이 있었다.

—저는 지나다니기만 하고 들어가본 적은 없는데 그런 곳이었다니. 정보 감사!

—커피 맛이 그렇게 별로인가요?

—여기 손님 별로 없어요. 딱 한 번 가봤음.

—있는지도 몰랐네요.

심장이 두근거리고 얼굴이 달아올랐다. 무슨 의도로 이런 글을 썼을까. 그동안 오래된 원두를 사용한 적이 한 번도 없었고, 손님이 떠날 때 인사를 하지 않은 적도 없었지만 이 글을 읽은 모두가 그렇게 믿는 것 같았다.

불시에 깊고 어두운 우물에 내던져진 것 같았다. 나를 우물 속에 던져 넣고서 그들은, 나의 이웃들은 나를 공개적으로 처형하고 있었다.

어떻게 해야 할까.

내일 당장 부동산에 가게를 내놓고 여길 떠날까.

그렇게 하면 내가 오래된 원두를 쓰고, 손님에게 불친절하게 대했다는 것을 인정하는 꼴이 될 것이다. 그러면 그렇지. 그러니까 망했지. 이 글의 작성자와 마은의 가게를 탐탁지 않게 생각했던 사람들에게 폐업은 타당하고 마땅한 일로 여겨질 것이다.

그게 당연한 일인가?

마은의 가게는 망해야 하는가?

망해도 싼가?

나에겐 전부인 이 가게가 누군가에겐 하찮고 볼품없는 것으로 치부되고 있었다. 그것은 나를 그런 존재로 치부하는 거나 다름없이 느껴졌다.

그래도 되는가?

그래도 된다. 우리는 누구나 자신의 의견을 자유롭게 말할 권리가 있으니까. 그걸 알았지만, 안다고 해서 고개가 끄덕여지진 않았다.

우리는 동등할 수 없는 걸까. 이웃이자 손님인 그들과 자영업자는 결코 동등해질 수 없는 걸까. 무조건 그들의 취향에 나를 맞추고 그들의 평가에 전전긍긍해야 할까. 자영업자니까, 서비스업이니까, 돈을 받았으니까?

너는 돈을 받았다. 그러므로 나는 욕할 자격이 있다.

나 역시 과거엔 그랬다. 자영업자가 아니었을 땐 쉽게 욕하고 비난했다. 그래도 되는 사람이라고 생각했다. 자영업자니까. 손님의 말을 귀담아들어야지. 망하는 가게는 망하는 이유가 있어. 왜 저렇게 무뚝뚝해. 왜 저렇게 불만 많은 얼굴이야. 장사하는 사람이 프로답지 못하네. 할 게 없어서 장사를 하니까 저렇게 되는 거야. 손님 귀한 줄을 모르고.

과거에 내가 했던 생각들이 부메랑이 되어 내게로 고스란히 돌아왔다.

돈을 낸다고 해서 모두가 손님인 것은 아니다. 그들 중엔 자신을 왕처럼 받들지 않으면 언제든 공개적으로 망신을 주고 짓밟으려는 마음을 품은 자들이 있다. 자신의 고급스러운 취향을 드러내기 위해 상대의 인생과 인격을 깎아내리려는 사람들이 있다.

하지만 그런 사람은 어딜 가나 있는걸.

손님이 돌아갈 때마다 큰 소리로 인사하고, 원두가 담긴 병을 모두가 볼 수 있는 자리로 옮기면서 내가 그 글을 강하게 의식하고 있다는 걸 깨달았다. 하지만 벗어날 수가 없었다. 인정하고 싶지 않아도 나는 나에게 악한 의도가 있는 손님에게 강하게 붙들려 있었다.

한파가 들이닥친 거리를 밤마다 걷고 또 걸었다. 가게에서 멀리 벗어났다가 다시 돌아올 때마다 나는 아주 조금씩 단단해졌고, 가게는 그런 나를 말없이 품어주었다. 우리는 볼품없는 서로의 존재를 점점 애틋하게 느끼고 있었다. 나는 가게의 마음을 알았고, 그건 나의 마음이 투영된 결과였지만 그래도 안다고 생각했다. 우리는 생각이 같고, 모양새도 같고, 무엇보다 마음이 같다고. 그렇게 마은의 가게와 함께 고통스러운 겨울을 천천히 지나 보냈다.

한계를 긋고 지우는 일

연달아 야근을 하는 우리의 모습은 익숙했다. 류 팀장은 모회사에서 요구한 자료를 작성하느라 신경이 곤두서 있었다. 우리 모두 그랬다. 모회사는 얼마 전 해외 투자사에서 거액의 투자금을 유치했는데, 그 뒤로 투자사가 달마다 요구하는 것들을 제출해야 했다. 주로 다음 달 예상 실적과 전달 실적 하락에 대한 상세한 보고였다. 모회사 입장에선 투자사의 눈치를 볼 수밖에 없었기에 모든 항목을 깐깐하게 점검했고, 매번 수정 보완을 요구했다. 류 팀장은 점점 새치가 많아졌고, 조현수 역시 특유의 긍정 에너지를 더 이상 발산하지 못했다.

우리는 회사 건물 1층에 있는 추어탕집에서 풀 죽은 얼굴로 저녁 식사를 하거나 감자탕집에 우거지상을 하고 들어가 뼈다귀해장국을 먹었다. 그런데 오늘따라 류 팀장은 우리의 의견을 묻지도 않고 중국집으로 가자고 말했다. 먹고 싶은 메뉴가 있는 것 같았다. 이 와중에도 입맛을 잃지 않는 류 팀장이 대단하다는 생각이 들었다. 나는 이제 밥도 먹기 싫었다. 머리가 지끈거려서 엎드려 자고만 싶었다.

류 팀장이 앞장서 들어간 중국집은 인근의 다른 중국집과 달리 인테리어가 화려했고, 그만큼 음식값이 비쌌다. 메뉴판을 펼친 류 팀장은 내게 먹고 싶은 걸 골라보라고 말했다. 나는 볶음밥을 골랐고, 조현수는 짬뽕을 선택했다. 조현수의 눈빛도 나만큼이나 풀려 있었다. 우리는 초점 없는 눈으로 허공을 바라보다 단무지가 나오자 식초를 살짝 부어놓고 단무지만 쳐다보았다. 식초에 절여지는 단무지가 나 같다는 생각이 들었다. 조현수의 표정을 보니 나 못지않게 우울한 생각을 하고 있는 것 같았다. 류 팀장은 메뉴판을 계속 붙들고 있었다.

"팀장님, 아직도 못 고르셨어요?"

"새로운 게 먹고 싶어서요."

조현수가 냉큼 물었다.

"깐풍새우는 어떠세요?"

"그보단 이거 어때요?"

류 팀장은 그렇게 말하며 가지튀김을 가리켰다. 회사 직원 누구도 먹어보지 않아 아직 하마평에 오르지 않은 신메뉴였다. 나와 조현수는 동의했고, 류 팀장은 곧바로 가지튀김을 주문했다. 조현수가 누군가와 채팅을 하다가 휴대폰을 내려놓더니 류 팀장에게 말했다.

"제 룸메도 지금 야근 중이래요."

"현수 씨 혼자 사는 거 아니었어요?"

"친구랑 같이 살아요."

"원룸에서 산다고 하지 않았어요?"

류 팀장의 물음에 조현수는 그렇다고 답하더니 연이어 말했다.

"친구도 하반기에 일이 연달아 터져서 계속 야근을 했는데, 오늘 상사한테서 승진시켜주겠다는 약속을 받아냈대요. 내년엔 연봉이 인상되고 직급도 올라간다고 자랑질이네요."

속이 빤히 보이는 말에 류 팀장은 침묵했고 숟가락과 젓가락의 위치를 반복해서 바꾸는 일에만 집중했다. 나는 조현수의 야망이 친구와 비좁은 집에서 살고 있는 현실에서 비롯된 게 아닐까 짐작했다. 대출을 받으면 집을 따로 얻을 수 있을 텐데 왜 친구와 원룸에 사는지 이해할 수 없었지만 내가 모르는 사정이 있는 것 같았다. 조현수가 내 속내를 읽은 것처럼 말했다.

"저희 아버지가 투병 중이신데, 제가 대출을 좀 많이 받았어요. 그래서 시중 은행 대출이 어려워요."

류 팀장은 아흠, 하더니 고개를 끄덕였다. 나는 물잔을 만지작거리며 조현수의 말을 듣기만 했다.

"저는 돈을 많이 벌어야 돼요. 그래서 야근이 없는 날은 음식 배달을 해요."

류 팀장은 또다시 아흠, 하며 고개를 작게 끄덕이기만 했다. 단무지만 뚫어지게 보는 나에게 조현수가 물었다.

"선배는 어떠세요?"

나는 뭐가 어떠냐는 표정으로 조현수를 보았다.

"사는 게 어떠시냐고요."

"그런 말을 술도 없이요?"

나는 웃으며 그렇게 말했지만 입이 저절로 열렸다. 이번 주 내내 야근을 했더니 술이 없어도 고해성사가 가능한 심정이 된 것 같았다.

"저는 원래 야근을 안 하는 사람이었는데 요즘 참 많이 했거든요. 사실 현수 씨 때문에 이러고 있는 거예요."

조현수는 큰 소리로 웃더니 갑자기 웃음을 뚝 그치고 말했다.

"저도 알아요."

"야근을 아예 안 할 수도 없고, 하면 우울해지고. 회사원이 원래 이런 건가 싶어요. 행복한 순간이 별로 없는데 혹시 승진을 하면 행복해질까…… 그래서 한번 해보려고요."

류 팀장은 말없이 고개를 끄덕였고 조현수는 단무지만 쳐다보았다. 나는 조현수에게 친구와 원룸에 더 살라고 말한 기분이 들었다. 그러나 조현수가 승진을 한다고 해도 은행 대출을 받지 못하면 연봉 인상만으로는 이사가 불가능할 것 같았다. 나라면 보증금을 낮춰 월셋집을 구하겠지만 조현수의 상황은 여러모로 녹록지 않은 것 같았다. 류 팀장이 말했다.

"보영 씨 말이 맞아요. 나도 회사 생활을 오래했지만 행복했던 적은 거의 없어요. 승진했을 때를 제외하곤. 승진하면 기쁨이 보름 정도는 갔던 것 같은데?"

"고작 보름이요? 그 뒤엔요?"

"다시 일에 파묻히는 거죠. 그러다가 또 승진하면 기쁘고. 그렇게 점점 위로 올라가는 거죠."

"팀장이 될 때까지요?"

조현수의 말에 류 팀장은 대답 없이 단무지만 쳐다보았다. 만일 단무지가 없다면 우리는 무얼 봤을까. 서로의 얼굴은 보기 싫고, 바깥을 걸어 다니는 타 회사 사람들은 우리처럼 파김치가 된 상태라서 보기 싫고, 벽에 걸린 주방장의 사진은 지나친 야심이 느껴져서 보기 싫은데.

회사 규모를 봤을 때 류 팀장은 은퇴할 때까지 재경팀장으로 머물 가능성이 컸다. 스스로 그만두지 않는 한 류 팀장은 부장으로 승진해서도 여전히 재경팀 업무를 총괄할 것이고, 그가 은퇴하면 후계자는 나와 조현수 중 그때까지 회사에 남아 있는 사람이 될 것이다. 류 팀장은 그런 말을 우리에게 천천히 했고, 말미에 내 얼굴을 보았다.

"솔직히 말하면 나는 보영 씨가 이 회사에 끝까지 남아 있을 사람 같아요."

조현수는 더 좋은 회사로 옮길 계획이라도 있는 것인지 반박하지 않았다. 나는 류 팀장의 말에 의구심을 품었다.

"팀장님은 정말로 여자가 재경팀장이 될 수 있다고 생각하세요?"

내 질문을 조현수가 받았다.

"제가 여자 사람 친구가 많은데 다들 정말 열심히 살거든요. 이젠 가능하지 않을까요?"

생각에 잠겨 있던 류 팀장은 조용히 고개를 젓더니 말했다.

"우리 회사에선 여자 재경팀장이 나올 수 있어요. 내가 이끌어줄 거니까. 하지만 다른 회사도 그럴지는 모르겠어요. 자주 상대해야 하는 회계사가 대부분 남자인데, 그 사람들은 남자랑 일하는 걸 더 선호하는 것 같아서요."

그 말은 마음에 불편한 찌꺼기를 남겼다. 내가 아무런 대꾸도 하지 않자 조현수가 말했다.

"명예 남성? 그런 여자가 되면 괜찮지 않을까요?"

조현수는 그렇게 말하며 혼자 웃더니 나를 돌아보았다. 명예 남성이라니. 나는 그렇게 살 생각이 없는데. 만일 내가 팀장이 된다면 내 방식대로 업무를 처리하고 거래처 사람들을 대할 생각이었다.

탁자 위에 볶음밥과 짬뽕이 놓였다. 나와 조현수는 수저를 들지 않고 가지튀김이 나오길 기다렸다. 류 팀장이 먼저 들라고 말했다. 그러자 조현수가 직원에게 앞접시를 요청하더니 자신의 짬뽕에서 면발을 덜고 해물을 종류별로 정갈하게 올려서 류 팀장에게 건넸다. 류 팀장은 입으론 사양하면서도 손으론 접시를 받아 들었다. 볶음밥을 나눠 먹고 싶지 않은 나는 잠자코 있었다. 우리는 대화 없이 음식을 먹기만 했다. 잠시 후 직원이 가지튀김을 들고 왔다. 탁자 한가운데 놓인 그것은 예상 외로 덜 먹음직스러워 보였다.

"이게 가지튀김인가요?"

조현수의 물음에 류 팀장이 고개를 갸웃거렸다.

"그렇겠죠. 그걸 시켰으니까요."

류 팀장은 우리에게 가지튀김을 하나씩 집어 들라고 말했다. 주먹 모양처럼 투박한 튀김을 호호 불면서 한입 베어 먹었다. 튀김옷 속에 가지와 돼지고기가 뭉쳐져 있었고, 간이 안 맞고 느끼했다. 그럼에도 다들 아무런 불평 없이 가지튀김을 먹었다. 기분 전환을 위해 가지튀김을 주문했을 류 팀장의 얼굴은 눅눅해진 튀김처럼 축 처지더니 낯빛도 점점 어두워졌다.

"이건 가지튀김이 아닌데. 선배도 그렇게 생각하죠?"

"가지튀김이 아니죠, 이건."

류 팀장은 나와 조현수의 대화를 가만히 듣고 있다가 말했다.

"자기만의 가지튀김을 만들려다 실패한 게 아닐까요. 새로운 것과 익숙한 것 사이에서 줄타기를 잘해야 장사에 성공할 수 있을 텐데요."

"팀장님은 장사해보셨어요?"

"아내가 예전에 카페를 했었는데, 장사는 목숨 걸고 해야 하는 일이라고 하던데요. 회사원은 목숨까진 안 걸어도 되는데."

그 말에 우리는 싱겁게 웃었다. 맞아, 목숨까진 걸지 않지. 나는 그런 생각을 하다가 마은의 가게를 떠올렸고 이내 마음이 묵직하게 내려앉았다.

지하철역을 빠져나와 집으로 곧장 가지 않고 동네를 하릴없이 걸었다. 마은의 가게가 닫혀 있을 시각이었기에 굳이 그쪽 길을 피하지 않았는데 예상과 달리 가게 문이 열려 있었다. 그 앞에서 마은 언니와 맞닥뜨렸다.

"퇴근하는 길이에요?"

언니가 반갑게 말을 걸어왔다. 나는 한동안 언니를 피했기에 당황한 표정을 감출 수가 없었다.

"산책하는 중이었어요."

"같이할까요?"

언니는 간판을 안으로 들이더니 홀 전등은 켜두고서 문을 잠갔다. 우리는 한강공원 방향으로 함께 걸었다. 사실 산책하기에 적당한 날씨가 아니었다. 아직 영하권의 기온이 지속되었고 곳곳에 녹지 않은 눈 더미가 쌓여 있었다.

"안 추우세요?"

나는 마은 언니의 가벼운 옷차림을 보며 물었다. 두꺼운 카디건을 입고 목도리를 둘렀지만 외투는 입지 않은 상태였다. 언니는 코를 훌쩍이면서도 괜찮다고 답했다. 종일 가게에만 있어서 오히려 상쾌하고 좋다면서. 그 말을 곧이곧대로 들어야 하는지 고민하고 있을 때 언니가 내게 춥냐고 물었다. 나는 그렇다고 답했다.

"따뜻한 차 마실래요?"

언니는 내 대답을 듣기도 전에 프랜차이즈 카페로 걸음을 옮겼다. 나는 눈을 동그랗게 떴다. 그곳은 늦게까지 영업하는 저렴한 카페였고, 언니의 경쟁 상대일 수밖에 없었다. 그러나 언니는 심상한 표정으로 테이크아웃 창구로 걸어가더니 키오스크를 꾹꾹 누르며 내게 무얼 마실 건지 물었다. 나는 캐모마일을 골랐다. 언니는 페퍼민트를 선택한 뒤에 손에 쥐고 있던 휴대폰으로 재빨리 계산을 마쳤다. 나는 머쓱한 표정으로 곁에 서 있었다. 언니의 시선은 카페 안에 앉아 있는 손님들로 향하더니 다시 키오스크로 돌아왔다.

"이걸로 주문하면 더 편하죠?"

나는 어떻게 대답해야 하나 망설이다가 그렇게 느끼는 사람도 있을 거라고 답했다.

"늦은 시간인데 여긴 사람이 많네요. 저도 차라리 이런 가게를 할 걸 그랬나 봐요."

"창업 비용이 많이 들지 않을까요?"

"하긴. 하고 싶어도 못 하는구나."

언니는 목도리를 코끝까지 올리더니 거리를 오가는 사람들을 계속 살폈다. 그들의 손에 커피가 들려 있는지 아닌지 보는 것도 같았고, 마은의 가게 단골인지 아닌지 확인하는 것도 같았다. 어쩌면 주민들의 얼굴을 자세히 보는 습관이 있을 뿐인지도 모른다. 언니의 마음을 짐작해보려다 류팀장의 말을 떠올렸다. 장사는 목숨을 걸고 해야 하는 일이라는 말. 정적을 깨기 위해 그 말을 해주었더니, 언니는 웃지 않고 진지한 표정으로 고개를 끄덕이며 정답이라고 말했다.

"가게를 열기 전에도 알았어요?"

"몰랐죠. 알았으면 안 했죠."

언니는 그렇게 말하며 웃었다. 음료가 나오자 우리는 각자 자기 것을 들고서 한강공원 방향으로 걸었다. 나는 언니가 나에게 할 말이 있다는 생각이 들어서 차를 한 모금씩 마시며 언니의 눈치를 살폈다. 분명히 주호에 대한 말일 것이다. 그 뒤로 주호와 연락이 되지 않았고, 나는 이제 그를 잊고 싶었다. 오랜 기간 만났지만 이렇게 되기 전부터 이미 헤어짐을 예상하고 있었고, 주호의 결백을 완전히 믿어주기가 어려웠다. 없었던 일로 치부하고 지나가더라도 끝내 의심이 사라지지 않을 것 같았다. 주호를 믿으려고 할 때마다 휴대폰 화면으로 마은의 가게를 훔쳐보는 주호의 모습이 떠올랐고, 상상의 끝은 주호가 범죄를 실토하는 장면으로 이어졌다. 나는 아직도 불법 촬영 카메라에 관한 기사를 볼 때마다 심장이 두근거리고 가슴이 조였다.

따뜻한 컵을 두 손으로 감싸 쥐고서 천천히 걷던 언니가 말했다.

"보영 씨는 나한테 선뜻 언니라고 하니까 신기해요."

"사장님이라고 부르면 너무 딱딱해서요."

"내가 사장 같지가 않죠?"

나는 허를 찔려서 아무런 대꾸도 하지 못했다. 은연중에 그렇게 느끼고 있었는지도 모른다. 알바생에 더 가까운 비주얼이라서 사장이라는 말이 좀처럼 나오지 않는다고. 하지만 그런 이유만으로 언니라고 부르는 건 아니었다. 무엇보다 나는 아무에게나 선뜻 언니라고 하지 않았다.

"앞으로 자주 놀러 와요. 음료는 마시지 않아도 되니까."

"그럴 수는 없죠."

나는 완고한 어조로 말했다. 장사하는 집인데 그냥 머물

수는 없다고. 그런 손님은 진상이나 다를 바 없지. 그러나
언니는 나를 돌아보더니, 종일 손님이 없는 날은 그냥 놀러
만 와도 정말 기쁘다고 말했다.

"손님이 한 명도 없었던 날도 있어요?"

"딱 하루 있었어요. 그날 간판을 들이면서 영업을 시작하
지도 않았는데 끝내는 기분이 들더라고요."

"그런 날 제가 갔어야 하는데."

"괜찮아요. 보영 씨도 자기 삶이 있잖아요. 가게 앞을 지
나가는 사람 모두 각자 고민이 있고, 일이 있고, 만나야 할
사람이 있고, 가고 싶은 장소가 있을 거잖아요. 그렇게 생각
하면 장사가 잘되지 않아도 납득은 가요."

과연 정말로 납득이 가는 것인지 알 수는 없었지만, 어쩐
지 자기 위안을 얻기 위한 논리 같기도 했지만 나는 가만히
고개를 끄덕였다. 한강공원으로 들어서자마자 바람이 더욱
세차게 불어왔다. 이런 날씨에 한강변을 걷는 사람은 우리
뿐인 것 같았다. 그러나 언니는 돌아가자는 말이 없었다. 우
리는 손에 쥔 따뜻한 음료를 마시며 걸었다.

"그 사람은 어떻게 됐어요?"

나는 대답을 망설였다.

"헤어졌어요?"

"……네."

마은 언니는 한동안 아무런 말이 없다가 천천히 입을 열

었다.

"실은 가게가 내 집이에요."

나는 놀란 표정을 지었고, 뒤늦게 그런 표정을 짓는 것이
실례일 수도 있다는 생각이 들어서 고개를 숙였다.

"텐트에서 자요. 바닥에 보일러 시공이 되어 있어서 겨울
도 잘 나고 있고요. 가게에서 잔다는 걸 알리고 싶지 않아서
거짓말했어요."

"……영상을 봤는지 안 봤는지 끝까지 물어볼 걸 그랬네요."

"그래도 달라지는 건 없었을 거예요."

"……제가 어떻게 해야 될까요?"

우리는 걸음을 멈추고 서로를 마주 보았다. 사이로 지나
가는 혹한의 바람이 우리의 대화를 더욱 얼어붙게 만드는
것 같았다. 가는 눈발마저 날리기 시작했다.

"보영 씨, 이 일 때문에 누군가를 믿지 못하게 되진 않았
으면 좋겠어요. 미리 의심하지 말고, 겁먹지도 말고요."

"의심하지 않는 건 어려워요."

이미 상처가 되었으니까. 이 일로 민감해진 어떤 감각이
있으니까.

"스스로 한계를 정하지만 마요. 당연히 이런 일을 당할
것이다, 그런 한계요."

"여자라서."

"맞아요. 여자라서 당할 것이다, 그런 마음이요."

"불필요한 마음일까요?"

"선험적으로 품고 살아가는 건 하지 마요. 경험하지 않았는데 이미 경험한 것처럼 살지는 말라고요."

"그런 게 집단 무의식 아니에요?"

"글쎄요."

"집단 무의식이 우리를 살릴 때도 있지 않아요?"

"무의식과 경험을 분리해봐요."

"언니는 그게 돼요?"

"우리는 경험을 하며 살아가지, 무의식이 현실로 드러나길 바라며 살아가진 않잖아요."

"저도 그런 걸 바라진 않아요. 그래도 우리를 지켜줄 때가 있잖아요."

"움츠러들게 할 때도 분명히 있고요."

우리의 대화는 잠시 멈추었다. 이윽고 언니가 말했다. 원래 어떤 일이든 양가적인 요소 사이에서 균형을 잡고 살아가야 하는 거라고. 그 말을 힘겹게 한 단어씩 천천히 내뱉었다.

"언니는 그렇게 하고 있어요?"

"노력하고 있어요. 매일매일."

우리는 칠엽수가 심긴 구역 앞에서 걸음을 멈췄다. 그 너머는 가로등 빛이 닿지 않아 어두웠다. 언니가 먼저 걸음을 돌렸고 우리는 왔던 길을 되돌아 걷기 시작했다. 나는 코트

깃을 올렸고, 언니는 코를 훌쩍였다. 우리는 마은의 가게 앞에서 헤어졌다. 골목을 걷다가 뒤돌아보니 언니가 가게 불을 끄고 전면 창에 커튼을 내리고 있었다. 마은의 가게가 마은의 집으로 변신하는 중이었다.

집으로 걸어가며 언니가 했던 말을 떠올렸다. 내가 집단 무의식을 받아들이거나 피해를 상상하는 것이 나의 안전에 도움이 될 수도 있는데, 그걸 나쁘게 생각해야 할까. 긴 고민 끝에 나는 한계를 먼저 긋지 말라는 마은 언니의 말을 다시 떠올렸다. 한계를 먼저 긋지 않는 게 우리의 유일한 임무인 것처럼 말하던 표정을.

언니 역시 나처럼 혼란스러울 텐데 어떻게든 꿋꿋하게 살아가는 모습을 보여주려는 게 아닐까. 하지만 그 말은 일견 맞다. 내가 나의 한계를 그었다면, 우리를 무릎 꿇게 했던 수많은 선례를 따랐다면 뭐 하러 열심히 일을 하고 꿈을 꿀까. 나는 우리에게 뜻밖의 공통점이 있다는 걸 깨달았다. 하는 일은 달라도 노동을 하는 우리의 마음엔 비슷한 그늘이 드리워져 있었다.

*

나는 작은 고무보트를 타고 강물 위를 흘러가고 있었다. 꿈이라는 걸 알았지만 기분이 좋았고 편안했다. 그러다 강물에 둥둥 떠내려가는 작은 나무 상자를 발견하고서 그것을 건져냈다. 상자를 열어보니 돌을 깎아 만든 도장이 들어 있었다. 한자로 씌어져 있는 이름은 나의 이름이 아니었다. 누구의 이름일까. 이름이긴 할까. 어쩐지 주문 같기도 했다. 짧지만 무거운 힘이 실린 주술적인 기도문인지도 몰랐다.

아침에 눈을 떴을 때, 나는 포털 사이트에 접속해 오늘의 띠별 운세를 확인했다. 이것 또한 집단 무의식일지도 모른다는 생각을 얼핏 하면서. 운세가 간략한 한 줄로 씌어져 있었다.

─굳건한 믿음이 미래를 이끌고 온다.

마은

그리하여 오래오래

이모와 함께 열차를 타고 서울을 떠났다. 벚꽃이 만개했다가 소리 없이 지고 가뭄을 해소하는 비가 한두 차례 크게 내린 뒤였다.

손님을 배웅하던 지화 씨는 뒤늦게 우리를 발견했다. 지화 씨의 얼굴에 반가운 미소가 번졌다. 가게 출입문 위에 달린 연두색 차양이 새것처럼 깨끗해 보여서 차양을 새로 달았는지 물었더니, 얼마 전에 출근해보니 찢어져 있더라는 대답이 돌아왔다. 이모와 나는 서로의 얼굴을 쳐다보았다. 이유를 추측해봤지만 누군가 날카로운 물체를 들고 일부러 찢었을 거라는 결론밖에 나오지 않았다. 이모 역시 비슷한 생각을 했는지 허리에 손을 얹고 가게 앞에 서서 괜히 오가는 사람들을 노려보았다. 지화 씨가 이모의 팔을 잡아 끌었다.

"너는 왜 남의 동네 와서 인상을 쓰고 그래."

"내가 이렇게 해야 사람들이 겁을 좀 먹지."

"반찬 사러 오는 사람들한테 왜 겁을 주냐."

"차양 찢은 놈 말이야."

지화 씨는 그 말을 들은 척도 않더니 이모의 등을 두 손으로 쓸어내리며 말했다.

"살쪘네."

"빠졌어."

"쪘어."

"빠졌대도."

이모는 눈을 흘기며 가게 안으로 들어가 구석에 놓여 있는 세발의자에 앉았다. 나도 이모 옆에 앉았다. 지화 씨는 반찬 냉장고 안에 진열되어 있는 반찬을 가리키며 집에 갈 때 가져가라고 말했다. 이모는 손을 내저었지만 나는 고개를 끄덕였다. 이모가 가게 문은 언제 닫을 거냐고 닦달하듯 물었다.

"10시."

"왜 그렇게 늦게 닫아?"

"늦게 오는 손님이 한 명씩 있어."

"열 명도 아니고 한 명이면 그냥 일찍 닫아."

"그러면 그 사람이 얼마나 실망하겠냐."

이모는 툴툴거리더니 의자에서 일어나 오늘은 가게 문을 일찍 닫으라고 계속 재촉했다. 나도 의자에서 일어나 오늘 같은 날 설마 10시까지 문을 열어놓을 생각이냐면서 서운한 티를 냈다. 지화 씨는 저항 없이 순순히 앞치마를 벗었고, 반찬 냉장고에 있는 반찬을 죄다 걷어서 안쪽 어딘가로 들고 가더니 홀 전등을 껐다. 우리는 가게 밖으로 먼저 나갔고, 이모는 또다시 지나가는 사람들을 쏘아보았다.

"차양을 누가 찢었을까?"

이모의 물음에 나는 일부러 그런 건 아닐 거라고, 엄마가 남의 미움을 살 만한 사람도 아닌데 누가 고의로 그런 짓을 했겠느냐고 말했다. 가게 밖으로 나온 지화 씨는 열쇠로 가게 문을 잠그더니 새로 설치한 연두색 차양을 올려다보았다.

"언니, 범인 안 잡아도 돼?"

"누군지 알아."

지화 씨는 뜻밖에도 그렇게 말했다.

"누군데?"

"누가 그랬는데?"

이모와 내가 연달아 물어도 지화 씨는 입을 굳게 다물었다.

지화 씨가 우릴 데려간 곳은 해물 요리를 파는 실내포차였다. 우리가 자리에 앉자마자 지화 씨와 동년배로 보이는 아주머니가 삶은 메추리알과 길게 썬 오이를 가져다주었다. 지화 씨는 아주머니에게 우리를 소개했다. 아주머니는 이모를 잠깐 보다가 나를 길게 보더니 활짝 웃었다. 이모는 어느새 냉장고에서 가져온 소주의 뚜껑을 열면서 잔을 찾아다녔다. 지화 씨가 이모를 흘겨보더니 너는 왜 빈속에 술부터 마시느냐고 타박했다. 이모는 들은 척도 안 했고, 지화 씨가 가져다준 잔에 소주를 따라서 한 번에 마셨다.

지화 씨가 껍데기를 깐 메추리알을 이모에게 건넸다. 이모는 그걸 받아먹더니 오이를 초장에 찍어서 지화 씨에게 건넸다. 지화 씨가 오이를 씹어 먹으며 나에게 잔소리를 했다. 밥은 잘 챙겨 먹고 있는지, 해마다 건강검진은 받고 있는지. 나는 걱정하지 말라고 답하면서 이모와 지화 씨가 자연스럽게 서로를 챙기는 걸 지켜보았다. 이모가 코를 훌쩍이면 지화 씨가 냅킨을 뽑아서 건넸고, 지화 씨가 숄더백을 의자 위로 옮겨놓으면 이모가 바닥으로 떨어지지 않게 가운데로 밀어놓았다. 이모가 겉옷을 벗자 지화 씨는 왜 계절에 맞지 않는 두꺼운 옷을 입고 다니는 거냐고 타박했고, 지화 씨가 머리를 손빗질하면 이모가 새치 염색은 언제 한 거냐고 물으면서 정수리를 유심히 쳐다보았다. 나는 오랫동안 떨어져 산 두 사람이 마치 어제까지 한방을 쓴 자매처럼 행동하는 것을 지켜보았다.

잠시 후 아주머니가 커다란 접시를 들고 주방에서 나오더니 도다리회를 우리 앞에 놓고 갔다. 아주머니는 감자전 부쳐줄까 부추전 부쳐줄까, 물었고 이모가 감자전 주세요, 하고 말하자 감자전은 귀찮으니까 그냥 부추전을 먹으라고 했다. 이모가 왜 물은 거냐고 대꾸했다.

"부추전은 우리 가게에서 팔아. 언니, 그냥 감자전 줘."

지화 씨의 말에 아주머니는 너 부추전 파는 거 나도 알지, 근데 내가 귀찮아서 그래,라고 말하더니 오늘따라 만사가 귀찮고 눈도 잘 안 떠진다고 했다. 그러자 지화 씨가 되받아쳤다.

"회는 어떻게 뜬 거야. 눈도 안 떠진다면서."

그건 눈 감고도 한다며 아주머니는 다시 주방으로 들어갔다.

"미단 언니는 안 불러?"

이모의 말에 지화 씨는 미단 아줌마에게 전화를 걸었다. 짧은 통화를 마치더니 조금 이따가 온대, 하고 말했다.

지화 씨는 도다리회를 깻잎에 싸서 먹으며 내게 장사는 좀 되느냐고 물었다. 나는 입에 풀칠은 한다고 거짓말했다. 안정적인 미래는 꿈도 꿀 수가 없고 당장 내일부터 어떻게 해야 할지 앞이 깜깜한 상태였지만. 서울로 돌아가면 장사를 계속할지 말지 결정을 내려야 했다. 계속할 기라면 변화가 필요했다. 누구나 알 수 있는 확실한 변화가. 그게 뭘까.

나는 도다리회를 젓가락으로 꾹꾹 찌르며 고심했다. 이모가 내 젓가락을 자기 젓가락으로 쳐냈다. 먹는 걸로 장난치지 말라는 의미였다. 나는 젓가락을 내려놓고 한 손으로 턱을 괸 채로 벽면에 붙은 메뉴판을 올려다보았다. 온갖 해산물과 술집에서 판매할 법한 거의 모든 안주가 있었다. 이걸 혼자서 다 하신단 말이지. 대단하다는 생각이 절로 들었다. 나는 커피랑 빵만 팔아도 힘든데.

이모와 지화 씨가 잔을 주거니 받거니 하면서 서로의 생활을 자세히 물었다. 혼자 사니까, 둘 다 그 말을 정말 많이 했다. 그러고 보니 우리 셋 다 혼자 살았다. 누구 하나 함께 살려고 하지 않았다. 지화 씨는 안 좋은 기억이 많은 서울을 싫어해서 새로운 곳에 자리를 잡았고, 나는 언제부턴가 서울을 벗어나선 살 자신이 없는 사람이 되어버렸고, 이모는 오래전부터 인천을 자신의 터전으로 생각했다. 그런 우리가 과연 어디에 모여 살 수 있을까. 그 전에, 우리가 한 집에서 사는 게 가능할까. 지화 씨와 이모는 서로의 마음을 잘 아는 자매였지만 바로 그런 이유로 함께 살지 않았다. 서로의 생각이 다르다는 것 역시 잘 알았으니까. 마음과 생각은 다른 것이고, 마음은 서로에게 기울어도 생각은 반대편으로 멀어질 수가 있다. 나와 이모 역시 다른 이모와 조카에 비하면 가까운 사이였지만 함께 살면 자주 다툴 게 빤했다. 이모는 나를 답답해하고, 나는 이모가 거친 사람이라고 생각할 것이다. 지화 씨와 나는 떨어져 살 때 서로에 대한 애틋한 마음이 커진다는 걸 알았다. 이런 관계라는 건, 그다지 좋은 사이라고 볼 수가 없는지도. 그러나 무조건 함께 살아야 좋은 사이라고 할 수도 없지. 어쩔 수 없는 마음으로 함께 사는 것은 좋지 않은 감정도 이끌고 온다. 우리는 각자의 삶이 있고, 무엇보다 그 삶 속에서 만난 동료나 친구가 있다. 이모는 친구가 없지만 동료는 많았고 그런 이모를 붙잡고 하소연하는 사람도 많았다. 이모의 시원시원한 성격을 필요로 하는 사람들이. 하지만 이모는 오지랖이 넓긴 해도 적당히 선을 그을 줄 알았다. 상대가 지나치게 의존한다 싶으면 주저 없이 밀어냈다. 나는 그런 이모에게서 가끔은 정이 뚝 떨어질 정도로 냉담함을 느낄 때가 있었지만 바로 그런 점 때문에 우리가 자주 볼 수 있다는 것도 알았다. 서로에게 의존하는 관계가 아니라 적당히 선을 긋되 필요할 땐 확실히 돕는 관계. 그리고 다시 물러서서 자신의 삶 속으로 기꺼이 돌아가는 관계. 우리는 자기 원의 한쪽 끝이 상대의 원과 겹쳐지는 지점을 매일 바라보면서 오롯이 남아 있는 나머지 원 안에서만 살아간다. 나도 알고 이모도 알고 지화 씨도 아는 사실. 이런 가족도 있다.

주방에서 나온 아주머니가 맞은편 자리에 앉더니 한숨을 내쉬었다. 손목에 파스가 붙어 있었다. 아주머니는 나를 돌아보더니 은은한 미소를 지었다.

"이름이 뭐였더라."

"공마은이요."

아주머니는 마은이, 하고 말하더니 장사 안 힘드냐고 물었다. 나는 지화 씨가 나에 대해 어떤 이야기를 했을까 궁금했는데 아주머니가 대뜸 말했다.

"니 개업할 때 떡도 안 돌렸다며."

나는 웃음이 터졌다. 아주머니는 의자에서 일어나더니 미닫이 출입문을 조금 열어놓으며 블랙리스트가 오는지 봐야 한다고 말했다. 나는 블랙리스트가 뭐냐고 물었고, 아주머니는 장사를 한다면서 그것도 왜 모르느냐고 물었다. 진상을 뜻하는 말이라는 걸.

"거기도 있지? 여자 혼자 장사한다는 게 쉽지 않은 일이야. 근데 나는 이런 말 정말 하기 싫어. 여자든 남자든 장사는 다 힘들거든. 그래도…… 여자라서 당하는 일이 있지. 혼자 있으면 괜히 도와주겠다고 접근하는 놈이 있어. 그런 놈을 제일 조심해야 돼."

파스를 붙인 손목을 만지작거리던 아주머니가 지화 씨를 돌아보며 말했다.

"내가 얘기해줬나? 노래방 하는 친구."

"아니. 안 했어."

"내 친구가 노래방을 하는데, 시설이 오래되고 손님이 너무 없으니까 새로 공사를 하려고 마음먹은 거야. 업자를 불러서 견적을 내달라고 했더니 공사비가 엄청 나오더래. 그래서 걔가 장사를 접는 게 나은가, 빚을 내서 더 해보는 게 나은가 고민했는데 그 업자가 이상한 제안을 한 거야."

거기까지만 말하고 아주머니는 입을 다물었지만 지화 씨와 이모는 인상을 찡그리며 탄식을 내뱉었다. 어떤 이야기가 이이질지 예상하기 어려웠지만 두 사람은 이미 아는 것 같았다.

"공사비를 많이 깎아주겠다. 돈이 없으면 조금만 받고 해주겠다. 그 대신 나를 만나달라."

"만나달라고요?"

내 말에 아주머니는 눈을 감았다 뜨더니 말했다.

"몸을 달라는 의미지."

나는 뜻밖의 말에 놀라서 손에 들고 있던 상추를 내려놓았다.

"그래서 걔가 고민을 엄청나게 했어. 가게 인테리어는 후지지, 손님은 안 오지, 돈은 없지. 결국엔 해달라는 대로 해줬대. 걔가 그 얘기를 몇 년이 지나고 나서야 나한테 처음으로 했어. 가족한테 죄를 지은 거 같아서 너무 미안하다고."

지화 씨가 한숨을 내쉬고 잔을 비웠다. 아주머니는 파스 붙인 손목을 만지작거리다 의자에서 일어나더니 출입문을 활짝 열고 거리 이쪽저쪽을 살폈다. 다시 문을 닫고 돌아서는 아주머니의 얼굴은 조금 전에 무슨 이야기를 했는지 완전히 잊은 것처럼 그늘이 걷혀 있었다. 아주머니는 리모컨을 집어 들고서 선반 위쪽에 있는 티브이를 켰다. 그리고 트로트 가수가 나오는 채널을 틀어놓고 콧노래를 부르며 주방으로 들어가 냉장고 문을 여닫았다. 나는 갑작스러운 분위기 전환에 놀랐다. 그렇게 심각한 이야기를 해놓고 금세 잊는다는 게 신기했다. 엄마와 이모도 별다른 말을 덧붙이지 않았다. 설마 종종 일어나는 일인 건가? 나는 속으로만 생각하고 묻진 못했다. 그런 제안을 듣고도 화를 내는 대신 원하는 대로 해주고 공사비를 절감한 아주머니의 선택에 대해선 어떤 말들을 할까. 다수는 일종의 거래라고 말할 것이다. 자발적 거래. 그러나 그걸 자발적이라고 볼 수가 있을까.

티브이 속 트로트 가수를 멍하니 보던 이모가 지화 씨에게 차양을 찢은 사람이 누구냐고 물었다.

"그거…… 위층에 사는 여자야."

"왜 그런 짓을 해?"

내 말에 지화 씨는 고개를 저으며 인상을 찌푸렸다.

"차양에서 소리가 난대. 밤에 자려고 누우면 끼익끼익 소리가 계속 난대. 나는 아무 소리도 안 들리는데 계속 항의를 하더니 며칠 뒤에 보니까 차양이 찢겨 있더라고."

"증거는 있어?"

"없지."

"심증만 있는 거네."

"그 여자 맞아."

"물어봤어?"

"아니."

지화 씨는 틈을 두었다가 말했다.

"보란 듯이 새로 달았지."

지화 씨는 지화 씨만의 전쟁을 치르는 중이었다. 나는 웬만하면 이웃과 사이좋게 지내라고 말하려다가 삼켰다. 나역시 모든 이웃과 사이가 좋았던 건 아니었다.

출입문이 열리더니 할아버지들이 우르르 몰려 들어왔다. 아주머니가 그들에게 오이와 당근 스틱을 가져다주었다. 메추리알은 없었다. 그건 우리에게만 준 것 같았다. 나는 할아버지들이 우리 탁자에서 메추리알 껍데기를 발견하고 아주머니에게 항의할까 봐서 얼른 껍데기를 손바닥으로 쓸어 모아 쓰레기통에 버렸다. 의외로 손님들의 시선이 아주 예리하다는 걸 장사를 시작하면서 알게 되었고, 나는 내 가게도 아닌 남의 가게에서까지 손님들의 눈치를 살피곤 했다.

소주 한 병과 맥주 한 병을 나눠 마셨을 때 미단 아줌마가 나타났다. 아줌마는 진한 화장품 냄새를 풍기며 가게 안으로 들어오더니 울산까지 와서 왜 술집에 처박혀 있느냐며 우리를 밖으로 데리고 나갔다.

미단 아줌마의 차를 타고 향한 곳은 대왕암공원이었다. 지화 씨가 울산을 인상적인 도시로 생각했던 이유 중 하나인 왕비의 수중릉이 있는 공원으로 차가 들어섰다. 물론 전설로 전해져 내려오는 이야기였지만 그런 전설이 없는 곳에 비하면 한층 신비롭게 느껴졌다. 지화 씨는 차에서 내리자마자 숨을 깊게 들이쉬더니 여긴 공기가 다르다고 말했다. 자주 오느냐고 묻자 가끔 일출을 보러 온다고 했다. 미단 아줌마의 차를 타고서.

"아줌마도 그렇게 일찍 일어나?"

"아니. 내가 커피 사 준다고 깨우지."

커피를 사 주겠다며 일출을 보러 가자고 깨우는 친구가 있다면 나는 조용히 전화를 끊고 다시 이불 속으로 들어갈 것 같은데, 미단 아줌마는 순순히 차를 끌고 나오는 모양이었다. 나는 지화 씨가 나보다 재미있게 사는 것 같아서 내심 놀랐다. 매일 새벽 주방에서 고단한 표정으로 반찬을 만드는 모습을 상상했는데, 의외로 지화 씨는 좋아하는 공원에서 일출을 보고 미단 아줌마와 놀러도 다니는 눈치였다. 통화할 때마다 지화 씨의 목소리가 슬프게 느껴졌던 게 실은 내 마음에서 기인한 것일 수도 있었겠다고 생각하니 지화 씨보다 나를 더 걱정해야 할 것 같았다.

우리는 소나무가 빼곡한 공원을 천천히 걸었다. 갈림길에서 표지판이 나왔고, 나는 포구 방향을 돌아보았다. 그곳에서 마지막으로 만났던 사람, 재후가 떠올랐다. 재후와 헤어졌던 곳이 여기라는 걸 지화 씨와 이모는 몰랐다. 그 후에 재후가 실종되었고, 아직까지 아무런 소식을 모른다는 것도.

대왕암에 도착하자마자 거센 바람이 불어닥쳤다. 지화 씨의 가느다란 머리칼이 바람에 마구 휘날렸다. 이모는 외투 옷깃을 세웠고, 미단 아줌마의 긴 스커트가 뒤집힐 듯 펄럭였다. 그들은 나를 돌아보며 손짓했다. 나는 대왕암 계단을 올라 바위 끝으로 걸어갔다. 짙푸른 물결이 넘실거리는 바다 앞에 서자 내가 수장한 비밀과 기억이 떠올랐다. 그땐 비밀로 해야 하는 줄 알았던 일과 스스로를 옥죄었던 일. 동의 없이 수술했다는 이유로 뺨을 맞고 목을 졸렸던 날과 울면서 혼자 걸었던 밤. 그리고 다시 돌아온 재후를 받아준 순간. 내 감정에 솔직할 수 없었던 날들. 마음이 끌렸던 모든 사람을 같은 범주 안에 두어야 한다는 괴로움을 고백하자 재후가 나를 바라보던 시선. 정리되지 않은 감정이 치솟을 때가 있지만 결국 잠잠해지고 마는 날들과 끝내 포기해버린 일들…… 그 모든 걸 알고 있는 왕비가, 용으로 변한 왕비가 깊은 바닷물 속에서 나를 가만히 바라보고 있는 것 같았다.

우리는 계단을 걸어 내려와 대왕암 근처에 나란히 앉았다. 길고양이들이 갯강구를 사냥하는 광경을 지켜보다 마은의 가게 근처에 자주 나타났던 삼색이가 떠올랐다. 마지막으로 마주쳤을 때 나는 삼색이에게 폭력적으로 행동했고, 삼색이는 더 이상 내 앞에 나타나지 않았다. 우리의 언어가 같지 않은데, 어떻게 제대로 된 사과를 할 수 있을까. 그저 미안한 마음을 사료와 물을 주는 것으로 대신할 뿐인데. 그러다 어느 날부턴가 또다시, 내가 삼색이를 지켜주고 있으며 그렇기에 삼색이가 내 소유라는 생각을 자연히 품게 될지도 모르는데.

미단 아줌마와 이모가 화장실에 다녀오겠다며 자리에서 일어났다. 지화 씨와 나는 석양이 질 무렵 색색의 조명을 입은 대왕암을 바라보았다. 바닷바람이 점점 더 거세졌고 어느샌가 고양이가 곁으로 다가와 있었다. 강한 바람이 불어서인지 눈을 가느스름하게 뜨고 약간 심술궂은 표정으로 앞발을 모으고 앉아 있었다. 관광객에게 친근하게 굴 생각이 전혀 없어 보였다. 갯강구를 사냥하며 나름대로 잘 살아가고 있기 때문일까. 아무런 소리도 내지 않고 묵묵히 바다만 바라보고 있는 고양이의 옆얼굴을 바라보다 나도 모르게 부럽다는 생각을 했다. 야생 고양이의 강인함과 자유로움이. 바다가 사라지지 않는 한 자신도 이곳에서 자기다운 모습으로 영원히 살아갈 것이라 믿는 듯한 고요함이.

"엄마, 그거 알았어?"

나는 이모가 학원의 원생들을 만나러 갔었다고 말해주었

다. 뜻밖에도 지화 씨는 잠잠했다.

"만나서 뭘 했는지 안 궁금해?"

"……협박했겠지. 경화가 잘하는 거야."

나는 이모가 그런 걸 잘하는 사람인 줄 몰랐다. 내가 놀란 표정으로 그렇게 말하자 지화 씨는 동생이기에 너보다 잘 아는 거라고 답했다.

"나는 걔를 어릴 때부터 봤잖아. 경화는 절대로 당하고만 있는 애가 아니야. 애들이라고 봐주지 않아."

아직 어린애들이니 좀 봐달라고 했던 원장의 말이 떠올랐다. 원장은 처벌이 능사가 아니라고 했다. 강한 처벌을 내리면 도리어 엇나가는 경우가 많다면서. 그러다 나중에 해코지라도 하면 어쩔 거냐고. 그래, 그런 말도 했었다. 도리어 나를 위협하는 말을. 내가 두려움을 가져야 한다는 말을. 그 아이들이 몇 년만 지나면 성인이 될 텐데, 그때 나를 찾아와 해코지하면 어쩔 거냐고. 그럼 또 처벌을 받아야 한다는 내 말에 원장은 그런 얘기가 아니라고 했다.

"내가 이런 말까진 안 하려고 했는데, 내 동생이 예전에 안 좋은 일을 당한 적이 있어. 참고 지나가면 될 일을 벌집 쑤시듯 덤벼들었다가 해코지를 당한 거야. 그때 내가 깨달은 게 있어. 사람이 살다 보면 크든 작든 다칠 수 있잖아. 손가락을 살짝 베기도 하고, 수술을 받기도 하잖아. 그래도 시간이 지나면 다 회복해. 그러니까 시간이 흐르길 기다리며 조용히 있으면 되는 거야. 치료받고, 치유하면서. 근데 죄를 묻겠다고 미친 사람한테 덤비면 더 크게 다쳐. 그땐 회복이 안 되는 거야. 정말로 걱정돼서 하는 말이야. 내 동생 같아서."

나는 원장이 나만큼이나 두려움에 잠식되어 있는 사람이라는 걸 뒤늦게 깨달았다. 이런 건 집단 무의식도 아니다. 같은 피해자가 서로의 입을 막아버리는 상황에 가깝다. 한동안 잊고 있던 일을 떠올리는 사이에 지화 씨는 멀리서 들려오는 종소리를 듣고 고개를 두리번거렸다. 근처에 있는 사찰의 타종 시각인 것 같았다. 우리는 바다를 향해 은은하게 퍼져가는 범종소리에 귀를 기울였다. 지화 씨가 말했다.

"경화 걱정은 하지 마. 협박 좀 하면 어때. 너도 당한 게 있는데 걔들도 좀 당해야지. 그래야 두 번 다시 그런 짓 안 하지."

"엄마도 그땐 그냥 넘어가라고 했잖아."

"너 속상해할까 봐 그랬지. 나도 마음 같아선 가만두고 싶지 않았어. 경화도 그래서 찾아갔을 거야. 참다 참다 안 되겠다 싶어서."

지화 씨는 잠시 침묵하더니 허공에 눈길을 두고 말했다.

"사람이 살다 보면 협박받는 일도 생기고, 협박을 하게 되는 순간도 생겨. 내가 술집 했을 때도 나를 협박한 놈이 있었어…… 그런데 그놈들이 모르는 게 있더라. 나는 뭐 가

238

만히 있는 줄 알아? 어림도 없지. 그래서 내가 그랬어. 너한 테서 떨어지라고, 내가 협박했어."

"갑자기 그게 무슨 말이야?"

지화 씨는 나를 돌아보지 않았다. 어느샌가 우리 주변엔 푸르스름한 어둠이 내려앉았고, 대왕암은 붉은 조명을 받아 바위 전체가 타오르듯 빛났다.

"나는 내 딸을 지킬 거라고. 그러니까 두 번 다시 나한테 연락하지 말고 너한테도 연락하지 말라고. 한 번만 더 연락하면, 칼 들고 가서 배를 찔러버릴 거라고."

"……설마 재후 얘기야?"

"그래."

"엄마가 그랬다고?"

"그래…… 엄마 착하고 순한 사람이 아니야. 너희 아버지가 나보고 착하고 순한 사람이라고 말했을 때 내가 얼마나 속상했는지 아니. 얼마나 펑펑 울었는지 알아? 나는 착하고 순한 사람 아니야. 그런 사람으로 안 살아."

나는 말문이 막혔다. 재후는 기어이 지화 씨에게 전화해 나에 대해 다 말한 걸까. 정말로 그랬을 줄은 몰랐다. 결국 그렇게 했을 줄은. 재후의 비열한 짓도 놀라웠지만 내가 더 놀랐던 건 지화 씨의 태도였다. 재후를 협박했다는 지화 씨의 말이었다.

"이 나이 먹고도 겁이 나서 못 하는 게 있을 줄 아니?"

나는 아무런 대답도 하지 못했다. 설마 재후의 실종과 지화 씨의 협박이 연결되어 있는 걸까. 재후와 마지막으로 만났던 너븐개 해안이 떠올랐다. 반세기 전 수많은 고래가 죽어간 그곳은 이제 산책자나 낚시꾼에게 조용히 사색할 수 있는 장소였지만 내겐 여전히 피비린내가 진동하는 장소로 각인되었다. 그건 재후가 그곳에서 나를 협박하고, 내가 떠나고, 재후가 지화 씨에게 전화해 내 비밀을 발설하기로 마음먹은 장소라는 걸 깨달은 뒤에 더더욱 강해졌다. 육지로 침범해 들어간 만으로 고래를 몰아서 죽였던 것처럼, 그렇게 나와 지화 씨의 영혼을 한데 몰아서 죽이려 했던 재후는 역으로 지화 씨에게 공격당해 뒷걸음을 치다가 바다로 후퇴했을 것이고, 결국 실종되었다.

"엄마, 혹시 재후 만났어?"

"……아니."

"걔가 나에 대해 뭐라고 했는데?"

"기억 안 나."

"왜 기억이 안 나?"

"귀담아듣지도 않았어."

나는 더 이상 뭘 물어야 할지 몰랐다. 심장이 두근거리고 손이 떨렸다. 왜일까. 왜 손이 떨리는 걸까. 해가 지면서 기온이 내려가서일까. 재후와 헤어진 곳이 여기서 멀지 않은 해안이라서 그런 것일까. 지화 씨, 나의 엄마가 하필이면 재후가 실종된 곳에서 살고 있다는 게 뒤늦게 섬뜩해졌기 때문일까. 나는 지화 씨에게 그 무엇도 묻지 못했다.

"마은아, 내 걱정은 하지 마. 나는 잘 살고 있어. 미단이랑 가고 싶은 데 가고, 먹고 싶은 거 사 먹고, 이젠 병원도 같이 가. 미단이가 운전을 잘하잖아. 나는 요리를 잘하고. 미단이는 숫자 계산에 약해. 나는 장사를 오래해서 강하지. 미단이는 사람한테 잘 속아. 나는 절대로 안 속고. 미단이는 남 협박 못 해. 나는 하고. 다 다른데 하나가 같아. 미단이도 결혼할 생각 없고, 나도 재혼할 생각 없어. 우리는 혼자 살다가 죽을 거야. 가까이 살면서 같이 놀러 다니고 건강검진도 같이 받으러 다니면서. 누가 친구냐고 물으면 가족 같은 사이라고 하는데, 무슨 사이인지 꼭 말해야 되나? 왜 그걸 남한테 알려야 돼. 너도 그냥 마음 가는 대로 해."

그 말의 의미는 모호했다. 내가 한때 고민했던 문제를 아는 것도 같았고 모르는 것도 같았다. 재후가 말했을까. 내가 친구들과 지나치게 가까이 지내는 게 이상하다고. 재후는 그걸 이상하게 봤지만 지화 씨는 그게 뭔지 알았던 걸까. 알아서 저렇게 말하는 걸까.

마지막 종소리가 수평선을 향해 겹겹의 동심원을 그리며 퍼져 나갔다. 파도 소리에 종소리가 잡아먹혔을 때 지화 씨가 낮은 목소리로 말했다.

"나는 무서운 여자야. 용이 되어 나라를 지키는 것까진 못해도 내 딸은 지켜. 나도, 대단한 여자야."

*

　지화 씨의 집 안방에 이부자리를 펴고 누워 천장을 가만히 올려다보았다. 지화 씨가 얼굴에 로션을 바르고 침대 위로 올라갔다. 잘 자라는 말은 나누지 않았고 침묵만 흘렀다. 나는 차츰 마음이 안정되었고 지화 씨가 한 말의 의미를 깊게 생각하지 않으려 노력했다. 그래도 이 말은 꼭 해주고 싶었다.

　"앞으로 내 일은 내가 알아서 할 테니까 엄마는 좀 참아."

　"참아지니, 그게."

　"장사하는 마음을 떠올려봐. 장사는 참는 게 일이잖아."

　지화 씨가 코웃음을 치더니 이제 네가 그런 것도 아느냐고 물었다.

　"알지, 그럼. 묵묵히 참아야 하는 일이 정말 많잖아. 장사가 잘되지 않을 땐 이상한 손님이 오더라도 참아야 되고…… 어떤 단골은 나를 아가씨라고 부르거든. 근데 다른 카페 남자 사장한테는 대장이라고 불러. 나랑 나이가 비슷한데도."

　"그건 약과야. 너는 가게에 현금이 많이 없잖아. 요즘엔 다 카드로 계산하니까. 옛날엔 가게마다 현금이 많았어. 가방 안에 돈 넣어서 퇴근할 때 여자 사장들은 바깥을 꼭 한 번 살펴보고 나갔어. 혹시 숨어 있는 강도를 만날까 봐. 가방을 빼앗길까 봐. 그리고 나는 1층에서 포차를 했지만, 그때 지하에 있는 가게도 많이 알아봤거든. 근데 결국 안 하게 된 게, 경화가 그러는 거야. 지하에서 혼자 장사하는 여자들이 무서워할 때가 많다고. 혼자 가게 지키다가 남자 손님이 오면 무서운 거야. 근데 여자하고 같이 온 남자 손님도 무섭대. 강도로 돌변할까 봐. 실제로 당한 사람도 있었어. 돈을 빼앗기는 것보다 더 무서운 게 몸을 다치는 거야. 근데 이런 범죄가 아니더라도 괜히 집적대고 그러면 정말 피곤해. 나를 그래도 되는 존재로 생각한다는 게 치가 떨려."

"맞아."

"다들 이런 얘긴 잘 안 하지. 손님이 많고 적고, 경쟁 상대가 또 생겼고, 대출 이자가 밀렸고, 건물주가 어떻고, 그런 말밖에 안 해."

지화 씨는 쉬쉬하면서 지나갔던 일이 얼마나 많은지 모른다고 말했다.

"너한테도 그런 얘길 다 하진 못해. 너도 지금은 장사를 하는 사람이니까. 근데 기사로 나오는 것보다 훨씬 더 많다는 것만 알아."

"왜 그런 말은 잘 안 하게 되는 걸까?"

지화 씨는 그걸 왜 모르느냐는 듯이 나를 돌아보았다.

"장사를 안 할 것도 아니고, 매일 문을 열려면 전날 겪은 지저분한 일들은 빨리 털어야 하잖아. 다시 웃는 얼굴로 손님을 만나고 물건도 팔아야 하니까 빨리 잊고 싶은 거야. 잊지 않고 살아갈 여유가 없는 거지. 그걸 기억하는 것조차 시간이 없어서 못 해."

지화 씨의 말은 이해했지만 나는 그게 당연한 거라고 생각하고 싶지 않았다. 우리의 대화는 거기서 끊겼다. 지화 씨는 몇 번 뒤척이다 이내 코를 골며 잠들었다.

잠든 지화 씨의 둥그런 등을 바라보았다. 스무 살에 고향을 떠나 서울에 터를 잡고 살다가 이젠 낯선 해안 도시에서 친구와 함께 하루하루를 보내는 지화 씨. 시간이 흐를수록 우리는 서로에게서 멀리 떨어져 사는 것을 점점 더 자연스럽게 여길지도 모른다. 지화 씨에겐 지화 씨의 삶이 있고, 나에겐 나의 삶이 있다는 것을. 그러나 지화 씨는 나를 위해 기꺼이 누군가를 위협하고, 어쩌면 죽어서도 나를 지키는 용이 될지도 모른다. 하지만 그 용이 사는 곳은 내 곁이 아니라 마음이 맞는 친구의 곁이다. 지화 씨에겐 함께 일상을 꾸려가고 싶은 다른 존재가 있다. 미단 아줌마는 지화 씨에게 가족이자 친구이자 그 이상의 존재일 것이고, 나에게도 언젠가 그런 존재가 생길지도 모른다. 그러나 그렇게 살다가도 어느 순간엔 서로를 지키는 용이 되겠지. 작고 약해 보일지라도 나라를 지키는 용 못지않은 마음으로 사랑하는 이를 지키는 용이 되겠지.

나는 베갯잇으로 흐르는 눈물을 손바닥으로 닦아냈다. 누군가를 지키는 광경을 떠올리면 왜 눈물이 나는 걸까. 나는 참 이상하다고 생각하며, 도무지 그 이유를 모르겠다고 생각하며 눈을 감았다. 실은, 너무나 잘 알았지만.

*

서울로 돌아와 정미 언니를 만났다.

임신 소식을 듣고서 먹고 싶은 게 뭔지 물었더니 언니는 자장면과 탕수육이라고 말했다. 우리는 마은의 가게 근처에 있는 중국집에 갔다. 메뉴를 주문하자마자 언니는 예단에 대한 고민을 길게 늘어놓았다. 나는 예단 같은 걸 꼭 해야 하는 거냐고 물었다. 언니는 무슨 의미인지 안다는 듯 고개를 끄덕였다.

"나도 안 해도 되는 줄 알았어. 결혼도 잘 안 하는 시대니까 예단이나 혼수 같은 것도 사라진 줄 알았는데, 아니더라. 그런 게 아직도 남아 있어."

탁자에 음식이 놓였다. 언니는 면발을 소스와 버무리다 단무지를 한입 베어 물더니 천천히 씹어 삼키고 나서 말했다.

"실은 나 요즘 그런 상상을 해. 멀리 도망쳐서 애 낳고 혼자 사는 상상."

나는 깜짝 놀라서 물었다.

"왜 그런 생각을 해?"

"결혼하면 더 이상 혼자가 아니잖아. 그 감각이 생경해서 가끔은 도망치고 싶어져."

나도 모르게 언니의 배를 쳐다보았다. 도망친다고 해도 이젠 혼자일 수가 없는데. 언니도 자신의 배를 힐끗 보더니 고심하는 표정으로 말했다.

"누군가를 사랑하는 것과 내가 참을 수밖에 없는 건 다른 문제야."

"무슨 뜻이야?"

"사랑은 사랑이고, 결혼은 나를 둘러싸고 일어나는 많은 일을 참아야 한다는 거야. 인내심이 중요하다는 의미지."

나는 일부러 고개를 갸웃거렸다. 어떤 의미인지 알 것도 같았지만 알은체하고 싶지 않았다.

"언니가 결혼을 택한 게 난 아직도 좀 신기해."

"임신한 건?"

"그건 그럴 수 있지."

"맞아. 그럴 수 있어. 근데 결혼은 다른 문제야."

우리는 잠시 자장면을 먹는 일에 집중했다. 신신루 사장님이 주방에서 걸어 나왔다. 주방과 홀을 도맡고 있는 그는 배달까지 직접 했다. 어떻게 그 모든 일을 혼자 할 수 있는지 의문이었다. 테이블 네 개가 전부인 작은 가게였지만 메뉴는 서른 가지가 넘었다. 빈자리에 앉아 티브이를 보던 사장님이 내게 말을 걸었다.

"장사는 좀 돼요?"

나를 보면 모두가 그것부터 물었다.

"날씨가 더워지면서 테이크아웃 음료가 많이 나가긴 하는데 이러다 비수기가 또 오잖아요."

"하긴 장마 시작되면 손님이 없지."

"그래도 사장님은 배달이라서 괜찮죠?"

"더워서 큰일이죠. 여름엔 배달하다가 핑 돌 때도 있어. 가게 에어컨도 영 시원치 않고."

사장님의 눈길이 벽면에 설치해놓은 에어컨으로 향했다. 작동이 잘 될까 의심스러울 정도로 상당히 오래되어 보이긴 했다. 에어컨을 가만히 바라보던 사장님이 내게 변 사장을 아는지 물었다.

"에어컨 설치하시는 분이요?"

"맞아요. 가끔 여기 와서 고량주랑 요리를 먹고 가는데…… 자기가 옛날에 깡패 출신이었다는 거야."

"깡패요?"

"예, 깡패요. 그러다 마음잡고 이 동네에 터를 잡았다는데, 우리 가게만 오면 그 얘길 해. 자기가 깡패 출신이었다고."

"왜 그런 말을 할까요?"

"가끔 가게 와서 그러는 사람들이 종종 있어요. 괜히 기죽이려는 거지. 자기가 깡패였다고 하면 내가 쫄 줄 아나. 뭘 어쩌라는 거야. 돈이나 내고 나갈 것이지. 옛날에 장사할 땐 그런 손님도 있었어요. 나보다 나이가 한참 어린데 반말로 주문하는 거야. 근처 나이트클럽에서 일하는 애였는데 괜히 강해 보이려고 그러는 것 같더라고. 그래서 내가 그랬지. 야, 너 반말로 주문하지 마. 한 번만 더 반말하면 니 짬뽕에 가래 뱉어서 준다. 그랬더니 다음부턴 반말을 안 하더라고."

우리는 함께 웃었다. 손님의 속내를 사장이 어찌 짐작할까. 도대체 왜 그러는지 알 수가 없고, 다시 와도 왜 온 건지 알 수가 없고, 안 와도 왜 안 오는지 알 수가 없는 손님들의 마음을.

"요즘엔 무전취식하는 인간들 때문에 죽겠어요. 카페는 그런 손님 없죠?"

"선불이라서 거의 없죠. 여긴 많아요?"

"가끔이긴 한데 그래도 꽤 있어요. 근데 경찰에 신고해도 나보고 그냥 참으라는 거야. 한 그릇 기부했다 생각하래."

"그렇게 말하면 안 되죠."

"나는 그런 일 많이 겪었어요. 그런데 요즘 경찰들은 작은 거 하나도 절대 안 받아. 내가 짬뽕 한 그릇 공짜로 줄라 치면 난리가 나. 파출소 앞에 슬쩍 가져다 놔도 도로 가져가라고 해요. 그런 거 보면 좋아지긴 했는데…… 변 사장 거기 카페도 가요?"

"가끔 오세요."

"그 양반 참 별로야."

나는 솔이 씨가 변일구에 대해 나쁜 말은 일절 하지 않았던 걸 떠올렸다. 동네 이장 캐릭터나 다름없다고 했다. 그러나 채영 씨는 상대에 따라 태도가 달라지는 사람일 수도 있다고 말했다. 내가 만난 변일구와 신신루 사장님이 만난 그, 솔이 씨가 만났던 그가 모두 다른 모습일 것 같았다.

"카페 문 연 지 얼마나 됐죠?"

"이제 1년 됐어요."

"그럼 모의고사 풀었다고 생각해요. 장사 1년이면 딱 그 정도야."

나는 정말로 그런 걸까 고심하다 신신루는 내 가게보다 장사가 잘되는 게 분명하고, 테이블 단가도 훨씬 높으며, 단골도 더 많다는 데까지 생각이 미쳤고, 결국 한자리에서 10년 넘게 장사한 사람의 연륜으로 모의고사니 그런 말을 호기롭게 한 거라고 결론 내렸다. 그러나 언니와 헤어지고 가게로 돌아와 제빙기 내부를 청소할 땐 정말로 모의고사일지도 모르니 그렇다면 이제부터 실전이라는 마음가짐을 품는 것도 가능하지 않을까 생각했다.

늘 그렇듯 꿈꾸는 일은 현실보다 기분 좋고, 심지어 현실을 잊게 해주고, 나에게 아직 적당한 기회가 오지 않은 기분

마저 들면서 다가올 미래를 장밋빛으로 채색하게 만든다. 나는 그 함정을 알면서도 덫에 기꺼이 붙들리는 심정으로 마은의 가게에 어떤 변화가 가능할지 고민했다.

*

"혹시 인터넷 카페에 올라온 글 봤어요?"

단골손님이 내게 조심스레 물었다. 나는 모른 척할까 고민하다가 결국 테이블에 커피를 내려놓으며 봤다고 답했다.

"속상했죠? 내가 거기에 답글 달았어요. 사람들이 왜 그렇게 못돼 처먹었느냐고."

그 말에 나는 작게 웃고 말았다. 맞은편 자리에 앉아 있던 손님이 나를 돌아보았다. 이들 모두 인근에 사는 주민들이었다.

"사실 우리도 고민했어요. 어떻게 해야 이 가게가 잘될까."

나는 그런 속내가 있었을 줄은 짐작도 하지 못했기에 적잖이 놀랐다.

"여기 간판이 이상하다는 말이 많았어요."

손님은 내 눈치를 살피다가 내가 진지한 자세로 듣고 있다는 걸 알았는지 약간 떨리는 목소리로 말을 이어갔다.

"이런 말 하면 마음 상할 거 같아서 안 하려고 했는데, 그래도 장사가 잘돼야 하니까 할게요. 간판을 다는 게 어때요? 지금은 나무판자만 세워놨잖아요."

"많이 이상한가요?"

"간판 때문에 여기 안 오는 주민들도 많아요. 카페인지 아닌지 모르겠어서. 그리고 디저트도 좀 다양하게 갖추면 좋을 텐데."

"그렇게만 하면 될까요?"

"메뉴판도 좀 그럴듯하게 바꿔요."

"여기 원두 좋은 거 쓰잖아요. 손님들한테 그런 것도 강조하고."

"책장을 조금 줄이고 탁자를 더 들이면 좋겠는데."

그들은 내가 경청하는 자세를 유지하는 동안 마은의 가게가 어떻게 변화해야 하는지 번갈아 말했다. 그러면서도 내가 기분 나빠 할까 봐 조심스러워하는 기색을 계속 내비쳤다. 문득 언제부터 내가 그들의 근심거리가 되었는지 궁금했다. 설마 가게 문을 연 첫날부터 그랬을까. 정체불명의 간판을 가게 앞에 세워놓고 핸드드립 커피를 저렴하게 팔던 그날부터였을까. 손님 없는 가게를 온종일 지키는 내 모습을 매일 목격하고서부터였을까.

"우리랑 비슷하게 생각하는 사람 많을 거예요."

"맞아. 다들 표현을 안 해서 그렇지 걱정하고 있어요."

"저를요?"

"네. 이 가게가 망할까 봐서요. 요즘엔 장사가 안 되면 석

달 만에 접어버리는데 그래도 계속 버티고 있으니까. 기특하면서 안쓰럽기도 하고."

그들은 서로의 얼굴을 보며 웃었다. 마음속 짐을 내려놓아 후련하다는 표정으로. 그리고 동시에 나를 돌아보며 물었다.

"장사 계속할 거죠?"

나는 대답을 머뭇거리며 그들을 번갈아 쳐다보았다. 그들의 반짝이는 눈빛이 오로지 나를 향해 있었다. 부담스러운 동시에 조금 기뻤다. 아니, 많이 기뻤다. 내가 장사를 계속하길 바라는 주민이 있다는 것이, 마은의 가게가 여기 계속 있어주길 원하는 사람들이 존재한다는 것이.

*

새로운 간판이 올라가던 날, 이모가 가게에 왔다. 재단장 비용을 선뜻 빌려준 이모에게 나는 장사를 더 열심히 해보겠다고 말했다. 이 일이 나에게 맞는지 아닌지 고민하기보다 뭐든 열심히 해보겠다고. 그랬더니 이모는 열심히 하지 말고 그냥 하라고 말했다. 이제까지 네가 무척 열심히 했던 것을 자기가 다 안다고. 학원 강사도, 연극 일도, 연애도 열심히 했던 것을 다 안다고. 이모가 나를 따뜻하게 감싸주는 게 어색해서 아무런 대꾸도 하지 못했다. 내가 정말로 그러했던가. 뭐든 열심히 했던가. 이모가 이제부턴 열심히 하지 말고 그냥 하되 나를 잘 돌보라고 말했다. 나의 마음과 몸을 잘 돌보라고. 나는 그러겠다고 대답했다.

번듯한 간판을 올리고, 책장을 몇 개 정리하고, 테이블을 더 들이고, 의자를 산뜻한 색상으로 바꿨다. 전면 창에 커다 랗게 테이크아웃 할인이라고 쓴 종이를 붙이고, 디저트 종류도 늘렸다. 무엇보다 가장 큰 변화는 가게 근처 고시원에 방을 얻은 것이었다. 더 이상 가게에서 텐트를 펴고 잘 일은 없었다. 배달 주문을 시작한 것과 디저트를 몇 종류 추가한 것이 큰 도움이 되었다. 인근 초등학교 아이들이 하교할 때 엄마 손을 잡고 들러서 디저트를 한두 개씩 사 갔다. 소설 만 배치해놓았던 책장에 아동용 도서를 가져다 놓자 엄마 와 함께 온 아이들이 가게에 머무르는 시간이 길어졌다. 그 런 과정을 거치면서 가게란 결국 사장과 손님이 함께 만들 어가는 공간이라는 걸 깨달았다.

음료를 주문하고 나를 빤히 쳐다보는 손님은 이따금 나타 나 같은 행동을 반복했다. 어느 날 그가 있을 때 엄마 손님 들과 아이들이 왔고, 그가 나를 뚫어지게 쳐다보는 것을 알 아챈 호기심 많은 아이가 그에게 천진한 목소리로 물었다.

"아저씨, 뭘 그렇게 보세요?"

그는 당황한 표정으로 아무런 대답도 하지 않고 고개를 숙이더니 휴대폰만 들여다보았다. 엄마는 아이를 말리는 대신 친구에게 우렁찬 목소리로 말했다.

"아까부터 계속 쳐다보더라니까. 왜 저래."

남자는 결국 자리를 떴다.

엄마들이 가게에 있을 때마다 나는 든든한 마음이 들었다. 가게가 작아서 위협적인 손님이 단 한 명만 있어도 그의 존재감이 무척 커지고 숨이 막힐 듯한 압박감이 느껴졌지만, 엄마들이 많을 땐 그런 감정은 거의 느끼지 못했다. 그 땐 마은의 가게가 브라스밴드 연주회장처럼 에너지 넘치는 공간으로 변했다.

화려하게 성공한 가게는 아니었지만 나는 같은 자리에서 매일 불을 밝히고 단골들을 기다렸다. 언젠가 지화 씨와 그런 말을 한 적이 있다. 단골들은 결국 우리가 밥을 먹고 살게 해주는 사람들인데 어찌 어여쁘지 않겠느냐고. 나 역시 단골들을 볼 때마다 저절로 미소가 지어졌다. 카드를 던지듯 건네고 툭툭 찌르는 느낌의 반말을 하는 손님 때문에 속이 끓었든, 가게 앞 의자에 앉아 다른 카페에서 사 온 음료를 마시거나 담배를 피우는 사람에게 자제를 부탁하고서 도리어 욕을 얻어먹었든, 가게 리뷰에 씌어진 '구림'이라는 두 글자를 보며 마음에 커다란 칼자국이 났든지 간에 단골 손님들을 보면 그 모든 걸 잊고 그저 미소만 나왔다. 때론 도파민 과잉 분비 상태가 되어 나도 모르게 만담 같은 농담을 던지기도 했고, 나중엔 내가 왜 그랬지, 하고 얼굴을 붉

254

히며 부끄러워했지만 결국 다음에도 그러고 마는 걸 보면
단골손님증후군이라는 게 있는지도 몰랐다.

변일구와 강봉호는 가게 분위기가 바뀌었다는 걸 감지했
는지 점차 테이크아웃을 요청하는 때가 많아지더니 이내
발길이 뜸해졌다. 한번은 보영 씨와 한강공원으로 산책하
러 가는 길에 그들이 프랜차이즈 카페에 앉아 있는 것을 보
기도 했다. 그러나 마은의 가게에 발길을 완전히 끊은 건 아
니었기에 나는 그들이 나타날 때마다 신경을 곤두세웠다.
가게 안에 엄마들과 아이들이 많을 땐 그들의 존재가 작게
쪼그라들었고, 아무도 없을 땐 나를 압도할 만큼 커졌다. 보
영 씨나 채영 씨가 있을 땐 만만한 상대가 되었고, 퇴근하며
가게 문을 잠그는 내 뒤에 소리 없이 나타났을 땐 겁이 났
다. 그러나 그런 내색을 하지 않고 강봉호에게 거북이 조각
상을 다시 가져가라는 말만 했다. 간판을 바꾸면서 더 이상
쓸모가 없어졌는데, 그는 그걸 돌려받으려 하지 않았다. 나
는 거북이 조각상을 바깥 화분 옆에 방치해놓았고, 녹이 슬
어 얼굴과 등딱지가 푸른색으로 변해가는 걸 외면했다.

변일구에 대한 다양한 소문이 여전히 들려왔다. 신신루
사장님에게 위압감을 주었던 그는 다른 가게에선 무상으로
주방 선반을 수리해주었고, 장사가 잘되지 않는 동네 고깃
집에서 친목회를 열기도 했으며, 자영업자로 조직된 자원
방범순찰대를 조직해 어두운 골목에 숨어 있을지도 모르는

범죄자를 내쫓았다. 그는 혼자 있는 나를 볼 때마다 친한 척을 했고, 선을 넘는 농담을 자주 던졌으며, 밤늦게 이상한 손님이 오면 자기에게 곧바로 연락하라고 몇 번이나 말했다. 그때마다 나는 아무런 대답도 하지 않았다. 이젠 카운터 아래에 비상벨을 달아놓았지만, 험악한 인상의 손님들이 서로에게 욕설을 던지며 가게로 들어오는 밤이나 화장실에 들어간 취객이 한참 동안 나오지 않아서 내가 그를 끌어내야만 할 땐 나도 모르게 도와줄 사람을 떠올리기도 했다. 내가 그런 말을 하자 보영 씨는 자기를 부르라고 했다.

"언니, 집이 가까우니까 언제든 날 불러요."

"말만으로도 고마워요."

"빈말 아닌데."

"보영 씨가 나보다 힘이 센가? 아닐 것 같은데요."

"혼자보단 둘이 낫잖아요."

"그렇긴 하지만."

"불러요, 언니. 제일 가까운 데 사는 친구가 나잖아요."

나는 알겠다고 답했지만 마음속으론 그럴 일이 없길 바랐다.

"그래도 이젠 가게에서 안 자니까 마음이 좀 편한데, 가끔 그런 생각이 들어요. 그때 내가 들었던 소리와 기척은 뭐였을까. 누군가 문을 열려는 시도였을까. 바람 때문에 그런 소리가 났을 수도 있지만…… 내가 어릴 때 다락방에서 귀신 소리를 들은 적이 있거든요."

"저도 어릴 때 이상한 소리를 들은 적이 있어요."

"보영 씨도요?"

보영 씨는 망설이다가 입을 열었다.

"어릴 때 어떤 아저씨가 친구랑 저한테 자기를 따라오라고 했어요. 저는 집으로 도망쳐 왔는데 친구는 그러지 못했고…… 이상한 소리를 들은 게 그때부터예요. 자려고 불을 끄고 누우면 소리가 들렸어요. 속삭이는 소리가."

"나도 비슷한 소리였는데. 속삭이는 소리."

"어른들 소리였어요?"

"네, 어른들 소리. 아이들은 없고."

"맞아요. 아이들은 없어요."

"뭐라고 하는지 자세히 들어보려고 하면 소리가 점점 더 작아지고. 그러다 하루는 이모가 다락방 문을 열어서 확인시켜줬는데, 아무도 없는 거예요."

"저도요. 불을 켜면 아무도 없어요. 분명히 책상 의자에 앉아 있었거든요. 누군가 거기에 앉아서 나한테 계속 속삭였는데. 두 명이었고, 점점 더 많아졌는데."

"그런 밤들이 보영 씨에게 있었네요."

"있었어요."

"저도요."

"언니도 안 좋은 일을 겪고 나서?"

"……네."

보영 씨는 더 이상 묻지 않았고, 나도 말하지 않았다. 보영 씨가 새삼스레 가게 안을 둘러보았다.

"분위기가 많이 달라졌네요. 이제 좀 카페 같아요. 처음엔 가정집 같은 느낌이 있었거든요."

"그 정도였어요?"

"네, 좀 그랬어요."

우리는 마주 보고 웃었다. 나는 정말이지 적은 돈으로 가게를 열려다 보니 그렇게 되었다고 말했다. 보영 씨는 초기 창업 비용을 듣고 나선 깜짝 놀란 표정을 지었다.

당시엔 무리해서 가게를 연 것이나 다름없었다. 허름하더라도 내 가게를 열어서 세상 속으로 들어가고 싶었다. 일정한 곳에 자리 잡고, 더 이상 옮기지 않아도 되는 직장에서, 나를 해고할 사람이 없는 곳에서, 나를 괴롭히는 사람은 내 권한으로 들이지 않을 수 있는 영역 안에서 세상과 소통하며 살고 싶은 바람이 있었다. 그러나 특정 사람들과는 소통을 원하지 않았고, 강제로 그걸 요구받으면 불안해졌고, 원하지 않아도 웃으며 응대해야 했고, 피하지 않아야 했다.

피할 수 없는 것이 장사의 본질이라는 걸 이젠 안다. 새 간판을 올리고 새로운 마음으로 다시 시작했지만 원하지 않는 침범은 또 당할 수 있다. 그러나 다음 날 가게 문을 열고 손님을 맞이할 때면 월세를 떠올리며 공포심과 두려움을 잠재워야 한다. 그렇게 하루하루를 밀고 나아가는 삶이다. 보영 씨가 머들러로 에이드를 휘저으며 말했다.

"언니가 그랬잖아요. 한계를 긋지 말라고. 그래서 노력하는 중이에요. 일단 회사 일부터 그렇게 하려고요."

"어떻게요?"

"제가 어디까지 갈 수 있는지 시험해보기로 했어요. 정해진 환경을 모두 잊고 오로지 원하는 것만 보면서 달리려고요."

나는 가만히 고개를 끄덕이다가 말했다.

"자기를 돌보면서 일해요. 잘 안 될 때가 많지만 그래도 잊지 말고."

보영 씨는 무조건 그러겠다고 대꾸했다.

*

실로 오랜만에 마주친 삼색이는 나를 빤히 쳐다보았다. 적당한 거리를 두고 서 있는 우리 사이에 긴장감이 흘렀다.

이리 와. 그런 말은 하지 않았다. 그저 그릇에 사료를 채우고, 물그릇에 깨끗한 물을 부어놓고서 뒤로 물러섰다. 주차장 구역 밖으로 걸어 나와 삼색이를 돌아보았다.

삼색이가 천천히 움직였다. 나를 경계하며 사료 그릇으로 다가가 냄새를 맡다가 조금씩 먹기 시작했다. 나는 뒤로 한 걸음 더 물러났다. 그러자 삼색이는 천천히 자세를 낮추고 사료를 먹는 일에만 집중했다. 높이 서 있던 꼬리가 아래로 내려가더니 이윽고 바닥에 닿았다. 사료를 씹으며 나를 한 번 보다가 다시 사료를 먹었다.

"미안해."

삼색이는 내 말을 알아듣지 못할 것이다. 그렇더라도 거리를 두고 정중하게 사과할 수밖에 없다. 이제 강제로 너를 만지거나 잡으려고 하지 않을게. 내 영역 밖으로 벗어나지 못하게 붙잡아두지도 않을 거고, 네 영역을 침범하지도 않을게. 그러니 안심해.

나는 돌아서서 마은의 가게로 들어가려다 화분 사이에 놓여 있는 거북이 조각상을 보았다. 얼굴 전체에 푸르스름한 녹이 뒤덮여 있었다. 어느샌가 곁으로 다가온 강봉호가 내게 물었다.

"요즘 어디서 자요?"

나는 대꾸 없이 화분 사이에 있는 거북이 조각상을 집어 들었다. 두 눈에 초록빛 녹이 뒤덮인 거북이를, 묵직하고 불쾌한 그것을 강봉호에게 건네며 말했다.

"앞으로 저한테 신경 좀 끄시죠."

강봉호는 뭘 그렇게까지 말하느냐는 표정으로 나를 빤히 쳐다보다가 조각상을 안고 자신의 가게로 돌아갔다.

"마은아!"

뒤를 돌아보니 이모가 서 있었다. 계절에 맞지 않는 외투를 입고 다녔던 이모는 산뜻한 연두색 반소매 셔츠에 청바지를 입고 있었다. 커트를 새로 했는지 머리 모양도 단정했다. 나는 이모를 가게 안으로 이끌었다. 이모가 마실 커피를 내리는 사이 보영 씨가 나타났다.

"언니, 나 왔어요."

씩씩하게 음료를 주문하고 창가 자리에 앉은 보영 씨는 곧바로 유튜브 먹방을 보기 시작했다. 요즘 들어 식욕이 넘쳐서 큰일이라더니 먹방에 빠진 눈치였다. 나는 이모에게 커피를 내주고, 보영 씨가 주문한 레모네이드를 만들었다. 연이어 가게 안으로 아이들과 엄마들이 들어왔다. 쿠키 진열대로 달려온 아이들은 저마다 쿠키를 한 개씩 집어 들었다. 아이들의 표정에 어린 빛나는 기쁨을 보며 앞으로 마은의 가게가 노키즈존이 될 일은 없겠다는 확신이 들었다. 나는 손님들이 주문한 음료를 내어주고 비로소 이모 앞에 앉았다. 이모는 가게를 둘러보며 신기하다는 듯이 말했다.

"오늘은 손님이 많네."

"매일 이렇진 않아."

"장사는 할 만해?"

"이제 그것 좀 그만 물어."

"볼 때마다 물을 건데?"

나는 얄밉다는 표정으로 이모를 흘겨보다가 이모의 시선

을 따라 가게 안을 훑어보았다. 이모는 매일 오늘 같았으면 좋겠다고 말했다. 손님이 이렇게 많으면 금방 돈을 모으겠다고. 나는 씁쓸한 미소를 짓다가 요즘 자주 떠오르는 광경이 있다고 말했다.

"내가 대학생이었을 때, 학교 후문 앞 리어카에서 토스트를 파는 할머니가 있었어. 넓적하게 부친 계란을 구운 식빵 사이에 넣고 케첩이랑 설탕을 듬뿍 뿌려주는 토스트였어."

"옛날식 토스트잖아."

"맞아. 친구랑 그걸 자주 사 먹었어. 근데 어느 날 그 맞은 편에 젊은 부부가 토스트 가게를 연 거야. 거긴 토스트 종류가 더 다양하고, 앉아서 먹을 수 있는 자리도 있어서 학생들이 많이 갔어. 나도 친구랑 거길 갔고. 하루는 수업 끝나고 후문을 나오는데, 학생들이 길가에 둥그렇게 모여 있더라. 가까이 가서 보니까 토스트 파는 할머니가 식빵이랑 계란이랑 설탕을 죄다 바닥에 내던지면서 새로 생긴 토스트 가게를 향해 악담을 퍼붓고 있었어."

"뭐라고 했는데?"

"나를 죽이려고 한다고."

이모가 눈을 감았다가 뜨더니 고개를 천천히 끄덕였다.

"천하의 나쁜 것들이라고. 나를 굶겨 죽이려는 것들이라고. 할머니가 바닥에 그대로 주저앉더니 엉엉 울었어. 머리가 하얗고 허리가 약간 굽은 할머니였는데 어린아이처럼 울었어. 깨진 계란이랑 설탕이 할머니 바지에 다 묻었고. 그러고 나서 며칠간 할머니가 문을 안 열었어. 할머니 리어카는 방수포에 덮여서 밧줄로 감겨 있었고."

이모가 한숨을 내쉬며 커피 잔을 만지작거렸다.

"며칠 뒤에 할머니가 돌아왔어. 아무 일 없었다는 표정으로 지나가는 학생들을 바라보면서 온종일 리어카 뒤에 앉아 있었어. 넓은 철판 위에 미리 구워놓은 식빵을 몇 장 얹어놓고서. 친구랑 가서 토스트를 하나씩 주문했더니 할머니가 너무 기뻐하는 거야. 아랫니 두 개가 없었는데 그걸 다 드러내놓고 활짝 웃으면서 우리에게 상냥하게 말을 걸었어. 와줘서 너무 고맙다고. 그리고 토스트를 만들어서 평소보다 케첩이랑 설탕을, 특히 설탕을 정말 듬뿍 쳐서 주는 거야. 깜짝 놀랄 정도로 많이. 친구 얼굴을 슬쩍 봤더니 얘도 나처럼 곤란하다는 눈빛이었어. 설탕이 옆으로 줄줄 흘러내릴 정도로 듬뿍 주는 게 싫었던 거야. 너무 옛날 방식이었던 거지."

"……그랬겠다."

"다시 학교로 걸어 들어가면서 토스트를 먹었어. 친구도 나도 한 마디도 안 했어. 맛있단 말도 안 하고, 설탕이 너무 많아서 버석거리며 씹힌다는 말도 안 하고. 그냥 아무 말도 안 했어. 그날이 마지막이었어. 우리가 할머니의 토스트를 먹은 마지막 날."

이모는 흐린 눈빛으로 허공을 보다가 내가 침묵하자 고개를 돌려 물었다.

"그 뒤로 어떻게 됐니. 망했어?"

"떠났어."

"할머니가."

"젊은 부부가."

"뭐? 왜?"

"근처에 더 큰 토스트 가게가 문을 열었거든. 거긴 더 종류가 다양했고, 더 맛있었어. 그리 비싸지도 않았고."

이모는 작게 탄식했다.

"그럼 할머니는?"

"할머니는 늘 같은 표정으로 리어카를 지켰어. 그러다가 학생들이 가끔 오면 너무 반가워하면서 설탕을 듬뿍 퍼서 식빵 위에 뿌려 줬어."

"안 망한 거야?"

"아니. 망했지…… 그렇게 팔아선 입에 풀칠하기도 어려웠을 거야. 근데 망한 상태로도 끌고 간 거야. 달리 다른 일을 할 수가 없었을 테니까. 그 자리에서 10년 넘게 토스트를 팔았거든."

"10년 동안 학생들은 설탕이 뿌려진 토스트를 맛있다고 생각하면서 먹었을 텐데."

"맞아, 그랬을 거야. 요즘 자꾸 그 할머니의 얼굴이 떠올

라. 그게…… 장사 같아. 그날 내가 본 그 광경이, 장사하는 사람의 숙명 같아."

이모는 내 얼굴을 가만 보다가 작게 한숨을 내쉬었다.

"너무 비관적인 생각이다, 마은아."

"하지만 그게 현실이잖아. 그렇잖아, 이모."

"……그렇지. 그게 현실이지."

이모는 쓸쓸하게 웃었고, 나는 그보단 밝게 웃었다. 나 역시 언젠가 할머니의 처지가 되어 할머니가 짓던 표정으로 마은의 가게를 지킬 수도 있다. 하지만 그게 두렵지는 않았다. 알면서도 나아가는 것, 혹시나 하는 마음이 아니라 그저 지키겠다는 마음으로 나아가는 것, 그게 자영업자의 삶이라는 걸 이젠 조금 알 것 같았다.

가게가 지속되더라도 대단한 성공을 이룬 가게는 될 수 없을 것이다. 크게 성공하지 못해도 자리를 지키며 성실하게 장사하는 것에 만족해야 할까. 사실 대부분의 가게가 그럴지도 모른다. 손님과 함께 나이 드는 사장, 손님과 함께 나이 드는 가게. 그것을 목표로 마은의 가게가 마은 할머니의 가게가 될 때까지. 자영업 평균 수명이 이렇게나 짧은 나라에서 불가능한 그것을 목표로.

훗날 할머니가 된 내가 이 가게에서 어떤 표정으로 앉아 있을지 두려워도, 이곳에 앉아 있다는 것만으로 믿을 수 없는 기적일 것이다.

*

    마지막 손님을 배웅한 뒤 밖에 세워놓은 입간판을 안으로 들였다. 청소를 마치고 주방과 홀의 전등을 껐다. 낮 동안 손님으로 가득 찼던 가게는 이제 텅 비었다. 제빙기가 작동되는 소음은 멈추었고, 잔잔하게 흐르던 음악도 사라졌다. 가게는 서서히 잠에 빠져드는 것처럼 보였다. 나마저 내보내고 나면 어둠 속에서 깊은 잠을 잘 것이다.

    열쇠로 가게 문을 잠그고 뒤돌아 걸음을 옮겼다. 어두운 거리를 비추는 가로등 불빛 아래 작은 생명체들이 모여 소란하게 움직였다. 저들도 내일을 기다릴까. 만일 내가 내일이라는 개념을 몰랐다면 사는 것이 더 쉬웠을까, 어려웠을까.

    가물던 날들이 지나고 곧 장마가 시작될 것이다. 내일을 예상하는 나의 마음은 누군가를 기다리는 마음과 크게 다르지 않았다. 반가운 얼굴이 와주길. 시시하고 정다운 대화가 오가길. 그리하여 시간이 흐르고 계절이 바뀌어도 마은의 가게가 그 자리에 그대로 있길. 그런 내일을 향해 나는 발걸음을 옮겼다.

삼색이

그에겐 이름이 없다. 이름 같은 것은 인간에게나 필요한 것이고, 그는 이름이 필요하지 않다. 그렇지만 그와 몇 번 마주친 사람들은 그에게 이름부터 지어주려고 했다. 공마은도 그랬다. 그에게 삼색이라는 이름을 지어주었다. 센스도 없지. 노란색, 흰색, 검은색 털이 섞여 있다고 해서 삼색이라니. 그건 이름이기 전에 편의상 털 색상으로 분류한 집단군에 가까운 것인데, 그것을 깨닫지 못하고 다정스럽게 삼색아, 하고 부른다.

그는 항의하는 대신 공마은이 준 사료를 먹었다. 인간에게 항의해봤자 뭐 하나. 입만 아프지. 말귀를 못 알아듣는 것들이 태반이야. 그는 인간을 신뢰하지 않았다. 인간뿐만 아니라 자신을 제외한 다른 생명체는 일절 믿지 않았다. 믿는다는 게 뭔가. 그건 다가올 미래를 함께 만들어갈 의향이 있다는 것이다. 그러나 그는 다가올 '미래'라는 개념 자체를 믿지 않았다. '내일'이라는 가정도 없이 사는데, '미래'라니.

공마은은 그와 가까워지고 싶어 했다. 그러나 그는 그걸 원하지 않았다. 그는 그의 영역을 지키고, 공마은은 공마은의 영역을 지키며 살아가길 원했다. 침범에 극도로 민감한 그는 침범을 밥 먹듯이 하는 인간을 좋아하기 힘들었다. 사실 좋아해야 할 이유도 없다. 그에게 사료와 물을 준다고 해서 그가 인간을 꼭 좋아해야만 하는가? 인간이 자발적으로 한 일에 대해 그가 왜 자신의 마음을 내주고, 기꺼이 몸을 만지게 허락해야만 하는가? 그는 인간의 행태를 이해할 수가 없었다. 특히 자기중심적인 사고방식을.

물론 고마운 마음이 아주 없진 않다. 그러나 그렇다고 해서 그가 자신의 영역을 침범하는 인간을 받아들여야만 하는 것은 아니다. 마은의 가게 옆 주차장은 그의 할머니와 증조할머니, 어쩌면 끈질기게 계보를 거슬러 올라가 식별할 수 있는 최초의 어머니가 살았던 곳인지도 모른다. 확인할 수 없어서 장담진 못하지만 기정사실로 받아들여도 무방하다. 그러므로 주차장은 명백히 그의 영역이다. 뿐만 아니라 그가 산책을 다니는 인근 구역도 그의 영역이나 다름없다. 침범하지 않아야 하는 복잡한 이유가 있는 게 아니다.

오로지 하나다. 그의 영역이라는 것. 다른 누구도 아닌, 그의 몸이라는 것.

그는 알았다. 공마은도 나중엔 이 사실을 깨달았다는 것을. 그에게 사료와 물을 주고 멀찍이 떨어져 지켜보다 미안하다며 사과도 했다는 것을. 그는 일부러 못 들은 척했다. 알은척했다간 또다시 다가오려는 시도를 할지도 모르니까. 이 세상의 모든 고양이가 인간의 따스한 손길만을 원하는 건 아니다. 이 세상의 모든 인간이 오로지 그것만 원하는 게 아니듯이. 그는 완벽하게 고독하고 자유롭길 원한다. 그의 대묘 관계는 그가 알아서 할 것이다.

그러나 이런 말을 하는 대신 그는 어둠 속에 몸을 숨기고 인간의 눈을 피해 밤거리를 쏘다녔다. 어떤 메시지는 은밀하기에 전달력이 높아진다고 믿으며. 대놓고 말하면 반박당하기 십상이다. 그는 그걸 알았다. 상대하지 말 것. 학대든 접촉이든 그가 원하지 않는 침범을 일삼는 인간에게 빌미를 주지 않으려면. 이것은 말하기가 어려운 문제이기도 하다. 입 밖에 내는 순간 단순해져버릴 위험성이 있으니까. 그러므로 그는 자신이 문장으로, 특히 이야기로 만들어지지 않게끔 노력했다. 그의 삶이 누군가의 이야기가 되는 것을 거부하기 위해 애썼다. 하지만 누군가는 기어이 그를 이야기 속으로 끌어들이고, 제멋대로 깨달음을 얻고 떠난다.

뭐, 좋다.

그래도 하나만 기억하자. 그 깨달음을 부디 잊지 말라는 것. 그게 어려운 일인가?

그가 지켜본 인간은 워낙 잘 깨닫고 그만큼 잘 잊기도 하는 존재라서, 울고 웃는 것만큼 그런 행위를 강박적으로 반복하는 존재라서 어려운 일일지도 모르겠다. 그는 자신에게 내일이라는 시간 개념은 없지만, 희망이라는 미래에 대한 망상은 있다는 걸 알았다. 절망이라는 과거의 유령은 진즉에 내다 버렸지만.

그는 매일 자신의 구역을 오가고, 그것만으로도 바쁘다. 정말로 바쁘다. 인간 따윈 상상도 할 수 없을 만큼 많은 일이 그의 내면에서 분주히 일어나고 있다. 그는 공마은도 그러하리라고 짐작했다. 상한 사료를 그에게 먹이지 않기 위해 매일 밤 그가 남긴 사료에 코를 박고 냄새를 맡는 공마은. 새 사료와 물을 떠 오는 공마은. 자신의 영역으로 누굴 들이고, 들이지 않을지 신경을 곤두세우는 공마은. 그는 공마은을 단순한 인간이라고 볼 수 없을 것 같았지만 이 또한 편견이고 착각일 수도 있다는 걸 알았다. 인간에게 편견을 갖지 않기 위해 애쓰는 그의 노력을 누가 알아줄까마는.

그는 자유롭게 이 거리를 걷고 싶을 뿐이다. 그 누구의 손에도 붙잡히지 않고. 그 누구에게도 기대를 심어주지 않고서. 그저 자유롭게 걷고 내달리고 잠들고 싶을 뿐이다. 저 공마은처럼. 바로 당신처럼.

작가의 말

공마은 같은 여성 자영업자가 겪는 두려움과 자괴감, 이를 극복하게 하는 사랑과 연대에 대해 그리고 싶었다. 잘 그려냈는지는 모르겠다. 다시 자영업자가 될 가능성을 품고 있는 지금의 내겐 여전히 현재진행형 이야기라는 생각이 든다.

이 소설을 세상으로 내보낼 준비를 하는 동안 큰 힘이 되어준 윤소진 편집자님에게 감사드린다. 초고의 결말은 어두운 방향이었으나, 내가 만났던 이들의 다정함이 결국 밝은 이야기로 마무리 지을 수 있게 해주었다. 그들에게도 감사를 전한다.

이서수